Ella Balaert

Le Contrat

des femmes
Antoinette Fouque

33-35 rue Jacob, 75006 Paris
www.desfemmes.fr

ISBN : 978-2-7210-0936-4
EAN : 9782721009364

À vous,
qui entrez dans ce roman

« J'ai enlevé le masque, et puis je l'ai remis.
Comme ça c'est mieux.
Comme ça je suis le masque. »
Alvaro de Campos

« L'unique mystère de tout et de partout
C'est qu'il y ait un mystère de l'univers,
Qu'il y ait un univers, qu'il y ait quelque chose,
Qu'il y ait un "qu'il y ait". »
Fernando Pessoa (*Faust*)

« J'ai des sensations étranges, toutes de froid. Et voilà qu'il me semble que le paysage essentiel est brume, et que les maisons, oui les maisons, sont cette brume qui le voile. »
Bernardo Soares

AVANT-DIRE

1944

On l'attendait mais pas ce jour, pas de cette manière, pas dans un tel bruit.

On s'en faisait une joie.

Le serpent ailé est arrivé par les airs. Soulevant de son souffle puissant quelques feuilles que le vent avait déposées plus loin vers la grève deux jours auparavant, que personne n'avait lues et qui prévenaient pourtant la population d'Avranches, ça va venir, bientôt, restez chez vous, écoutez la radio. Puis, de sa langue de feu, il avait embrasé le quartier de Pont-Gilbert, non loin de chez elle, dans un tonnerre infernal, avant de tout encercler et embrasser en centre-ville pendant cinq jours. Rentre donc chez toi, avait crié Angèle en tirant par la manche la jeune Marie-Madeleine, lui évitant ainsi de rejoindre les cent quinze morts de la semaine.

Tant de fumée, de bruit, de ruines : pourtant on s'en était fait une fête.

Un mois et demi plus tard, sous le dernier soleil de juillet, le voilà de retour, le « Cobra » de fer et de feu qui a donné son nom à l'offensive américaine. Il rampe au sol à présent et rien ne peut l'arrêter. Il descend de Lessay, Coutances, Granville, sous le ciel noir d'un immense tapis de fumées, dans un fracas qui rend fou. De puissants rhinocéros comme on désigne alors les tanks, lui tracent une voie royale. Parvenu à Avranches, il avance par la rue de la Constitution. On l'acclame. Il traverse la ville, la perce de part en part. Direction la Bretagne.

Sur le pas de sa porte, Angèle pousse un premier cri de joie, hourra ! puis aussitôt après, un second, d'horreur : ses fils, ses deux fils, venus applaudir les Alliés, un petit drapeau français à la main, viennent d'être mordus par un ultime jet de venin.

On les porte, on la plaint qui pleure au milieu des cris de liesse.

Et Marie-Madeleine, la petite, où est-elle pendant ce temps ?

Des serpents il y en eut beaucoup durant cette période.

Celui qui croisa le chemin de Marie-Madeleine, treize ans et des papillons, treize ans et des poussières, treize ans et des cendres, la transperce de part en part. Était-il de ceux qui arrivaient, de ceux qui fuyaient ? Venait-il en vainqueur, partait-il en perdant ? On la pressa, on la molesta, ces sifflements rauques allons, forcément ils avaient cet accent détestable, celui qui crache des cailloux, hein, pas celui qui mâche du chewing-gum, pas vrai ? La jeune fille était bien en peine de répondre, elle n'avait rien entendu sous le porche obscur où l'animal l'avait entraînée et forcée, rien que ses halètements et les cris dans la rue voisine, acclamant la Libération.

Le serpent poursuivit sa route.

Il n'y eut pas d'enquête. Il n'y eut pas de suite. Enfin, pas visible, pas tout de suite, pas officielle.

Neuf mois plus tard, une nuit, l'enfant mit bas, dans une chambre à peine éclairée, n'osant accompagner du moindre cri sa Délivrance.

Le bébé lui fut aussitôt retiré. Ni vue, ni connue, de celle qui était si peu mère.

LE CHANT DU CYGNE

« Je crois que chaque écrivain qui écrit un livre a envie d'écrire le dernier livre. »
Bernard Noël, juin 1979, entretien avec A. Veinstein

« Quand ils sentent approcher l'heure de leur mort, les cygnes chantent ce jour-là plus souvent et plus mélodieusement qu'ils ne l'ont jamais fait. »
Platon, *Phédon*

73 ans plus tard

Apparemment, la plus belle chose qui soit arrivée à Christophe Lambert, c'est la mort de son meilleur ami, Pierre Camus.

Ces deux-là se connaissaient depuis plus de quarante ans, depuis leur entrée au collège dans les années 1970, tous deux seuls en baskets et en short, tous deux aussitôt convoqués chez le surveillant général pour un rappel des convenances. Mai 68 avait dépavé les rues de Paris mais n'avait pas encore franchi les grilles des collèges de province où l'on n'admettait pas de tenue de sport en dehors des heures de sport. Le regard méprisant qui balaya, de haut en bas, leur inélégance, humilia les deux garçons jusqu'à l'os et lorsqu'il s'en souvient, encore aujourd'hui, Christophe rectifie toujours machinalement la position du carré de soie qui ne manque jamais de dépasser de la poche de ses vestons. Mais la scène noua l'indéfectible lien qui ne devait jamais cesser d'unir les deux garçons, car ils se jurèrent ce matin-là, solennellement, d'être amis à mort !

Ensuite, au fil des saisons, Pierre et Christophe avaient partagé le meilleur de l'amitié – le pire, ils ne l'avaient pas vu venir. Ils auraient dû vieillir non loin l'un de l'autre, ils avaient même, un soir d'ennui, quand leurs enfants respectifs avaient quitté la maison et que leurs deux compagnes y avaient vu l'occasion d'en faire autant, envisagé une joyeuse colocation de leurs dernières années. Depuis ce jour, l'idée leur revenait en tête à chaque rupture amoureuse, avant de passer au second plan sans disparaître tout à fait, à chaque nouvelle rencontre.

Mais le destin en décida autrement, boule de métal lancée à 210 km/h et à contre-sens sur l'autoroute A 84.

Pierre et sa voiture dans le rôle des quilles.

Strike.

Il ne reste pas grand-chose du corps de Pierre, encastré dans le volant, la nuque brisée net.

En revanche, sur la banquette arrière, intact, miraculé, trône un manuscrit : Pierre Camus était romancier, à succès de surcroît et ce soir-là il apportait, dédicacée « à l'ami de toujours », la dernière version de son dernier roman, *Tant que dure le voyage*. Il aurait pu lui envoyer par voie numérique, il préféra le papier, la spirale en plastique hideuse mais pratique, la couverture au grammage de 350 légèrement granuleuse sous le doigt, la remise faussement désinvolte en mains propres, tiens, si tu as le temps, jette donc un œil là-dessus, et surtout, la bouteille de champagne et la perspective d'une belle soirée entre bon vieux temps et temps à venir encore meilleurs. Mais ce voyage-ci ne dura pas longtemps. Il s'arrêta, pour Pierre, le 2 septembre 2017.

Le verre de la bouteille ne résista pas au choc.

Le papier en revanche, est à peine éclaboussé de belles bulles pétillantes aux arômes d'agrumes et de noisette.

C'est pourtant la meilleure chose qui soit arrivée à Jeanne, ces dernières années, de se faire abandonner par Thierry.

Combien de temps aurait-elle mis à partir d'elle-même ? À ne plus subir les humiliations de son mari ? Il y a des douleurs auxquelles on s'attache, des souffrances dont on aime à gratter la croûte ; il y a des mortifications dont on tire un orgueil démesuré, des rabaissements qui procurent un sentiment de supériorité si intense qu'ils nous consolent d'être traités comme des chiens.

En outre, aurait-elle jamais pris sur elle de séparer Jules de son père ?

Mais Thierry, un matin, quitta femme et enfant et ce fut une délivrance.

Trois ans plus tard cependant, la cicatrice tarde encore à se refermer. Sans amant, même éphémère, ne reste que la honte, dont Jeanne, sacrifiée sur son autel, se nourrit comme les dieux antiques se repaissent de la fumée des bûchers : la honte au réveil, qui la fait se taire et se terrer, qui la tient à distance des hommes, des femmes, des vivants ; la honte qui obscurcit les miroirs sur son passage et sur laquelle elle s'endort le soir ; la honte de la femme longtemps méprisée.

Jeanne jette un regard désolé sur le décor de sa chambre, comme tu t'es laissée envahir ma pauvre fille, allons, vire-moi tout ça, dans une heure tu fais ta rentrée, tu ne peux pas démarrer une nouvelle année dans ces conditions, il y a trop d'objets dans cette pièce, c'est la faute à ta tête où il y a trop de tout, des choses à faire à régler à écrire, des choses qui se sont passées d'autres qui n'auront jamais lieu et tu n'as même pas l'air de faire la différence entre elles, dans ton crâne tu parles à des vrais gens comme à d'autres qui n'existent pas ou qui ne sont plus là, comme si les morts étaient vivants, comme si tu n'avais pour tout projet que des souvenirs, crois-moi, laisse passer le passé, ne le retiens pas non mais regarde-moi ça, tu crois vraiment que remplir l'espace suffit à exister, vraiment qu'espères-tu de cet encombrement ? qu'il comble le vide de

– Maman ! il est 7 h 30 !

– J'arrive, mon chéri. Une seconde.

Jeanne se secoue et prise d'une inspiration soudaine, va chercher un grand sac poubelle. Les dents serrées jusqu'à l'os, mécaniquement, systématiquement, elle y jette les objets posés sur son bureau, sur ses étagères, des tas de trucs et de machins, trouvés offerts ou achetés, des grigris des amulettes des souvenirs, des cache-misère des bouche-trous, la nature humaine a horreur du vide mais toi ma vieille tu bats tous les records, des tas de bricoles dont elle emplit le sac de plus en plus vite et de

– Maman, merde !

– J'ai dit une seconde !

Jeanne allonge le bras vers la figurine en plâtre que Jules avait moulée et peinte pour elle à l'occasion d'une fête des Mères, sans doute. Elle a une seconde d'hésitation. Puis la lance dans le sac où s'est déjà cassée l'empreinte d'une main d'enfant dans une plaque d'argile.

– J'arrive, ne t'inquiète pas, tu seras à l'heure !

Le sac de mémoire est lourd, il pourrait éclater quand Jeanne le soulève du parquet mais il résiste.

– Bon, maman, j'y vais, Romain passe me prendre.

La porte claque.

– Jules, attends… bonne rentrée !

Jules n'a pas entendu. Il dévale l'escalier, crie Salut ! à un voisin. Jeanne pose la poubelle dans l'entrée, elle la descendra en partant. Elle entre à nouveau dans sa chambre, satisfaite La place est nette. La place est libre.

Elle n'a pas le temps de se maquiller, pas le temps d'avaler autre chose qu'un bol de café en se brûlant. Elle enfile une veste, attache ses cheveux, attrape son cartable d'une main, la poubelle de l'autre, claque la porte. Jules sera à l'heure au lycée Chateaubriand de Rennes pour sa rentrée en classe de première. Elle, en retard au collège Anne-de-Bretagne, pour accueillir ses élèves de troisième inscrits en allemand langue vivante deux, *langue vivante* tu parles, comme si toute langue n'était pas un cimetière où les morts murmurent à l'oreille des vivants.

Un peu plus tard, elle franchit la grille du collège, jette un œil au grand magnolia défleuri, regarde sa montre. Elle est en retard de dix minutes.

Voilà qui augure bien mal de cette nouvelle année.

C'est peu dire que le décès brutal de son ami Pierre a dévasté Christophe Lambert, dans les jours qui l'ont suivi. Quoi, plus jamais courir ensemble le long de l'eau, plus jamais les échanges de squash qui devaient les garder en forme, plus jamais leurs discussions politiques animées autour d'un pack de bière, anarchisme individualiste de Christophe contre centrisme social de Pierre, ni de ces demi-sourires complices qu'ils échangeaient depuis l'adolescence quand l'un ou l'autre, au cours d'une soirée, s'attardait au fond du regard troublant d'une femme ? Ils ne se voyaient pas très souvent dans la vie réelle, mais ils n'en avaient pas besoin : la pensée de l'autre était toujours présente, son rire, sa moquerie fraternelle, son amitié, ce qu'il aurait dit, ici et là, ce qu'il aurait fait ; désormais, ils n'auraient d'autre réalité à partager que celle, irréelle, du rêve et du souvenir souverain. Mais la pensée qu'on a d'un ami qu'on sait vivant ailleurs, et la pensée qu'on a d'un ami disparu dont c'est dorénavant la seule modalité d'existence possible, ne sont pas affectées du même degré de réalité.

Pendant son éloge funèbre au crématorium, par respect pour sa première épouse et pour leurs deux enfants,

Christophe ne s'attarde pas sur certains aspects de leur compagnonnage, comme leurs soirées en club privé où jusqu'à l'aube, déguisés, grimés, travestis, ils dansaient, buvaient et plus encore avec les rencontres et les affinités d'un soir.

Il évoque l'ami d'enfance, le *colocataire* des années d'étude à l'époque où le mot n'était pas encore à la mode, le témoin de son mariage, le témoin de la dissolution de son mariage dans l'acide des ans, le confident de ses peines, de ses joies, de ses travaux et de ses jours – mais si lui a perdu un frère, d'autres, que dis-je, tout le monde, le pays tout entier, la littérature en son ensemble a perdu un maître, car Pierre Camus, que le hasard ou la fatalité avait doté du même patronyme qu'un autre écrivain accidenté de la route, Pierre, mon ami, tu apportais à tes lecteurs ce qu'ils attendent de la littérature : qu'elle leur raconte des histoires, de vraies histoires, avec de vrais personnages qui font rire ou pleurer : des gens qui vivent, qui meurent et pas toujours à la fin, qui souffrent et qui aiment, qui couchent ensemble ou qui ne couchent pas mais qui ont toujours envie de coucher parce que le désir, n'est-ce pas, et nul n'en savait plus que toi quelque chose, le désir, montée de sève sur les lèvres du vent, appel du grand large, ivresse de la vigne et des liesses, le désir ! est tout ce qui nous garde vivants ! et puis aussi des histoires de gens qui tapent le ballon de leurs enfants, et d'autres carrément leurs enfants eux-mêmes, des gens gentils et des méchants qui partagent des tapas et des planchas aux terrasses des copains, des hommes des femmes qui font du squash et discutent politique le dimanche, qui souffrent d'aimer et qui aiment souffrir d'aimer car la vie sans passion, issu de *patior* en latin qui veut dire *je souffre*, tu te souviens, Pierre, n'est-ce pas, de notre prof de latin qui nous disait quand on tirait la langue sur nos versions, souffrez, jeunes gens et vous vaincrez, soyez *patients* mais non *passifs*, la vie sans *passion* n'est pas une vie et ça, ça, Pierre, de vrais personnages enrobés de destinées singulières et de caractères bien définis, tu savais mieux que tout autre en offrir à tes lecteurs, excusez-moi, j'ai préparé mon discours mais, pardon, l'émotion et le vide que tu laisses, Pierre, Pierre mon ami, Pierre mon frère…

Christophe Lambert dégage de la pochette de sa veste un élégant carré de soie dans lequel il se mouche en se détournant du cercueil et en couvrant le micro de sa main gauche.

Puis il rassemble ses dernières forces en puisant au fond de ses habitudes d'histrion et surmontant son chagrin, brandit le manuscrit spiralé, l'agite au bout de son bras haut levé, en hoquetant d'une voix pleine de larmes, heureusement pour tes lecteurs, Pierre, en disparaissant, tu ne t'es pas tu, puisque tu nous laisses ceci ! Un nouveau texte !

Ceux qui l'ignoraient poussent un cri de plaisir et d'impatience. Certains vont jusqu'à applaudir. Christophe Lambert les remercie de la tête, sans prendre pour lui un hommage que son discours labyrinthique et cahotant n'a pas mérité, mais au nom de Pierre Camus, dont il range spectaculairement le futur best-seller dans une mallette cadenassée et auquel il promet, en silence, tête baissée, dents serrées jusqu'au sang, larmes brûlantes sous la paupière, de porter très haut ce dernier livre que tu nous laisses et que tu es mort de m'avoir apporté, je t'en fais le serment, Pierre, mon ami à mort.

Jeanne va dans la cuisine chercher son troisième verre de vin de la soirée. En passant dans le couloir, elle entend des cris et des tirs de mitraillette. C'est normal. Dans sa chambre, sur une console, manettes au poing, Jules joue, Jules met le monde en joue. Elle espère qu'il a fini son devoir de français pour le lendemain mais ne le vérifie pas, elle regagne sa propre chambre en traînant des pieds, s'installe sur son lit, le dos calé par de nombreux oreillers. Elle a essayé toutes les pièces de l'appartement et toutes les positions, mais c'est celle-ci qu'elle préfère pour travailler.

Pour écrire ou plutôt, pour tenter d'écrire à nouveau.

La salle à manger-salon, où Jeanne travaillait pourtant au temps de son mariage faute d'un bureau à elle, est un espace trop public pour le geste intime de l'écriture. C'est une pièce qui se traverse pour aller de la chambre de son fils à la sienne et la mémoire des gens qui sont passés là s'y est incrustée, collée aux objets, glu rémanente du souvenir dans la trace d'un fond de verre sur le bois de la table basse un soir où elle avait trop rempli le verre d'Alfredo, dans un trou de la cigarette de Claire au milieu du canapé Claire avait juré Claire avait secoué son chemisier mais Claire s'était pas excusée, ou encore dans l'affaissement du fauteuil préféré de son père dont elle avait hérité et qu'elle n'aime pas sans pour autant se résoudre à s'en débarrasser. Sous chaque chose, dès qu'elle la soulève, s'échappent les voix chuchotées des souvenirs, bons ou mauvais. Impossible de travailler dans un silence aussi bruyant. À rien n'a servi de jeter l'encombrement d'objets liés à son mari : le passé poisseux colle encore à son bureau, gravé dans la veine du bois, tissé dans la trame des coussins et des rideaux.

Mais son lit, c'est chez elle. Elle a acheté un plateau sur lequel poser son cahier et son stylo. Un orifice y est même prévu pour accueillir un verre ou une tasse. Elle a changé le matelas du lit après le départ de Thierry, ne supportant plus les taches qui salissaient même les alèses – pas la tache rouge de la défloration, explosive, unique, tragique éphémérité du papillon qui sort du cocon pour la brutalité de sa petite mort, mais les taches blêmes et vieillissantes d'une défloraison progressive de leurs amours, la trace de leurs solitudes mitoyennes dans le lit, elle faisant semblant de dormir, quand lui ne faisait même plus attention à ne pas faire grincer le lit sous les coups de reins de ses fantasmes. Les « pollutions nocturnes des hommes », disait sa mère adoptive en lui montrant avec un mélange de dégoût et de fierté celles de son mari, tiens, aide-moi donc à refaire le lit, et plus elles tiraient chacune de son côté sur le drap, plus se voyaient les taches, la maculée conception, la souillure, la saleté. Quand elle y repensait, les mots giclaient dans la tête de Jeanne, éjaculation lexicale de sperme et de foutre qui l'étouffait de honte. Quant aux émois nocturnes de son mari, comme elle préférait encore qu'il écrasât le matelas plutôt que son propre corps, elle laissait faire et n'était pas partie, fichue faiblesse des femmes qui ne se font pas assez confiance.

Heureusement, Thierry l'avait quittée.

Le lit était la première chose qu'elle avait mise aux encombrants après son départ.

Depuis, personne n'entre plus dans sa chambre. Espace réservé, sacré, virginal de nouveau.

À bien y réfléchir, d'ailleurs, Jeanne se demande si elle a jamais perdu sa virginité, la première fois, avec son premier petit ami, elle n'avait pas saigné. Elle n'avait ni gémi ni crié non plus. Elle n'avait pas aimé, c'est peut-être la raison, t'as même pas taché le drap, c'est bien la peine, avait lâché le garçon avant de partir sans se retourner. Elle avait osé interroger une gynécologue, plus tard. Faisiez-vous de la danse, de la gymnastique, de l'équitation mon petit, cela a pu vous déchirer l'hymen sans que vous le sachiez, et quand bien même, certaines femmes ne saignent pas, figurez-vous. Ainsi, il y avait une explication possible – qui n'était pas sa faute ? La doctoresse, Nicole Centille, avait levé un sourcil, mais où voyez-vous une faute, puis lui avait parlé du corps et du sexe comme personne ne l'avait fait avant elle, sans jugement moralisateur ni vocabulaire peccamineux. Une autre fois, tout en se rhabillant, Jeanne lui avait demandé, peut-on redevenir vierge après avoir eu un enfant ? Le doux visage de la doctoresse s'était assombri, eh bien, à part la Vierge Marie, ou sauf à recoudre l'hymen, je ne vois pas… mais Jeanne avait insisté, Clarissa Dalloway a bien préservé sa virginité en dépit de sa maternité, alors pourquoi pas moi et par pitié, ne me dites pas qu'elle, c'est un personnage de roman, et que moi, je suis réelle, parce qu'alors là, c'est nul comme argument, je vous le certifie tout net. Nicole Centille s'était alarmée de la véhémence de sa patiente, est-ce un homme qui exige de vous un hymen neuf, devez-vous cacher votre enfant ? Non, non, j'aime mon fils de tout mon cœur protesta Jeanne, mais c'est son père, je voudrais l'effacer de moi. Impossible, le corps n'oublie rien, mon petit : il accumule les expériences et superpose leurs traces, il sédimente, se stratifie comme les couches géologiques d'une montagne ou se grave comme les écritures successives d'un palimpseste, mais il n'oublie pas. Ceci dit, on peut toujours écrire sur sa peau une histoire qui en recouvre une autre plus ancienne.

Jeanne ne se souvient jamais sans grande émotion de cette dame, à présent retraitée, qui avait rédigé le cahier de sexologie de *Mademoiselle Âge Tendre* dans les années 1970 et aura longtemps accompagné sa vie de femme. Née trop tôt d'une mère malade, Jeanne – qui ne s'appelait pas encore ainsi – avait passé ses premières semaines dans une bulle aseptisée : murs blancs, blouses blanches, lumière blanche et pour tout enlacement maternel de son corps nourrisson, les tuyaux arachnéens et froids des perfusions, jour et nuit. Sa mère, qui partageait alors sa vie, ses rêves, ses blues, avec quelques marginaux dans un vieux car canaille installé sur les hauteurs et à l'écart d'une ville, partait à la dérive : Jeanne, dont le père était inconnu, avait été confiée très jeune aux services sociaux et placée en foyer, avant d'être adoptée sur le tard par un couple qui avait accompli son devoir éducatif à distance, non sans quelque froideur qui avait découragé Jeanne de leur faire confidence de ses amours.

Ensuite, jeune adulte, elle avait mené l'enquête sur ses origines et avait pardonné son abandon à cette mère biologique, si joliment nommée *la Mont-Joli* par ses compagnons d'infortune mais de liberté, que sa fille n'était pas sans admirer.

Peut-on en vouloir à une mère de ne pas aimer l'enfant qu'on lui enlève à la naissance sans garantir sa survie ?

Assise sur son lit, Jeanne éloigne avec nostalgie le souvenir de la doctoresse. Elle pose solennellement une feuille nue sur le plateau inclinable, mon bureau dit-elle, mon écritoire mon espace, ma plage blanche. Elle dévisse le bouchon de son stylo, dont la plume reste sèche depuis le temps qu'elle n'a plus servi. Elle ouvre le corps du stylo, en extrait la cartouche qu'elle presse au-dessus de la feuille. Une perle d'encre surgit, tremble, tombe. Jeanne revisse le stylo, trempe la plume dans cette goutte, eh bien allez, vas-y, écris ! Mais Jeanne ne le peut pas. Sa plume se refuse.

Peut-on en vouloir aux mots de vous abandonner s'ils sont privés de nécessité ?

Jeanne reste un moment figée dans une stupeur imbécile devant sa feuille, puis, avec raideur, elle s'oblige à tracer un trait sur le papier, ce n'est pas une lettre pas un mot pas un dessin, c'est à peine un signe, juste une sorte de zig-zag qui ne représente rien, ne porte aucun message ni aucune intention d'aucune sorte, une simple marque insignifiante, un trait d'union tordu de moi au monde, un rien d'encre, une coulure une zébrure, pas même une empreinte une apposition une appropriation une affirmation, non non, il ne s'agit ni de déposition ni de repossession de soi, de la page, ou du monde extérieur, impossible de dire ceci est mon encre, ceci sort de mon corps et de ma main posée sur la paroi pariétale et virginale du papier, ceci me signale, me signature, me trace, m'empreinte même mal, me gribouille comme aux temps premiers de la découverte émerveillée de l'art du pigment, non, pas même cela, c'est juste une obscure giclure, qui sort du stylo, tombe sur ma feuille et la macule.

Quand le destin frappe, fou l'humain qui l'ignore. Christophe Lambert s'est donc décidé très vite, en ce début d'octobre. Ce manuscrit, que la mort inopinée de Pierre lui a confié, c'est lui qui va se charger de le faire paraître. Il était l'ami de l'auteur, il en est aussi l'exécuteur testamentaire depuis son divorce : il sera le Max Brod de Pierre, son éditeur.

La maison qui a publié les précédents romans de Pierre protestera, fera valoir des droits moraux sur l'œuvre, engagera peut-être un avocat... Mais Christophe sait qu'aucune clause d'exclusivité ne la liait à son ami et tiendra vent debout contre les pressions du gros groupe financier auquel elle appartient : il sera Max Brod et David contre Goliath.

Il le sait parce que Pierre le lui a dit et parce que lui-même travaille chez cet éditeur depuis vingt-six ans. Il connaît les ficelles du métier, il sait l'ensecrètement qu'il faut dit-il à un auteur pour que telle une marionnette, sinon un fantoche, habilement articulé, il plaise aux lecteurs. Pierre et lui en ont souvent parlé, leur amitié avait même failli mourir des métaphores de Christophe, un fantoche un fantoche, facile à dire, tu crois que c'est fastoche peut-être d'écrire trois cent cinquante pages de roman, eh bien alors vas-y te gêne pas, vas-y, écris même seulement vingt pages qu'on rigole… Christophe souriait, c'est difficile il en convenait mais si l'éditeur ne fait pas tout, sans lui l'auteur n'est rien, ou presque rien, une petite chose à terre inanimée, sans souffle et sans mouvement, pauvre petit esprit palpitant vainement dans une enveloppe matérielle en général assez miteuse tu avoueras, je ne parle pas pour toi qui portes des vestes aussi chères que les miennes – quoique d'un goût moins sûr. Soit dit avec un amour immodéré de l'art de la marionnette en général, réelle ou allégorique, et de ce que Kleist en écrit. Il sera le Max Brod, le David et le Kleist de Pierre.

Il en est capable. Il a de l'ambition. Il est prêt. Tous les signes convergent. Pierre est son ami et sur cette pierre, il bâtira sa maison. Sur une belle feuille blanche, un matin, il aligne les arguments favorables à l'aventure :

– il en a assez d'obéir, depuis toujours il veut être son propre patron

– à cinquante-cinq ans, il est temps pour lui de prendre les rênes et d'avoir d'autres ambitions dans la vie que de mener une vie de dandy mondain – fort agréable au demeurant et à laquelle il ne serait pas non plus question de renoncer totalement

– si son chirurgien de père, réputé en cardiologie et sa mère, créatrice d'un magazine de mode, étaient encore de ce monde, sans doute seraient-ils heureux qu'il prenne enfin « sa vie en main » comme ils disaient – en réalité, Christophe ne peut ignorer qu'ils n'auraient vraisemblablement exprimé autre chose qu'un petit rire dubitatif et une phrase bien sentie sur son dilettantisme mais tel est l'avantage des morts, qu'on peut toujours leur faire dire ce qu'on veut et Christophe fait de cette approbation post mortem de ses géniteurs un encouragement de poids dans sa décision de changer de vie

– il a de l'argent de côté, depuis leur mort, dont il ne sait que faire à part le dépenser en vins fins, en vêtements de luxe, en parfums coûteux et en cannes prestigieuses qu'il balance avec une nonchalance étudiée, en les tenant par le milieu du fût, lorsqu'il se rend quelque part

– il installera ses bureaux dans la maison familiale, qu'il n'a pas eu le courage d'entretenir pour un éventuel locataire

– il réveillera son réseau dormant de contacts dans le monde de l'édition, notamment d'étudiants dont les conventions de stage limiteront les prétentions salariales, et de critiques auxquels envoyer ses ouvrages

– il a le bras assez long pour espérer, en l'étirant encore un peu si besoin, ramasser quelques piécettes de subvention au fond des coffres d'une ou deux institutions

– il renouera avec l'amour du beau livre, relié, voire cousu, qui lui vient de son grand-père maternel, bibliophile amateur qui consacrait des heures, dans son sous-sol, à la cousure, à l'endossure et à l'encollage de ses livres préférés, ah le carton joliment marbré au fond du bac et les coins de cuir taillés dans des chutes récupérées, une fois par mois, chez le frère artisan bourrelier en Ille-et-Vilaine ! Y penser ravive à chaque fois dans la mémoire de Christophe les odeurs de sa jeunesse, pourquoi diable ai-je attendu si longtemps avant de me décider, Pierre, mon ami, rien que pour moi tu aurais pu mourir avant, tu ne crois pas, vieux bougre.

Il sera le Max Brod, le David, le Kleist de Pierre et la réincarnation de Pépé.

Il serait bon qu'il se trouve aussi quelques inconvénients à surmonter. Mais pour l'instant il n'en voit aucun. Et quand il y songe, il voit encore un autre avantage à la situation qu'il se prépare à faire sienne :

– il aura du pouvoir. Et donc, il attirera.

Peut-être pas autant qu'un producteur de cinéma mais, malgré tout, même dans une petite niche, il aura de quoi susciter des convoitises. Jeunes autrices ambitieuses ou moins jeunes, jeunes auteurs carriéristes ou moins jeunes, il en a vu suffisamment qui vibrionnaient autour du patron de son ancienne maison, pour savoir qu'il n'y a pas d'âge et pas de sexe pour courtiser manitous et mandarins.

Or séduire est depuis toujours le sel de la vie de Christophe : il n'aime rien tant que plaire – et qu'on lui manifeste qu'il plaît. Il fait ce qu'il faut pour s'attirer les cœurs, il courtise, il badine, il flatte, il fait promesses, il dispense généreusement des mots qui ne sont que des mots ; il brille en public, aiguisant cette pointe d'exotisme par où il sait pouvoir piquer l'attention, l'originalité de sa mise, canne et carré de soie compris, la qualité de son parfum de rares épices, le calme posé, distant, de sa voix et l'élégance un peu raide de ses manières, jamais mise en défaut, sa mère l'en eût vertement tancé par-delà la tombe, tiens-toi droit, mon fils, soigne ton image et honore notre lignée, si elle doit s'arrêter avec toi, qu'elle se termine au moins dignement. Une femme le prit au piège d'un mariage, une seule fois, qui vite, amèrement et sans enfant, se conclut sur une incompatibilité d'humeurs. Christophe se fit stériliser pour que personne ne vînt après lui, et depuis, il se voue au célibat. Il a définitivement décidé de dissocier l'amour et le sexe. Il apaise les besoins naturels du second dans des soirées en clubs ou entre esthètes, hommes ou femmes, avec lesquels il croise le fer de l'amour et de la mort entre deux vins fins et un foulard autour du cou, étroitement serré pour augmenter les sensations ; quant au premier, c'est un dieu mensonger auquel il se défend de croire, fauteur de troubles, de désordres, de chaos et d'amertumes bilieuses. Il aime parler d'amour, il aime le mot amour, il aime l'idée d'amour, mais il n'aime pas – et si une femme, sincèrement éprise, tendrement l'approche, le voilà qui s'effarouche, s'éloigne, se referme, méprise l'âme faible qui a succombé au vertige d'une illusion – et, tout en vérifiant le nœud de sa cravate, n'aspire qu'à retourner, solitaire, tranquille, dans la grande cuisine de son adolescence, mettre son cœur au diapason régulier d'une vieille pendule et enfouir son visage dans le sein sec de la gouvernante qui veillait sur lui, chaque soir, de 6 à 8.

Moyennant quoi, bon an mal an, la vie sexuelle et sentimentale de Christophe suit un cours secret, qui lui convient. Mais l'âge venant, un peu de pouvoir ne lui nuira pas, pour pallier les offenses que le temps ne manquera pas de lui infliger dans les années à venir.

Il sera donc le Max Brod, le David, le Kleist de Pierre, la réincarnation de Pépé et le Don Juan de l'édition, car nul doute que paraître dans les salons, auréolé des parfums coûteux d'Alfred d'Orsay et arborant les cravates d'un Beau Brummell, me suffira pour appâter, que dis-je, pour envoûter !

Il ne lui reste plus qu'à trouver le type d'ouvrages qu'il publiera après celui de Pierre. Il ne le sait pas encore mais cela va venir, il a confiance. Il trouvera un créneau inoccupé, une place encore libre dans le monde embouteillé du livre et publiera sur vélin supérieur, en reliure de toile ou de cuir comme pépé, des textes essentiels.

Et lucratifs.

Bref, il sera Christophe Lambert, éditeur.

PARENTHÈSE

Au zénith de son parcours, le soleil pénètre dans tous les pièces du quatrième étage du 7 bis place Saint-Michel. Dans toutes, sauf une, dont les fenêtres dominent pourtant la place des Lices vers les marchés couverts. Mais comme de lourdes tentures doublées de satin noir obstruent ces fenêtres, le soleil a beau frapper et cogner aux vitres, il n'est pas invité dans le salon, voué à la nuit, de cet appartement.

La lune, en revanche, dès la nuit tombée, y est accueillie à volets et rideaux grand ouverts.

– Entre, entre !

Gwenaëlle a ouvert doucement la porte pour ne pas réveiller sa grand-mère au cas où elle dormirait, mais celle-ci lève la voix pour la saluer dès le premier entre-bâillement. Une jeune fille de seize ans, aux cheveux blonds très courts sur la nuque, deux mèches bleues encadrant son joli visage encore un peu poupon, bondit au pied du

– Patins !

Coupée dans son élan, Gwenaëlle fait marche arrière et glisse ses pieds dans les patins de feutre qui attendent à l'entrée du salon, puis elle se dirige vers le

– Parquet !

vers le fauteuil de la vieille dame, tout en frottant le parquet de ses patins, et fait claquer une bise sonore sur la joue fripée, farinée d'une poudre de riz délicieusement parfumée...

– Allez Mado, ne reste pas comme ça toute seule, tu ne veux pas un peu de musique ou la télé, hein, tu ne veux pas que je t'allume la télé, mais... ben dis donc... elle est où ta télé Mado, qu'est-ce que t'en as encore fait ?

Gwenaëlle fonce vers le placard aux ordures où elle a déjà retrouvé une fois le téléviseur de sa grand-mère, mais non, tiens, cette fois, tu l'as jeté ailleurs, alors où ça, je me le demande. Par acquit de conscience, elle va vérifier par la fenêtre que la vieille dame, on ne sait jamais avec toi, ne l'a pas balancé sur le trottoir. Sans approfondir la vraisemblance de ses hypothèses, sa grand-mère étant âgée de quatre-vingt-cinq ans, impotente et clouée dans un fauteuil roulant, elle ouvre ensuite toutes les armoires de l'appartement, grimpe sur des chaises et se faufile sous les tables, sans parvenir à retrouver ce foutu appareil mais qu'est-ce que tu as bien pu en faire ?

La vieille dame, Marie-Madeleine de son prénom, semble absolument indifférente à ce remue-ménage. Les ongles de ses mains enfoncés dans les accoudoirs de son fauteuil, elle suit sa petite-fille de pièce en pièce tout en maugréant d'incompréhensibles imprécations, peut-être contre cette jeunesse virevoltante et bruyante, ou alors contre la télévision et, pêle-mêle, contre tous ces autres écrans à travers lesquels la modernité se glisse pour venir envahir nos intimités, ou encore peut-être bien contre une envie pressante d'uriner ou une poussière dans l'œil, on ne sait pas, personne ne sait, t'as envie de faire pipi, Mado, non, ça va ? Alors qu'est-ce que t'en as fait, de la télé, tu vas pas me dire comme la dernière fois que c'est le facteur qui l'a jetée, tu l'as donnée, c'est ça, tu l'as donnée à Emmaüs ou au S. P. F ?

La vieille dame bougonne quelque chose que la jeune fille comprend, apparemment, puisqu'elle cesse aussitôt ses recherches. Elle vient s'asseoir auprès de Marie-Madeleine en souriant, entreprend de lui raconter sa journée de lycéenne à Chateaubriand et c'est un spectacle intéressant, ces deux têtes penchées, l'une chenue vers l'autre jeunette encore. La petite appelle l'ancêtre Mado, condensé de Mamie et de Marie-Madeleine, c'est un mot-valise, faut bien te faire voyager un peu vu que tu sors jamais de chez toi ! et en retour, sa grand-mère la nomme Gwenne, c'est plus court et puis *Gwenaëlle* ça ne me plaît pas, ça m'exclut, si encore c'était *Gwenàmoi*, mais à *elle*, non, surtout pas à elle, Adeline, ta belle-mère. Leur complicité remonte aux premiers jours de vie de Gwenaëlle. Le temps que la mère du bébé se fasse à l'idée que la petite chose impérieuse et vagissante qui agitait son poing fermé vers elle était bien sortie de son ventre, et cela avait pris trois ans, c'était sa grand-mère Marie-Madeleine qui avait pris soin de la petite fille

– son père étant accablé par la situation : un bébé inattendu qui lui tomba dessus alors qu'il se croyait stérile, une femme en chute libre, un CAC 40 en dégringolade, moins 21,9 % en 2001, moins 33,75 % en 2002, avec à la clef de grosses pertes financières, c'était une cascade de catastrophes trop forte pour lui. Puis la Bourse et sa femme avaient remonté la pente, pendant que le bébé se redressait sur ses coudes, ses genoux, ses jambes, et gagnait le cœur de son père. Quand elle eut trois ans, ils envisageaient de la reprendre sous leur toit, d'autant qu'elle allait être scolarisée en maternelle, mais fatalité quand tu nous tiens, c'est en allant la chercher que Mireille la mère de Gwenne était décédée d'un accident de voiture. Elle occupait la place du mort. Le siège auto, à l'arrière, encore vide, était à peine tordu. Le mari conduisait. Lui s'en était sorti. Esquinté dehors et dedans, mais vivant, réparable. Et en quelques années, réparé. Et remarié. Depuis, Marie-Madeleine et son gendre s'évitent, mais entre la petite et sa Mado, d'indéfectibles liens sont noués, d'amour et d'admiration réciproques, l'une le chat l'autre la souris à tour de rôle et chacune râlant pour la forme contre les râleries de l'autre, contre la jeunesse ou contre la vieillesse, contre le progrès ou contre l'anti-progrès, Mademoiselle Âge tendre, dit Mado, Madame Âge du bronze, répond sa petite-fille.

Quand elle juge, à sa montre et non à la lumière déclinante puisqu'elle a pris soin de laisser tirés les rideaux, qu'il est temps pour elle de rentrer chez sa belle-mère,

Gwenne se lève, embrasse la joue molle et douce qu'elle aime tant, et regagne

– Patins !

et regagne l'entrée, t'inquiète Mado, lundi je te ramène ma tablette, tu pourras voir encore plus de trucs qu'à la télé, il est temps que tu te mettes à Internet si tu veux rester dans le coup – et c'est un joli spectacle que cette adolescente aux cheveux rebelles glissant, les pieds sur des patins de feutre, jusqu'à la porte d'entrée qu'elle claque violemment derrière elle.

Gwenaëlle reste un instant sur le palier, tendant l'oreille. Et bientôt s'élève le chant de Caprice, dans *Le Voyage dans la Lune* d'Offenbach, que la jeune fille connaît bien pour l'avoir entendu si souvent chez sa grand-mère :

« Ô reine de la nuit,
Reine silencieuse !
Dans le ciel où sans bruit
Tu vas mystérieuse,
Mon cœur tout éperdu
Que ta pâleur enivre,
Mon cœur voudrait te suivre
Vers le monde inconnu ! »

« Le dernier livre de Jeanne Boucher, *L'habitée*, nous ravit en réenchantant le monde sensible. Chaque petit détail de la vie quotidienne se fait grand sous sa plume, avec une simplicité généreuse qui va chercher sa source dans l'Amour, dans la Vie, dans le désir palpitant des choses. Chaque phrase y est cri *pur*, non pas au sens moral mais au sens chimique de ce qui est sans mélange, car elle va droit à l'essence même de ce qui est décrit au fil de *tableaux* (comme elle appelle ces scènes, entre théâtre, peinture, musique) : un arbre au milieu d'un champ, un vieil homme dans la salle d'attente d'un médecin, un embouteillage à l'entrée de la ville un vendredi soir à 19 heures, un enfant assis au dernier rang d'une salle de classe de collège, un chœur de femmes répétant un gospel. »

Jeanne relit l'article (à voix haute) et soupire. Elle se souvient comme à l'époque de sa parution, il t'avait rendue fière et heureuse, pas vrai, mais il faut dire qu'à l'époque, tu te piquais de métaphysique (seule, elle parle fort en arpentant sa chambre encombrée de papiers au sol qu'elle est allée chercher au fond d'un placard, grand ouvert), sur fond d'un humanisme de bon aloi, sois honnête (elle manque de glisser sur une feuille mais se rattrape in extremis à la poignée de sa fenêtre).

La mémoire de Jeanne rebondit comme une balle, sur la terre battue du passé. « Cri pur » lui rappelle le livre de Kant, *La Critique de la raison pure* qu'elle avait dû étudier en terminale. *L'habitée* était un de ses premiers recueils, paru dans les années 2000 ; son baccalauréat, c'était en 1998, l'année de la Coupe du monde de foot remportée par la France.

13 juillet de cette année-là, elle vient de recevoir ses notes d'examen, très décevantes. Le soir même, des amis l'entrainent pour célébrer dans la rue la victoire des Bleus. Tout le monde hurle en agitant des drapeaux tricolores, Hourra, hourra ! Poil redressé sur les bras, au bord de la tachycardie, une envie de pleurer au bord des paupières sans comprendre la nature de cette émotion, Jeanne manque de se sentir mal. Elle aimerait participer à la grande fête populaire qui ondule par les rues comme un gigantesque cobra, ressentir cette effervescence joyeuse dont on dit qu'elle n'a jamais été aussi forte depuis la Libération. Union sacrée du peuple dans les Victoires, en 45, en 98. Cris de joie, drapeaux français. Les slogans de triomphe la traversent, « on est les champions, on a gagné ». Elle boit au goulot un alcool fort, pour faire comme ses amis, se fondre dans la foule et se forcer à participer à la grande communion. Depuis toujours, les grandes liesses populaires l'effraient. Elle a beau essayer, On a gagné, elle ne parvient pas à le crier, pas même à le penser. Elle a raté son bac : ce soir-là, elle va aussi rater sa première fois, une étreinte sans amour

ni douceur. On a gagné, mais pas elle. À l'automne suivant, elle rejoint des mouvements étudiants. Dans les manifestations, elle scande, par provocation, « La bitture, pas la CriPure », « Spinoza, moins compliqué », quand les autres, élèves et professeurs réclament « 25, 25, 25 élèves par classe » et plus de moyens pour les universités.

Jeanne glisse l'article déjà jauni dans une chemise ouverte sur le lit, que c'est loin, tout cela, allez, zou, du balai! Quand elle avait écrit *L'habitée,* le monde était plein, il faisait sens, les choses avaient un nom, les faits une cause, les colères de l'espoir, les engagements un but, et elle, encore bien des rêves.

Au fil des ans, le monde de Jeanne, en vacillant, l'a jetée sur les bas-côtés de l'histoire collective et de la sienne propre. Déçue par l'amour et par la politique, elle laisse les jours s'entasser sous elle. Le monde s'est vidé de sa sève, elle-même de sa force, et toute vie de sens. Concomitance des exsanguinations, essoufflements synchrones: elle se retrouve désormais en position de spectatrice désenchantée d'un monde indésirable.

Sans doute ne doit-elle pas chercher ailleurs les raisons de ses pannes d'écriture. Dans son recueil *L'habitée,* elle aimait à décrire les choses comme elles étaient, croyait-elle. Les montagnes étaient des montagnes dans l'évidence de leur présence matérielle, sensorielle, roche, terre, eau; les arbres, des végétaux où la vie s'exprimait en racines noueuses, en branches de bois souple, en feuilles que vent agite; une cascade, une chute d'eau claire dont le mot même précipitait la transparence musicale, pure cristallisation d'un moment de bonheur. Cet enchantement devant les choses les plus simples, devant les choses premières, s'appliquait aussi au monde humain, dans ses plus humbles et ses plus beaux élans, un sourire, un regard amoureux, un acte de solidarité, une adhésion à la vie dans sa plénitude.

Mais ensuite surgirent les premiers doutes. Une lézarde dans le couple – et c'est l'amour qui implose; une fissure dans la mémoire – et l'enfance s'écartèle sur la roue des mauvais souvenirs; une fracture sociale, le suicide d'une amie licenciée par mesure économique – et la possibilité d'un monde meilleur s'éloigne. De fente en faille, c'est non seulement tout l'édifice de Jeanne qui se désagrégea, mais le monde entier qui éclata en mille morceaux épars.

Inquiète de tout, Jeanne ne vit plus les choses dans leur évidence native, mais bourrées de sens possibles, gavées de questions auxquelles elle voulait, vainement, que le réel apportât réponse. Cette tache sur le trottoir, qui attire l'œil des passants, quelque part, n'importe où, disons dans une petite rue tranquille, est-ce du sang séché, de la peinture, du vin? Mystère! Est-ce une soirée un peu arrosée qui s'est terminée là? Une jardinière pleine de terre qui est tombée du deuxième étage? Une coulure abandonnée par un artiste de rue fuyant la police? Est-ce un coup porté par un mari qui a blessé le nez de sa femme ou par un couteau dans le ventre d'un SDF? Le monde s'ouvrait sur des abysses infinis, comme un miroir qu'on regarde dans un autre miroir.

Plus rien n'était stable ; tout devenait sable et fuyait sous les doigts, sous la plume, sous l'effort de le nommer. L'arbre n'était plus arbre, ses branches ployaient et cassaient sous le poids de métaphores lourdes comme fruits trop gorgés de sucs, le mot se changeait en même temps que la chose et l'*arbre* devenait *sabre* – branches nues, pointues, de l'hiver – ou se faisait *barbe* – feuilles fournies de l'été. Le moindre détail de la moindre réalité se métamorphosait par le pouvoir de mots qui ne pouvaient rien dire ni retenir d'un monde leur échappant.

Mais si elle peinait à écrire, à cette époque, elle parvenait cependant encore à dire cette difficulté. Comme il était même excitant d'imaginer ces variations, ces interprétations ! Comme elle aimait ces questionnements enrubannés de métaphysique et de la fumée de ses cigarettes mentholées, qu'elle regardait monter au plafond du salon – doutes et fumée ensemble – en entrelaçant leurs motifs baroques, volutes et arabesques.

Mais à présent, c'est fini, tout cela, fini.

Maintenant, Jeanne avance dans la vie, une lanterne à la main, en quête non d'un Homme comme Diogène, non d'un sens comme elle-même auparavant, ou comme tout le monde un jour ou l'autre, non non, aujourd'hui la lanterne est juste là pour éclairer les cailloux du chemin qui pourraient la blesser aux pieds, et qu'elle évite prudemment, oh oui, il est bien loin, le monde enchanté de Jeanne. Écœurée par un excès de sens comme on se réveille un matin nauséeuse d'un plat trop lourd, trop gras, trop riche avalé la veille au soir, elle ne parvient pas à retourner pour autant à une forme neuve de simplicité, de vie ordinaire et légère. La confiance, en un homme qui vous a trahie, ou dans le monde qui vous a trompée, une fois rompue, ne se répare pas. Ça se rafistole, plus ou moins, et c'est tout.

Jeanne a recopié sur la première page de son agenda, comme sur la ligne d'un horizon idéal, le mot du poète Alberto Caïero : « Ce que le clair de lune à travers les hautes branches/Est, en plus d'être/Le clair de lune à travers les hautes branches, c'est qu'il n'est rien de plus/ Que le clair de lune à travers les hautes branches. »

Quant à la tache au sol, si elle est toujours là, c'est que le sol est sale, et la tache, il faut la nettoyer.

Avec une serpillère.

Pas avec un livre. Pas avec des mots.

Elle en est là, Jeanne. À se demander comment vivre les petites choses d'un monde absurde, dans l'humilité d'une Cendrillon qui frotte le sol et veut faire partir les taches du trottoir ou de la moquette.

Jeanne rassemble les papiers épars, referme les chemises et les carnets, les enfourne dans un grand sac. Elle le descendra plus tard, en même temps que la poubelle.

Elle se souvient aussi de la dernière question que la journaliste lui avait posée, hors micro, c'est votre vrai nom, Boucher, ce n'est pas un pseudo ? non parce que… ça tranche, si j'ose dire, par rapport à vos textes, le mot *Boucher* convoque un univers assez violent de viande, de sang, de mort, alors que vos textes sont si délicats ! Jeanne s'était retenue de lui parler de la mystique Hildegarde de Bingen qui avait prêté la plus grande attention aux affres, aux humeurs, aux flux du corps, n'ignorant pas que l'âme humaine est plasmatique et excrémentielle. Elle ne lui avait pas fait remarquer en soupirant que les femmes ne sont pas nécessairement des petits êtres incapables et qu'elles peuvent très bien faire un stylet d'un stylo.

Elle avait nié écrire sous pseudonyme.

Elle avait caché son prénom d'origine, Coline, changé en Jeanne à sa première publication.

Elle avait juste souligné que dans Boucher, il y a Bouche et Bûcher, cela qui parle et qui brûle, l'incandescence même du mot que l'on profère, le verbe fait brasier, braise, baiser, tout ensemble, et oui c'est mon vrai nom, Jeanne Boucher, puisque je l'ai inventé.

Comment l'idée lui en est-elle venue ? Cela s'est joué un matin, au réveil, à l'approche de la Toussaint, alors que Christophe a sous les yeux, en buvant son café, la colonne encore vide des inconvénients de son projet d'édition, ce n'est pas possible, une absence totale de difficultés et d'ailleurs ce n'est pas souhaitable, n'est-ce pas, il faut avoir des obstacles à surmonter pour retirer un quelconque mérite à bâtir quelque chose, et je ne parle pas des embûches matérielles, poids de la concurrence, désamour des lecteurs envers le livre papier et autres prévisibles soucis de cet ordre, je parle de difficultés plus existentielles, ontologiques, inhérentes au bonhomme Christophe Lambert, c'est-à-dire moi-même.

C'est à la troisième gorgée de café que le problème majeur de son entreprise lui apparaît, brusquement. Il tient en un seul mot, ou plutôt en un seul fait mais en quatre mots : son rapport aux auteurs. Christophe n'a jamais réussi à entretenir de bons rapports avec les auteurs. Oh certes, il reste poli, affable, avec un sens aigu de ce qu'il convient de dire ou faire, on ne pratique pas le dandysme sans un certain raffinement de style et de langage, mais sous le sourire il serre les dents pour ne pas les mordre, ces auteurs arrogants, il se retient à grand mal de ne pas sauter à la gorge des plus prétentieux pour leur faire ravaler leur ego, nom de Dieu, Vanité des Vanités quand tu nous tiens. C'est pourquoi Pierre et lui parlaient assez peu, ensemble, de leur travail respectif, leur amitié y eût péri lamentablement, et même peut-être Pierre lui-même si le Destin ne s'en était chargé, si forte était souvent l'envie de te casser la gueule malgré toute mon affection, et de rabattre un peu ton caquet de petit coq, mon coco.

Mais Pierre étant mort, désormais, et sans que Christophe y soit pour quelque chose, leur amitié serait éternelle. Christophe pourra s'occuper à loisir des affaires de son ami, comme il le lui a silencieusement promis : un auteur mort n'a plus d'ego à flatter, à ménager, à cajoler, puisqu'un auteur mort n'a plus d'ego du tout.

Elle est donc là, la solution au seul problème que Christophe Lambert pouvait craindre de rencontrer dans son entreprise ! Il a du mal à garder le sourire devant les Auteurs en mal de toujours-plus-de-reconnaissance ? Il voudrait les voir silencieux, enterrés sous leurs paillettes réduites en poussières, leurs paupières en cendres modestement baissées ? Qu'à cela ne tienne ! Il ne travaillera qu'avec des auteurs défunts.

Ce sera son créneau, sa place unique dans le paysage du livre, la singularité de sa maison : il n'éditera que des textes posthumes. Et puisque Pierre lui a ouvert la voie en lui confiant son roman, il s'y engouffrera avec reconnaissance et n'éditera que des textes ultimes, testamentaires. On identifiera de loin ses affiches dans les vitrines : un montage baroque dans l'esprit des Vanités, un livre ouvert près d'un sablier ou d'un crâne gothique et ricanant de ses dents déchaussées, une plume au creux du métacarpien d'un squelette gravant quelques mots en latin, *memento mori.*

Voilà, c'est ainsi que ça a commencé, et que les « Éditions Thanatographes » de Christophe Lambert sont nées.

– Jules, s'il te plaît, fais autre chose ! Tu ne vas pas passer ta vie à jouer à je ne sais quoi sur ton écran.

– Mais maman, c'est la Toussaint, je suis en vacances ! Je peux bien faire ce que je veux ! J'adore ce mec, il a une chaîne d'humour sur YouTube, je suis sûr que t'as pas idée du nombre d'abonnés qu'il a, tiens, dis un chiffre, pour voir.

Jeanne jette un œil sur l'écran de son fils : la tête un peu ébouriffée d'un jeune, quelque part entre quinze et vingt-cinq ans, en occupe presque tout l'espace.

– Mille ? deux mille abonnés ?

– Tu vois, t'y connais rien... Treize millions ! treize millions cent quarante mille six cent vingt-huit exactement... T'imagines un peu la thune qu'il se fait ?

Le regard de Jeanne plonge sur le nombre à huit chiffres des visiteurs du site, comme au fond d'un trou noir qui aspirerait son univers, ses livres, ses cahiers, son stylo, et par-dessus tout, son fils. Elle s'imagine le retenant par le bras au bord du gouffre de l'écran, lui flottant à l'horizontale, elle agrippée à la manche de sa chemise, mais le tissu glisse entre ses doigts, la manche se déchire, son fils lui échappe, en riant, heureux de se faire avaler par l'écran. La peur, toujours. La peur de le perdre dans un monde sans garde-fous et sans pitié.

– D'accord, il est riche. Et alors ? Est-ce que ce qu'il fait est bon, au moins ? Est-ce que c'est intelligent ?

– T'es sérieuse, là ? Forcément, c'est bon ! Treize millions d'abonnés !

– Ah. C'est ça qui le rend bon ?

– Ben… oui. Et au moins, lui, il a réussi, il a du succès.

Jules ajuste son casque sur ses oreilles sans attendre de réponse et tourne le dos à sa mère. Ce qui rend sourd rend aveugle : il ne voit pas les joues de Jeanne se napper d'une rougeur brûlante sous l'insulte.

Jeanne quitte la pièce, je me déteste tellement, dans ce rôle de mère moralisatrice, mais le moyen de laisser Jules fasciné par, par je ne sais quoi d'ailleurs, *qu'aimes-tu le plus, fils énigmatique, dis* ? L'écran, l'image ? Pas seulement. La richesse ? Sans doute. Le fameux quart d'heure de gloire auquel chacun et chacune aurait droit, réduit à trois minutes par jour sur une chaîne vidéo à son nom ? Elle se dirige vers la salle de bains sans faire de bruit, comme si Jules sous son casque pouvait être gêné par le glissement feutré de ses chaussons sur le parquet, fais attention ma fille, elle se creuse méchamment entre vous, l'incompréhension, arrête de lui faire la leçon, arrête avec tes citations de manuel scolaire, arrête de te croire meilleure que lui, et gagne plus d'*argent*, c'est un vilain mot je le sais bien, malheureusement, c'est ça qui remplit le caddie, aux supérettes, de celles qui ne sont pas des super-héroïnes.

Jeanne se regarde rapidement dans le petit miroir de la salle de bains – la psyché de sa chambre, elle a insisté pour que Thierry l'emportât en partant. Elle glisse l'attache d'une boucle d'oreille à breloques dans le petit trou de ses lobes, non sans difficulté car faute de bijou régulier, il s'est en partie rebouché. Elle passe une pierre de lune à son annulaire droit. Du bout des doigts, elle étale sur ses pommettes une couche de fond de teint qu'elle égalise à la houppette poudrée, trace un trait de khôl noir sur ses paupières. Enfin, elle applique sur ses lèvres, en les pressant l'une contre l'autre, un écran légèrement carminé.

De retour dans sa chambre, elle enfile un chemisier anthracite, cintré, par-dessus un pantalon fluide de flanelle noire.

La voilà prête, élégante, sans affectation.

Elle s'observe un moment dans le miroir, immobile, silencieuse. Levant les bras, elle les agite, malhabile, comme une chauve-souris prise au piège du jour et s'adresse une grimace, non non, tu n'es pas prête (et d'ailleurs prête à quoi, en vacances et inoccupée), tu es apprêtée, c'est différent, allons, pas de coquetterie ma fille, remballe ta quincaillerie, ce n'est pas toi dans le miroir. De la simplicité, du dépouillement ! La pauvreté volontaire du sage !

Jeanne retourne dans la salle de bains, s'essuie le visage d'un morceau de coton, le rendant à sa nudité native, enlève boucles et bague, puis se déshabille. Pantalon et chemisier roulés en boule dans un coin de la pièce, elle enfile un grand pull, coupé large, sur une jupe longue et souple, il n'y a que dans ce genre de vêtement ample que je me sens bien, sans rien qui me serre ni au ventre ni aux épaules ni aux seins, c'est un espace encore plus intime qu'une *chambre à soi*, ce vide matriciel du vêtement juste flottant autour de soi sans être ajusté, un lieu intermédiaire, entre les entrailles internes et le monde externe, comme une *chambre en soi* à l'intérieur de laquelle le corps peut bouger, l'air et le sang circuler, les idées vagabonder, sans entrave mais sans intrus. Il n'y a que dans ce genre de tenue simple sans fioriture qu'elle est sans honte de son corps à présent qu'elle ne vit plus sous l'œil critique de Thierry, ses petites phrases assassines, ses reproches aiguisés comme rasoirs, ces accusations qui la rendaient coupable de son attitude à lui, forcément j'ai pris une maîtresse, t'as vu comment tu t'attifes, à ton âge, on dirait une ado, c'est pas un vêtement c'est un sac, une vraie femme porte des bijoux, des je ne sais pas, des trucs élégants, ah mais bien sûr, j'oubliais, Madame est poète, donc au-dessus des contingences matérielles, rappelle-moi combien tu en vends, de tes recueils ?

De l'autre côté de la porte, Jeanne entend s'esclaffer Jules, qui est toujours dans son monde et son jeu. Elle voudrait épargner à son fils de n'avoir pas d'autre ambition à dix-sept ans que de gagner des millions, mais après tout, que sais-tu des rêves de ton enfant, et vu le monde qu'ont bâti les utopies de ta jeunesse, tu crois vraiment que tu as des leçons à lui donner ?

Debout devant la fenêtre ouverte, dans son large pull, Jeanne lève les bras, les déploie comme un grand cormoran et cette fois, libre de mouvements, peu s'en faut qu'elle ne s'envole.

Elle allume son ordinateur. Elle va regarder un film. Elle est en vacances, n'a rien à faire et pas grand monde à voir. Elle remonte jusqu'au nez son col roulé, doux comme un duvet.

Mais auparavant, elle se rend sur le site du jeune comique. Clique en bas à droite de l'image. Treize millions cent quarante mille six cent vingt-huit abonnés, plus une. Le rire de Jules derrière la porte, l'attendrit et la console de tout, son gamin, son petit, sa force et sa tendresse, ce soir, elle lui préparera des bolognaises, tu adores ça et moi, je t'aime – même quand tu me parles comme ton père.

Jeanne sourit. Et tant pis si Jules n'en sait rien, de l'autre côté du mur.

Novembre ! Mois des camaïeux de rouge et d'ocre dans les parcs et les bois, des premiers *cache-nez* comme disaient autrefois les gens au grand dam de maman, qui souhaitait pour son fils un vocabulaire plus choisi et des cache-cols plus distingués que les écharpes tricotées main par Mémé.

Au volant de sa voiture, arrêtée à un feu rouge, Christophe regarde traverser un groupe de lycéens. C'est la rentrée de la Toussaint, les cartables des enfants les plus jeunes ne sont déjà plus neufs, les sacs à dos des plus âgés se portent négligemment sur l'épaule. Quelques élèves tirent derrière elles des sacs montés sur roulettes, comme des valises. Les doudounes légères sont sorties des placards. À leur âge, Christophe, inspiré des tenues de scène de David Bowie, arborait déjà foulard ou lavallière et serrait autour de sa taille, étroite à cette époque, un trench d'allure très britannique. Il affectait en cours une nonchalance ennuyée et insolente qui le faisait haïr de ses professeurs, admirer de certaines filles et envier de camarades volontiers ironiques. Il citait alors Baudelaire, « Le dandy doit aspirer à être sublime sans interruption, il doit vivre et dormir devant un miroir ». Seule une professeure de français, en première, avait entrevu la solitude et la tristesse que cette attitude hautaine cachait. Elle lui avait donné à lire des textes susceptibles de le nourrir, Huysmans, Byron, Wilde… Christophe les dévorait le soir, à table, dans le silence abandonné de la salle à manger. Son père passait son temps à l'hôpital, sa mère en réunions. Il n'avait ni frère ni sœur. Quand il eut quatorze ans, ses parents décidèrent qu'il n'avait plus besoin 24 heures sur 24 d'une gouvernante : la vieille Marie vint encore deux heures par jour, préparer ses repas, et repasser son linge pendant un temps, puis elle partit en retraite et la pendule du salon devint la seule compagne de ses longues soirées adolescentes.

Un coup de klaxon derrière lui sort Christophe de ses souvenirs. Il démarre. Il a rendez-vous avec l'imprimeur de *Tant que dure le voyage*. En réalité les détails se sont déjà réglés par téléphone et mail, mais il a envie, il a besoin de toucher le papier, de sentir le grain et la raideur du velin sous le doigt. *Raideur* n'était pas le premier mot à lui être venu à l'esprit, quand il boutonnait sa chemise, ce matin, en anticipant sur ce rendez-vous de 11 heures. *Rigidité* s'était d'abord présenté, pour désigner cette tenue particulière de la feuille cartonnée de 350 grammes. Mais ce mot traînant derrière lui comme une ombre mauvaise l'adjectif *cadavérique*, s'agissant de la future couverture du livre de son défunt ami Pierre, il l'avait chassé de son esprit. Avant de l'y faire revenir, car à la réflexion, il ne lui parait pas stupide de comparer un livre à un cercueil, surtout les livres d'une maison d'édition spécialisée dans les écrits posthumes. Toute couverture cartonnée tient un peu d'un linceul : sous le drap empesé, les corps refroidis ; sous les couvertures cartonnées, les âmes.

Il note l'idée quelque part dans sa tête, se réservant de la traduire en images ou en slogans, pour la communication du livre. Bien sûr, il s'en trouvera pour le juger de mauvais goût, à quoi il répondra qu'il n'a pas inventé le macabre, tous les arts qui ont le courage d'affronter les questions essentielles de l'existence – et donc de sa fin – en sont hantés depuis plusieurs siècles.

Il commence d'ailleurs à avoir l'habitude de ce genre de réactions, vertueusement horrifiées, qui s'élèvent dès qu'il expose sa ligne éditoriale. Elles ont commencé avec l'ancienne femme de Pierre, Laurence. Elle l'avait contacté dès le surlendemain des funérailles de Pierre, en apprenant du notaire que 1°, Pierre ne lui laissait rien et 2°, Christophe était l'exécuteur testamentaire du défunt. Elle avait crié à la spoliation, à la dépossession, à la manipulation, à tous les mots en -tion qu'elle avait pu trouver. Peines perdues. Christophe avait pour lui toutes les lois, la loi juridique et la loi morale. L'ami fidèle avait eu la préférence ? Tant pis pour l'ex-épouse infidèle, elle n'avait aucun droit à faire valoir. Les deux enfants de Pierre, héritiers de ses biens, auraient peut-être pu protester, mais le seul qui s'était intéressé de son vivant aux romans de leur père était aussi le filleul de Christophe et n'avait aucune envie de se mettre du travail en plus sur les épaules si son parrain voulait s'en charger. Il lui suffisait de toucher les coquettes sommes auxquels il pouvait prétendre au titre d'ayant-droit. Son frère, plus âgé, sourd aux récriminations de sa mère après l'avoir été à celles de son père depuis son adolescence difficile, n'avait qu'une passion dans la vie, escalader les glaciers. Risquer sa vie à chaque pas, à chaque coup de pic dont l'écho dans le silence d'une immensité éternelle pouvait sonner comme glas, rendait misérables les agitations humaines de la vallée, soit dit sans mépris, avait-il écrit par mail conjoint à sa mère, à son frère, à Christophe, alors autant dire que pour les manuscrits de papa, vous faites comme voulez.

Laurence n'avait donc pas pu empêcher Christophe d'organiser la succession de Pierre et notamment d'éditer son manuscrit, dans lequel elle craignait de voir révélés certains détails de sa propre intimité. Elle avait trouvé un allié moral dans l'ancien éditeur de Pierre, qui aurait bien gardé l'exclusivité des textes de son poulain, mais ils n'avaient rien pu obtenir, leur avocat était formel, Christophe, désigné par le défunt, faisait ce qu'il voulait – dans le respect des vœux exprimés par Pierre. Et justement, celui-ci n'avait exprimé que le désir de remettre ce manuscrit à Christophe, salut mon pote si t'es chez toi, bouge pas, j'arrive avec *Tant que dure le voyage* sous le bras et du champagne sous le coude, tel était le message explicite qu'il avait laissé sur le répondeur de son ami avant de prendre la voiture et d'aller s'encastrer dans un camion.

Christophe arrive chez l'imprimeur. Il aurait pu choisir une entreprise étrangère, en Pologne par exemple, où les coûts sont moins chers. Mais il veut de la belle ouvrage, c'est le moins qu'il peut offrir à Pierre pour son ultime roman. Ses enfants avaient couché leur père dans un cercueil en acajou capitonné de satin ; il déposerait les mots de son ami sur des feuilles de qualité équivalente : aux mots ultimes il faut le plus beau des papiers, c'est une question de principe.

Du reste, en toute occasion rechercher le chic et le beau, l'élégance raffinée, la distinction cossue : tel est le credo de Christophe. Il avait quitté sa femme à cause de son obstination à barioler leur appartement de couleurs criardes et de son goût pour la laine et la jute. À la suite de quoi il s'était bien promis de ne plus jamais approcher de femme qui commettrait dans la première heure de leur rencontre une impardonnable faute esthétique, car cela ne peut préjuger d'une heureuse relation.

Quand il ressort de l'imprimeur, une heure plus tard, il sifflote, heureux. Il a encore les narines pleines du parfum des papiers et des encres. Le livre sera beau, il y aura même, cousus main mon Pierre, quelques ouvrages de tête réservés à tes fans, tu peux être content. Et la suite en format plus économique, pour ton grand public.

Il se frotte les mains.

Le livre sortira en janvier.

À la deuxième rentrée littéraire.

En pleine marée des premiers romans, il y aura *Tant que dure le voyage*, dernier roman.

Jeanne s'assied dans un angle de la salle de profs de son collège, un verre de plastique brûlant à la main, qu'elle pose sur le sol parce que la table basse est recouverte de papiers, prospectus syndicaux, copies d'élèves, courriers de l'administration, magazines en tous genres, et si je pose mon verre dessus, 1, ça laissera un cercle humide, et 2, ce n'est pas bien stable, et alors 3, si ça se renverse, ça ne sera pas un simple cercle mais carrément une flaque de café qui s'étalera sur les affaires des collègues.

La fin de la pause va sonner. Sur ses quinze minutes de récréation, après deux heures éprouvantes à batailler pour obtenir un peu d'attention et un peu plus de participation de la part de ses élèves, elle en a passé :

– deux à descendre de sa salle, située à l'extrémité du couloir de l'étage supérieur

– deux à ramasser au passage une pile de de prospectus d'orientation tombés par terre, dans le hall du secrétariat, et à les remettre en place, tranche bien alignée

– cinq à traduire au pied levé un paragraphe juridique dont a besoin, tout de suite, un pion, pour elle ne sait pas bien quelle histoire de procès en cours d'un ami à lui

– deux à répondre à une question de la CPE sur l'absence d'une élève à un cours de la semaine précédente, elle n'avait pas fait l'appel ce jour-là, ce n'est pas bien, imagine si un élève sèche et qu'il lui arrive quelque chose pendant ce temps, faire l'appel te couvre

– trois à attendre près de la machine à café que ses collègues aient libéré la place, et pour cela qu'elles aient fini de se raconter le dernier épisode de la série qu'elles regardent chacune chez elle, le soir.

À présent elle est assise, et s'apprête à avaler son café brûlant en une minute top chrono.

La sonnerie, stridente, retentit. Les collègues se lèvent, plus ou moins rapidement. À sa droite, Yannis, un remplaçant de physique-chimie, renverse en quittant son fauteuil le gobelet de plastique de Jeanne.

Oups, je m'excuse.

Dit Jeanne.

Pas Yannis, Jeanne.

Yannis, lui, constate que pas la moindre goutte ne s'est renversée sur le bout de sa basket crottée de terre, c'est pas grave, dit-il en pensant certainement être gentil.

De toute façon, il était trop chaud, murmure Jeanne.

Sans même réfléchir, sans y penser, tellement la manie de s'excuser de tout est entrée dans sa chair comme un ongle incarné, impossible à déloger.

Cela s'est fait petit à petit. Elle n'a pas vu s'installer et grossir en elle cette habitude, à présent il est trop tard. Elle a tout bon, pourtant. Elle a même tout trop bon. Elle n'est pas méchante, elle ne médit pas, elle ne se met pas en avant, elle ne cherche pas à passer avant les autres, évidemment elle se tait quand l'intendante surgit en exigeant de savoir qui laisse toujours la lumière allumée dans le couloir des sciences, qui a emporté la rame de papier, ou qui a laissé du bourrage dans la photocopieuse.

De plus, non seulement elle n'a pas ces comportements haïssables que d'autres adoptent à l'occasion, mais au contraire, elle se force à beaucoup d'autres qui devraient lui être crédités. Une course à faire à l'autre bout de la ville ? pas de problème, elle ne passe pas loin en voiture, cela ne me dérange pas, Un compte rendu de réunion intersyndicale à rédiger pendant la nuit ? Bien sûr, oui, elle va s'en charger. Elle en était venue à anticiper les demandes, prête à tout pour qu'on la voie et qu'on lui fasse une place, si je peux faire quelque chose pour vous, n'hésitez pas. Personne n'hésite. Puisque cela lui fait plaisir. Puisqu'elle le réclame. Elle rend service avec un tel empressement que cela ne vient à l'esprit de personne de la remercier. On attendrait presque qu'elle soit, elle, reconnaissante qu'on lui ait donné l'occasion d'assouvir son besoin de rendre service.

Aussi, quand Yannis renverse le gobelet de sa collègue, est-ce elle qui bafouille des excuses. Pas lui. Il est arrivé très récemment au collège, mais la hiérarchie de meute de n'importe quel groupe humain se devine vite et il a déjà repéré la place de Jeanne, au lycée comme ailleurs : c'est celle de l'invisible, comme on parle dans les voitures de la place du mort.

Elle s'y est tellement faite, Jeanne, qu'elle ne remarque plus les offenses quotidiennes de ses collègues. Mais ce nouveau, Yannis, c'est différent. Il l'attire, et quand il dit en souriant de toutes ses dents, se croyant poli, *c'est pas grave*, chaque mot, pointu comme un croc, la mord.

Elle aimerait tant aimer de nouveau. Tomber amoureuse, même de haut, ne pourrait être pire que vivre avec Thierry. En réalité elle a beaucoup plus envie de se sentir amoureuse qu'elle ne désire Yannis lui-même. Il est plaisant, plutôt bel homme, la taille fine, les cheveux noués à l'arrière et la barbiche rousse. Sans doute un peu plus jeune qu'elle. Encore quelques années et il ne portera plus comme un adolescent le bas de ses jeans retourné jusqu'à dégager ses chevilles. Il perdra peut-être aussi ce sourire permanent qu'il arbore en façade d'un visage qui n'est que beau, sans charme. Pour l'heure, l'ensemble compose un personnage un peu surfait mais Jeanne s'en contenterait, pas vrai, allez avoue-toi qu'il te plaît et fonce, il ne te connaît pas, il ne sait rien de ton histoire. Tout est encore possible.

Sauf que les jours passent et que Yannis ne paraît pas la remarquer.

Elle devrait faire un effort. Se battre. Partir à sa conquête. Guerroyer. Monter à l'assaut. Passer à l'attaque. Affuter ses armes, passer en revue tout l'arsenal des séductions, aller au combat le cœur vaillant. Jusqu'au duel, au corps à corps final. Et aux doubles cris de victoire. Mais elle est fatiguée. Elle sait qu'elle a d'avance perdu la bataille et la guerre.

À présent la salle des professeurs est vide. Jeanne a fini d'essuyer le sol avec une feuille de Sopalin. Elle renifle, les yeux embués. Se mouche dans un coin propre du papier, le jette à la poubelle. Au fond de la pièce, autour d'un sapin en plastique, chaque année le même, une guirlande clignote. Jeanne avale le fond de son café. Au moins il a eu le temps de refroidir. Une collègue a apporté des chocolats. Il en reste deux, dans leurs alvéoles dorées. Un peu de salive monte à la gorge de Jeanne. Ils lui font envie. Elle imagine, elle sent le goût de la praline fondant sous le palais. Elle hésite. Regarde à droite à gauche.

Elle quitte la pièce en se dépêchant.

Dans la boîte, il y a encore deux chocolats.

PARENTHÈSE

Assise face à la fenêtre ouverte en dépit du froid hivernal, Marie-Madeleine ne quitte pas des yeux le cercle lunaire – et c'est un étrange vis-à-vis que ces deux figures également laiteuses et rondes qui se font face de part et d'autre de la croisée, l'une de chair et l'autre de pierre, l'astre féminin et la femme sidérale

Ce que Marie-Madeleine doit à la Lune, elle le sent depuis l'enfance, depuis sa première marée menstruelle, ce soir de pleine lune où elle sentit pour la première fois descendre son sang en bouillons rougissants qui ensuite, chaque mois durant quarante années, avec la même régularité que le retour de la pansélène, la laissaient exsangue dans l'attente de l'intime ressac.

Mais c'est loin, tout cela, soupire-t-elle, ah, que n'ai-je vécu au temps matriarcal des premiers Celtes : sous une longue toge blanche de druidesse, je t'aurais fait offrandes et sacrifices, ô Lune, toi et moi on est bien pareilles, allez, deux vieilles dames, mêmes rondeurs et mêmes amours nocturnes, mêmes lunaisons, nos sources pourtant taries depuis longtemps et nos mers à sec. Sur ta croûte, les taches de vieillesse ne sont pas moins brunes que sur la peau de mes mains et lorsque tu es pleine, moi aussi j'atteins la plénitude. Tu es mon Soleil de minuit, qui m'irradies, invisiblement, le jour. Et je t'ai si souvent, si longtemps observée que, tel un animal nocturne, je perçois mieux tes longueurs d'ondes que celles du Soleil, même que ça ne m'étonnerait pas que ma vision des couleurs du monde soit devenue plus proche de celle d'une chauve-souris que de mes contemporains.

Marie-Madeleine pivote son fauteuil roulant à commande vocale pour le ramener au centre de la pièce obscurcie par volets et tentures. Elle qui vit en huis clos aime bien circuler à son bord, d'une pièce à l'autre de son appartement. Elle pourrait se croire dans un manège, il n'y manque qu'un volant, et un pompon. Elle trône sur ce siège quelle que soit l'heure de la journée et de la nuit, énorme masse débordant des accoudoirs, hiératique, immobile, le visage lisse, inexpressif. Ses sourcils se sont raréfiés avec le temps et sous la pince à épiler, mais un tracé net et noir en forme de croissant les remplace avec élégance. Ses cheveux, laqués et pincés sur les côtés, forment un impeccable casque blanc qui ne bouge pas, ou plutôt qui bouge en bloc, quand elle tourne sa tête. Une épaisse couche de crème unifie son teint, dont on ne soupçonne plus les rougeurs de l'âge.

Elle roule jusqu'à un vieux secrétaire de style Louis XVIII dont la porte, du côté extérieur, révèle des rinceaux de fruits, de fleurs, de feuilles et de branches, aux enroulements détourés d'un fin fil de cuivre. Elle en suit le contour du doigt, délicatement. Puis elle ouvre l'abattant, découvrant, du côté intérieur, l'élégant cuir noir incrusté au centre et aux angles de motifs dorés. Posé dans le théâtre du secrétaire, au fond d'un casier en acajou marqueté de citronnier et de bois de rose, un ordinateur portable est posé sur une petite imprimante portative.

Elle le prend, l'allume, ouvre un fichier, écrit quelque temps, imprime deux pages, éteint l'appareil, le range.

Elle se relit à voix haute et lente. Puis elle range les papiers dans un dossier sur lequel est collée une étiquette aux armoiries d'un notaire de la ville. Son nom, son prénom, son adresse. Et, en lettres majuscules, TESTAMENT.

Elle referme le dossier, le secrétaire, retourne à la fenêtre, reprend son dialogue avec la Lune. On est bien pareilles, toi et moi… sauf que toi, tu meurs trois jours mais tu renais ensuite. Alors que moi, quand je mourrai, bien lunée, mal lunée, ce sera pour de bon.

Sauf si quelque chose me survit.

Cette pensée la laisse un long moment rêveuse.

Si long que quelqu'un qui serait entré dans la pièce à cet instant se serait demandé si la vieille dame ne s'est pas endormie, voire éteinte sur place, statufiée dans son dernier geste, l'expression d'une ultime volonté, un étrange rictus aux lèvres.

Mais elle ne dort pas, Marie-Madeleine. Sous son masque de crème hydratante et teintée, elle sourit.

Pierre Camus comme vous ne l'avez jamais lu !

Pierre Camus comme, hélas, vous ne le lirez plus jamais !

Tant que dure le voyage, *le livre le plus attendu de la rentrée !*

En librairie dès le 1er janvier.

Le nez dans ses essais de bandeaux et d'encarts publicitaires, Christophe hésite. Bien sûr il pourrait fonder sa campagne de promotion de ton roman, Pierre, sur ton sujet, une romance sur fond de problèmes de société, comme à ton habitude – que veux-tu mon vieux Christophe, disais-tu, on ne change pas une recette qui marche. Bien sûr il pourrait mettre en avant la *poignante* histoire d'amour que tu racontes, entre deux êtres que *tout oppose*, la classe sociale, la religion, l'origine, même la langue, l'un étant un migrant venu de Syrie et l'autre le propriétaire d'un yacht en vacances dans les eaux méditerranéennes. Pierre lui avait résumé son roman en montant dans la voiture, et en insistant sur l'improbable rencontre entre ces deux personnages, une nuit, à la faveur d'un clair de lune, quand un clapotis suspect attire l'attention de l'armateur en chemise blanche grande ouverte qui fume un cigare sur le pont de son bateau ; il se penche par-dessus le bastingage, explore les eaux de son regard de hibou, repère rapidement les reflets plus sombres de la mer juste sous ses pieds ; un corps, sous l'eau, glisse ; l'homme sur le pont ne bouge pas ; il attend ; la mer se trouble, lui aussi, quand le nageur sort brusquement la tête pour reprendre son souffle ; les muscles saillants de ses épaules ruisselantes brillent sous la lune ; il penche la tête en arrière, avale goulument l'air dans un grand souffle rauque ; son regard croise alors le regard de l'armateur qui n'a pas bougé, dont les yeux incandescents trouent la nuit et dont l'extrémité de la cigarette arde vivement ; il est alors accueilli clandestinement sur le bateau, et les deux hommes vivent leur passion *tant que dure le voyage*, titre du roman, selon la dialectique du maître et de l'esclave – tu le vois Christophe, tu le vois, le riche qui a tout pouvoir sur l'autre, l'autre qui en plus a perdu son sac plastique avec ses papiers et son argent, ce qui fait que tout l'avenir du pauvre type qui s'est réfugié là, dépend du bon vouloir du mec bourré de thune, qui est un vrai petit facho, le gus, tu vois, pas un encarté d'accord, mais quelqu'un qu'aime pas les migrants a priori ; seulement voilà, le bateau c'est comme une île déserte, le non-lieu utopique par excellence qui rebat les cartes, le huis clos s'y fait à ciel ouvert, le soleil n'y brille que la nuit ; tout y est possible ; les peaux luisent de sel, de sueur, de désir ; les sexes se dressent à l'assaut de la nuit comme les mâts du bateau ; l'armateur oublie tout, y compris ses préjugés, le Syrien est si beau ; sauf que l'époque, elle, n'oublie rien, ni passé ni personne ; je te raconte pas la fin mais tu me diras ce que t'en penses.

Christophe n'aura eu ni le temps ni l'occasion de lui parler de son texte : deux virages plus tard, la voiture roulait dans le ravin.

Mais comme dans le roman, l'histoire aussi se termine mal, Christophe pourrait également communiquer sur la fin tragique d'un des personnages, prémonitoire de celle de leur auteur. D'autant plus que le fait est rare chez toi, Pierre, en général, tu veilles à ce qu'une fin heureuse soulage la tension *insupportable* de tes lecteurs, disais-tu en riant, ce qui m'empêchait de savoir s'il fallait l'entendre au premier degré ou si tu n'y croyais pas toi-même, car tu ajoutais volontiers alors quelque chose comme, si j'écris c'est pour partager une aventure, emporter, embarquer les gens dans une histoire qui leur parle, je ne me prends pas la tête ; et je ne veux pas non plus prendre le chou de mon public, même s'il est très chou, mon public ; c'est de la catharsis, ça mon Christophe, que dis-je, de la catharsept, dix, de la catharcent, résultat, c'était comme d'habitude impossible de savoir si tu étais sérieux ou non.

Christophe chasse le souvenir de la main en même temps qu'une mèche sur son front. Il sait que l'empathie habituelle pour un auteur prématurément décédé – et a fortiori pour un auteur aussi populaire que Pierre – prédisposera favorablement ses lecteurs orphelins envers ses personnages. Et ce ne sera pas du luxe, car de tous ses romans, celui-ci n'est pas le meilleur. L'éditeur habituel de Pierre lui aurait sans doute demandé de retravailler ses personnages. Ton armateur est intéressant, esclave de ses sens, empêtré dans ses contradictions, mais le migrant est caricatural, voilà ce que Christophe aurait été obligé par l'amitié de dire à Pierre. Et le récit manque de péripéties. La passion traîne en longueur, les passages érotiques sont à la fois trop fréquents et trop expédiés, Pierre, mon ami, le désir de tes lecteurs ne trouvera pas son compte dans ces clichés de mauvais porno gay, la métaphore du mât dressé pour parler d'un pénis érigé, pitié! Mais le texte est ce qu'il est. Pierre mort, il est déontologiquement impossible à Christophe de le remanier.

Aussi, finalement, pour la promotion du roman, Christophe préfère-t-il passer sous silence son sujet (toujours prolixe en mauvais jeux de mots, Pierre aurait demandé, pourquoi, c'est un sujet bateau, tu trouves?). Il va parier sur la mort tragique et prématurée de Pierre pour attirer en masse les lecteurs. De toute façon, le sujet d'un roman n'est jamais le plus important. Réduits à leur sujet, les plus grands textes sembleraient d'une insipidité redoutable. En outre, Christophe ne lance pas seulement un texte, mais toute une maison. Mieux vaut donc mettre en avant l'identité éditoriale de son entreprise: c'est-à-dire Le mot de la fin.

L'épitaphe.

Il a déjà trouvé un slogan: Au Commencement était le Verbe: à la fin aussi.

Pour cela il accompagne la sortie du roman de l'impression de quelques marque-pages enluminés, porteurs des ultimes paroles d'auteurs célèbres:

Troublées: « Vague inquiétude » Rashomon

Comminatoires: « Assez de mots, un acte! » Pavese

Désenchantées : « Voir l'aurore après la longue nuit » Zweig

Énigmatiques : « Allez verdure » Sand

Ambivalentes : « Tiens-toi droite, biquette » de la mère de Virginia Woolf à sa fille

Ironiques : « Dieu me pardonnera, c'est son métier » Heine

Bien sûr, Christophe n'ignore pas qu'on va lui objecter que ces auteurs-là, vieux, malades ou suicidés, se savaient en fin de vie, ce qui n'était pas le cas de Pierre. Mais sa réponse est prête, et radicale : la question de savoir si on est conscient ou non d'écrire son dernier ouvrage quand il est sur le métier, en réalité, importe peu. Un écrivain véritable et qui respecte ses lecteurs doit penser, penché sur sa feuille, qu'il est en train d'écrire le dernier livre. Le dernier sien, voire le dernier de l'humanité. Sisyphe n'est pas fou : il sait qu'il remontera éternellement sa pierre ; un auteur n'est pas sage : il feint de croire qu'il a le temps de bâtir une œuvre.

En publiant le roman de Pierre, Christophe ne prend pas de risque : les moins importants de ses succès s'étaient vendus aux alentours de 50 000 exemplaires, ses fans s'étaient même arrachés son avant-dernier titre, *Il ne m'est de nuit que toi*, une histoire d'amour entre deux personnes en EHPAD atteintes d'amnésie sénile : chacune feint de se souvenir de l'autre, en réalité invente des anecdotes d'un faux passé commun (ça, c'est pour la romance). Tout irait cependant très bien entre eux, si le personnel de l'EHPAD n'était en grève, si l'été n'était caniculaire, et si le ministre délégué aux Affaires sociales (ça, c'est pour la peinture de l'époque) n'avait pas placé dans cet établissement, incognito, sa propre mère incapable de donner le nom de son fils, une image de la grande confusion qui caractérise notre époque, vois-tu, confusion sociale, confusion mentale, même combat, tout fout le camp et à la tienne Étienne, avait rigolé Pierre en trinquant avec Christophe au 100 000e exemplaire vendu grâce à un prix d'automne.

Depuis le début du mois de décembre, Pierre axe donc sa campagne de publicité sur la mort de son auteur fétiche. Il donne des entretiens dans lesquels la sincérité de son affliction émeut tout un chacun. Selon les médias, l'heure de la journée et son public, il cite, pour alimenter son scepticisme, soit Montaigne, soit Gandhi, soit Natasha St-Pier, soit Michel Fugain, pourvu qu'il puisse conclure comme chacun d'entre eux que l'essentiel étant de vivre « comme si l'on devait mourir demain », pour un écrivain, il faut écrire comme si chaque texte devait être le dernier. Sa maison est une réponse par les textes à tous ceux qui promettent, fous d'illusions qu'ils sont, « attendez, vous verrez, je n'ai pas dit mon dernier mot » : eh bien non, il ne faut rien attendre et quoiqu'on dise, il faut le dire comme le mot de la fin.

Son attachement ancien à Pierre étant connu de tous et ne faisant pas de doute, nul ne songe à exprimer à voix haute ce que certains commentent tout bas entre eux. On critique son cynisme, son commerce de la mort, son exploitation de la veine voyeuriste des lecteurs, le caractère macabre de sa maison. Christophe n'ignore pas ces murmures, qu'il avait du reste anticipés. Il sait que la disparition d'un auteur joue sur l'accueil de son œuvre et que plus sa mort est violente, plus change le regard qu'on porte sur son travail.

Les auteurs classiques sont à jamais vivants, ce qu'on raconte d'eux pose des mots par-dessus leurs mots, des gloses entre les lignes, des scolies dans les marges, des notes en bas de pages qui les font d'une plus grande modernité parfois que nos contemporains ; mais qu'un auteur de notre temps passe sous nos yeux de vie à trépas et le voilà bien mort, réduit à l'état de papier. Le changement de statut se fait à vue, l'auteur pour ainsi dire se décompose devant nous, il n'est rapidement plus que texte, comme d'autres ne sont plus que cendres, squelette ou masque mortuaire. Les joues se creusent, la chair fond, les orbites se vident : et en un jour, fini, plus rien, que le texte. Les mots des morts sont leurs cendres. Leurs livres, une urne.

Bon ma fille, ça suffit, reprends-toi, comment veux-tu qu'on t'aime si toi-même tu t'estimes si peu, comment veux-tu qu'on te voie si tu fais l'invisible et que presque volontairement, tu n'arrêtes aucune lumière ?

Jeanne enfile un caban court et s'emmitoufle dans une grande étole dont elle fait deux fois le tour de son cou, malgré la grande douceur de ce mois de février.

Princesse tam.tam, *la lingerie des femmes modernes*, dit la publicité. Et ce doit être vrai car Jeanne a le cœur qui bat comme un tambour.

Elle s'approche par étapes. Gagne du temps. Tam-tam. Traverse la place du Parlement-de-Bretagne, attarde son regard sur le cadran solaire qui surmonte la porte principale comme si elle le découvrait, détaille les deux bas-reliefs représentant la justice, s'étonne d'y voir une sorte de Méduse aux cheveux ophidiens, examine les mascarons aux frontons des fenêtres... Puis elle remonte en traînant les pieds les rues pavées en direction de la Cathédrale. Tam.tam. Elle sait que le magasin se trouve un peu plus loin sur la gauche. Elle laisse glisser ses yeux sur les arches des vitrines, les compte machinalement, quatre fois trois, douze de ce côté-ci de la rue, dix-neuf en face. Il y a longtemps qu'elle a repéré la boutique, quand elle vient dans cette partie de la ville. Se risquera-t-elle vraiment à y entrer, aujourd'hui ? Arrivée à hauteur du magasin, elle lui tourne brusquement le dos. S'absorbe dans la contemplation, tout à coup passionnante, de la vitrine d'en face, un magasin quelconque de chaussures dont elle n'a ni envie ni besoin. Tam-tam. Les soutien-gorges s'y reflètent entre richelieus et mocassins.

Elle regarde autour d'elle. Personne ne l'observe, ni dedans, ni dehors. Elle traverse la rue. *Princesse tam.tam*, ce que ça bat fort dans sa poitrine ! Au premier étage de l'immeuble, elle repère une petite niche, enfermant une Vierge. Bénie soit la lingerie fine et parfois coquine. Jeanne l'observe une minute puis s'intéresse à l'architecture de l'immeuble. Tam.tam. Des pierres forment des arcs, au-dessus des vitrines, elle en compte douze de chaque côté du claveau central, si elle s'arrête à hauteur des balustrades. Deux fois douze vingt-quatre. Tam. Plus la clé de l'arc, vingt-cinq. Tam. Vingt-cinq secondes de gagné. Tam.Tam.

Enfin et presque malgré elle, son regard descend… Elle est face à la porte. Tam.tam, tambours, allons, entre, c'est ridicule. Le tintement du carillon de l'entrée la fait sursauter. D'ordinaire, ses culottes à bouillir en coton, elle les achète en grandes surfaces et par lot. Elle rougit, devant cet étalage de tulles blanches ou noires, de soies violettes ou rouges. Elle ne serait pas plus honteuse d'entrer dans un sex-shop pour acheter un vibromasseur.

C'est beau, pourtant, toutes ces soieries. Rien d'obscène.

(Pas comme.)

Le magasin, chic, moderne, est lumineux. Rien à cacher. Vous désirez? Je peux vous aider? Elle secoue la tête, je regarde, merci. Elle regarde, tu regardes seulement? Oui je regarde. Seulement.

(Pas comme son père adoptif.)

Ce n'est pas vrai, tu n'es pas entrée pour voir, tu voulais t'offrir un ensemble coordonné en dentelle et son regard saute d'un modèle à l'autre, de plus en plus vite. Pas celui-ci, pas celui-là non plus, ses doigts parcourent les portants.

(Pas comme son père adoptif, qui feuilletait lentement un catalogue de lingerie par correspondance en léchant son doigt. La regardait par en-dessous. Lui faisait signe de partir, qu'est ce que tu fous là, toi, allez, tire-toi. Quand elle revenait dans la pièce, un peu plus tard, le catalogue traînait encore sur la table, ouvert, taché d'humidité, et elle, Jeanne, maculée de honte.)

Elle suspend son geste. Repousse les cintres les uns contre les autres. Elle a un peu froid. Elle repère un ensemble boxer-brassière en dentelle qui lui plaît, boxer parce que les strings entraînent des lésions, c'est ma gynécologue qui me l'a dit, brassière parce que les baleines donnent le cancer, je ne sais plus où je l'ai entendu mais c'est sûr, et dentelle parce que, parce que.

Parce que c'est joli.

Dis cela, c'est joli, jo-li: tu as porté assez longtemps la honte sur toi, honte pour les hommes comme le mari de ta mère, honte pour toi à la possibilité de susciter un regard libidineux comme le sien, pas caressant, pas désirant, même pas sensuel, mais un regard assassin, qui te mange le cœur et te réduit en sexe. Alors que regarde, cette soie brillante sur la peau de tes seins, de ton ventre, de tes fesses, ce pourrait être simplement beau, deux douceurs l'une sur l'autre, la peau, la soierie, ce devrait être beau, ça devrait être possible que ce soit beau, simplement joli. Jeanne aimerait tellement se plaire, non dans les miroirs, non dans le regard d'autrui, mais comme elle aimerait aimer de l'intérieur son corps extérieur !

Bah bah, allez ma fille, ne te raconte pas trop d'histoires non plus : tu as repéré cet ensemble parce qu'il est joli, mais aussi parce que Yannis te plaît, et il n'y a pas mal à cela, c'est à lui que tu aimerais plaire, c'est dans ses yeux que tu t'aimerais belle.

Jeanne repose le cintre. Yannis ne paraît même pas l'avoir remarquée. C'est pour elle-même qu'elle devrait acheter cet ensemble de soie, pour changer son propre regard sur elle. Elle entend dans sa tête la voix affectueusement bourrue de la doctoresse Centille qui la gronde, allez-y voyons, faites-vous belle pour vous-même et vous le serez pour autrui.

Jeanne sort sans avoir rien acheté. Tam.tam, son cœur se calme, non mais tu t'imagines un peu entrer dans la salle des profs en sachant que tu portes sur ton sexe une dentelle rouge et croiser le regard de Yannis en y pensant encore ? Tam.tam, princesse en satin – mais elle n'est pas une princesse, Cendrillon.

Excessivement, et pas assez, et aussi tellement, avec insuffisamment de, et beaucoup trop de.

Le succès en librairie de *Tant que dure le voyage* a dépassé toutes les espérances de Christophe. Le premier tirage de 8 000 exemplaires est parti en trois semaines. Christophe enchaîne les interviews et les émissions. On l'interroge sur Pierre, son ami, son auteur désormais, et sur ses *Éditions Thanatographes.*

Il a réaménagé la maison de ses parents, un petit hôtel particulier du centre-ville, et fait de son propre appartement son local professionnel, rue Kléber.

Il a acheté du matériel bureautique, informatique, esthétique. Mobilier design, sobre, élégant, tout de cuir noir ou de bois d'ébène, ordinateur et imprimantes assortis, sous la lumière presque naturelle de spots encastrés dans un faux plafond. Auteurs et visiteurs se sentent bien dans le raffinement de ces bureaux ouverts, Christophe ayant abattu tous les murs, jusqu'à ce qu'ils repèrent une porte, au fond à droite de l'espace d'accueil. S'ils la poussent, intrigués, ils découvrent un obscur cagibi. Certains en restent là. D'autres, plus hardis, s'approchent-ils, leur mouvement déclenche l'éclairage automatique d'une vitrine, face à eux, remplie d'un curieux pêle-mêle, hétéroclite et baroque en diable, d'objets macabres posés sur une profusion de coraux. Un crâne aux orbites d'onyx y côtoie un coupe-papier serti de fossiles d'ammonite, deux bagues en calcédoine, un morceau de dent de rorqual, une griffe de panthère, une libellule prisonnière d'une goutte d'ambre. Dans un petit flacon, du sable rouge, de la Planète rouge peut-être, de Roussillon sans doute. Dans un autre, du serum de belladone. Une montre à gousset, cassée, arrête le temps, sous le sourire moqueur d'un masque en bronze d'un Pan cornu. Un grand Mars est posé sur sa corne gauche. Sur un livre relié de cuir noir, dont les lettres d'or sont effacées, trône en maîtresse une sphinge aux deux seins arrogants drapés de dentelle noire, et dont les tétons sont deux diamants bleus taillés en pointe. Un sextant est posé entre ses deux pattes léonines, comme terrassé. Dans un panier d'osier, s'expose parmi une profusion de raisins, de courges et de figues, la reproduction d'une nature morte du Caravage et d'une pomme blette et mangée de vers. Tout au fond, brillent les cristaux brillants d'une géode améthyste, gorge à peine entrouverte, grotte mystérieuse. Au plafond de la niche est pendue une tête de renard empaillée, dont les crocs pointus dégagent des gencives rougies, et qui ricane. Dans un petit cadre noir, posé sur un morceau de carton blanc, un petit bout de roche lunaire et son nom, *Moon rock*, suivi d'un numéro d'authentification.

Arrivé à ce stade d'observation d'un tel fatras de curiosités, le visiteur, soit demande la permission de le prendre en photo en vue de la publication d'un petit article sur un blog ou dans un magazine – permission accordée pour une seule photo, à condition qu'elle ne soit pas globale. Soit éclate de rire, mal à l'aise. Soit commence à chercher en tremblant la sortie de chez ce fou potentiellement dangereux. Sortie que lui désigne alors Christophe du pommeau de sa canne, signée Fayet : une tête de mort en bronze blanc incrustée d'engrenages en argent.

Pendant ce temps, Christophe organise la suite de ses parutions, de rares *derniers textes* qui parviennent à trouver leur place parmi la pléthore inflationniste des *premiers romans*. Il réédite dès le mois d'avril quelques ultimes ouvrages tombés dans le domaine public. Il s'enorgueillit d'avoir déniché le dernier manuscrit de Nizan, mort le 23 mai 1940 lors de l'offensive allemande contre Dunkerque, et le commentaire sur le *Cantique des cantiques* que Thomas d'Aquin, sur son lit de mort, a dicté à son secrétaire Reginald de Piperno. Nizan, d'Aquin, après le succès de Pierre Camus, les Éditions Thanatographes entrent par la grande porte dans le monde littéraire ! titrent les magazines spécialisés. Pour la suite, il prépare un recueil de quinze textes brefs de Pessoa, lequel en mourant en a laissé vingt-sept mille cinq cent quarante-trois. Pour la rentrée de septembre, il travaille à l'exhumation du manuscrit intitulé *La lettre noire* avec lequel Edgar Poe, dit-on, s'est fait enterrer dans le cimetière de Westminster Hall, à Baltimore – qui donnera lieu à une soirée particulière le 7 octobre 2019, pour les 170 ans de la mort du romancier.

Personne en revanche, à part lui, ne parait s'intéresser aux *Âmes mortes*, dont le rêve secret de Christophe est de faire parler les cendres. Car on sait que Gogol, juste avant son décès, a fait brûler une partie de ce dernier manuscrit, mais qu'un médecin en a recueilli quelques feuillets imparfaitement consumés. Ils circulent sous le manteau depuis février 1852, dans une urne scellée. Les nuits d'insomnie, quand la lune dessine des ombres dans les parcs solitaires, l'acquisition de ces reliques devient presque aussi obsessionnelle chez Christophe que ne l'est celle de sa pelisse en poils de chat chez Akaki, le personnage du *Manteau* de Gogol.

Or, il est enfin parvenu à retrouver la trace de ce manuscrit, d'une manière qui reste absolument confidentielle.

Jeanne écrase son mégot dans le cendrier qu'elle garde à l'angle de son balcon et regagne son lit, la journée a été longue, mes élèves difficiles, la météo dégueulasse, les giboulées de printemps se succèdent et la lecture de *Die Zeit*, analysant le bilan de la chancelière, m'emmerde. Elle dévisse avec une lenteur solennelle le capuchon de son stylo plume dont le sommet s'étoile de blanc, un cadeau qu'elle s'était offert avec les à-valoir de son troisième livre.

Au début, cette plume auréolée de prestige l'impressionnait. Elle pensait qu'avec un tel outil, elle ne pouvait, elle ne devait écrire que des textes précieux, aux phrases pleines de mots dorés à l'or fin, liés entre eux par de savantes arabesques syntaxiques, l'ensemble exprimant de nobles et profondes idées, tu ne vas tout de même pas profaner cette plume en observations banales, mots vulgaires ou communs ! Un stylo Montblanc, forcément, part à l'assaut des sommets de la pensée ! Pour les platitudes, les mornes plaines stylistiques ou la plupart des copies d'élèves, ce serait le Bic ou l'ordinateur ; en revanche pour s'envoler haut vers la quête du sens, pour l'ascension ailée des cimes pointues et escarpées des causes premières et des fins dernières de l'existence, il fallait la plume ! D'accord, mais en or était-ce vraiment utile, avait demandé Thierry avant de souligner qu'avec cet argent, ils auraient pu s'offrir une semaine à la mer avec Jules. Puis elle avait pris l'habitude de confier à cette plume le premier jet de ses textes, avant de les recopier à l'ordinateur – *jet* étant un mot cependant très peu approprié, reconnais que les mots ne jaillissent pas directement de ton stylo à tes carnets comme le jet d'eau de Genève sur la jetée des Eaux-Vives ! Ils sortent plutôt un à un de la cartouche, douloureusement charriés par la lente coulée amniotique et noire, après rupture de la poche d'encre, c'est-à-dire après que la petite bille en plastique qui l'obstrue et dont Jeanne faisait déjà collection au collège, eut été enfoncée dans le corps de la cartouche. C'est ainsi. Depuis toujours Jeanne pense avec la main. Que celle-ci se prolonge par un stylo ou un clavier, Jeanne est une main pensante. On pourrait croire que l'écriture est un processus qui va de la tête à la main mais chez Jeanne cela ne se passe pas ainsi, c'est plutôt quelque chose qui est déjà dans les mots, et que la main aide à voir le jour, en s'aidant assez peu de la tête. Jeanne a toujours été incapable d'écrire avec la tête seule, ressasser, oui, tenir le journal intime de tes ressassements en te reprochant quotidiennement de ne pas écrire autre chose que ce ressassement, en n'écrivant que cela, il faut écrire, allez, écris, en te reprochant de ne pas exercer l'écriture comme un muscle, ne pas exercer davantage quotidiennement le muscle de l'écriture, oui, oui, ça tu peux, ta tête le peut, cela occupe même obsessionnellement ta pensée, certains jours, mais mettre en phrases des mots, sans intervention de la main, du papier, de l'objet : impossible. Même au temps des publications régulières, Jeanne en était incapable. Sa phrase avait besoin pour avancer du frottement de la plume sur la page, du son de ce frottement, de la légère résistance de la feuille à se déflorer, de la trace sur le papier, sur le chemin de mots. Le mot appelle le mot, la main ne fait que les accrocher les uns aux autres le long de ce trait d'encre. Quant à la tête, elle se laisse traverser par la voie. C'est tout.

Aujourd'hui donc, Jeanne dévisse avec lenteur le capuchon de son stylo, parce qu'elle a décidé de s'y remettre.

À écrire.

Elle est prête. En tenue de combat, vêtements souples et confortables. Stylo Montblanc en l'air. Elle n'a plus qu'à attendre de l'avoir retrouvée. Quoi ? L'éternité ? Non pitié, non, pas Rimbaud, arrête, s'il te plaît avec tes citations à la con, c'est l'inspiration que j'appelle de mes vœux fervents et muets, la transe intime, le profond désir de partager une expérience du vivant, ah ! si seulement l'Inspiration pouvait se montrer généreuse comme jadis ! mais non, elle se fait vieille comme moi, elle s'assèche, fini le temps du flux joyeux filant sur la feuille, maintenant c'est au goutte-à-goutte que les mots sortent, tremblants, hésitants, prochaine étape la pensée sous perfusion et le déambulateur, ma vieille.

Jeanne rebouche son stylo. Trop beau, trop chic, trop cher. Remballe-moi cette quincaillerie, on n'écrit pas impunément avec une plume dorée, ton style va s'en ressentir, tes phrases aussi tu vas vouloir les parer, les alourdir d'ors et de pierres, les enrichir d'artifices et résultat, elles vont se retrouver en surcharge pondérale d'adjectifs autour des noms, d'adverbes au bout des verbes, comme un visage trop maquillé, des mains trop bijoutées, allez, zou, finis ces effets faciles et tape-à-l'œil, mot rare ici ou métaphore précieuse là, on dirait Thierry laissant dépasser de son portefeuille les billets de 100 €.

Munie d'un simple roller et d'un carnet neuf, elle quitte son appartement, en direction d'un café tranquille où trouver quelque chose à raconter. Installée à une petite table près d'une fenêtre, sa tasse à ses côtés, accompagnée d'une noisette de chocolat croustillant, elle observe l'espace et les gens autour d'elle. Parler de soi ne l'attire pas, seul est intéressant le réel autour d'elle, la vie des autres, et une vie bien différente, si possible, il te suffisait de si peu, auparavant, t'en souviens-tu seulement ? Tu regardais autour de toi et les mots te démangeaient déjà le bout des doigts. Elle repère vite un couple, non loin d'elle. Ils pourraient figurer dans un tableau de Hopper. Ou un texte de Sartre. Un homme, cheveux gris, un peu raide dans une veste impeccable, face à une femme plus jeune, cheveux libres sur les épaules, blouson de cuir ouvert sur un large décolleté. Sur les jambes croisées de l'homme, le tissu du pantalon est légèrement remonté au-dessus du genou, celles de la femme sont gainées d'un collant fin, qui brille. Ils discutent. Jeanne n'entend pas leur conversation. Lui est volubile et souriant ; elle, moins bavarde, parle plus bas. Leurs mains, de part et d'autre de la table, tripotent elle sa tasse et lui sa cuiller. Leurs regards sont rivés l'un à l'autre, se déprenant rarement pour se diriger alors vers le comptoir où deux hommes regardent un match de foot à une télévision fixée au mur et dont le son est beaucoup trop fort.

De quoi parlent-ils et ne parlent-ils pas, sont-ils amants, anciens ou futurs, sont-ils frère et sœur, d'ici ou d'ailleurs, orphelins du monde ou naufragés de l'amour ? Jeanne, son carnet toujours fermé, se demande ce qui est réel de ce qui est là sous ses yeux. Ce qu'elle voit, d'une grande quotidienneté ? Ce qu'elle devine de leur gêne, d'un désir de séduction réciproque, de la main de l'un qui se pose sur la main de l'autre ? ce qu'elle ne voit qu'en imagination, la femme avait un grand-père qui s'est pendu l'année précédente, et l'homme joue à des courses de chars de griffons qui s'organisent à l'hippodrome à chaque pleine lune – fantasmes d'une telle réalité que Jeanne *voit* le corps se balancer au porte-manteau de l'arrière-salle et *entend* les cris des spectateurs de l'hippodrome – elle en manque presque de se lever comme font les spectateurs du stade dans lequel un footballeur vient de marquer un but, à la télé. Jusqu'à quel point ce qu'elle projette d'elle-même dans ces deux personnes entre-t-il dans la réalité de cette scène ? Si elle ferme les yeux, ce n'est pas seulement sa vision qui s'arrête, c'est la chose vue qui s'efface.

Jeanne se secoue, vide sa deuxième tasse, s'oblige à bouger, range stylo et carnet dans son sac. Elle n'a rien écrit. Elle n'a rien vu qu'une scène de café très ordinaire :

rien ne s'est passé de spécial sous ses yeux et elle n'a rien d'intéressant à apporter à ce qu'elle a vu.

Elle marche longtemps dans les rues de Rennes, ce jour-là, sans autre but que marcher. Ses pas la conduisent au jardin du Thabor, qu'elle traverse sans le voir.

Le soir, quand Jules lui demande ce qu'elle a fait de son après-midi parce que, quand même, elle est partie drôlement longtemps, elle ne sait que lui répondre. A-t-elle été vraiment dans ce café ? A-t-elle vu ce couple ? Et ensuite, où est-elle allée ? Jeanne ne répond rien à son fils, et ce n'est pas par cachotterie, mais elle ne sait plus soudain, si cela a bien eu lieu, sa sortie de l'après-midi. Si le réel est bien réel.

Peut-être est-elle restée tout l'après midi, silencieuse, dans le noir, dans sa chambre, dans son lit.

C'est reposant, de publier des morts, confie-t-il volontiers à ses proches, ils ne vous critiquent pas, ils vous laissent en paix impériale et le temps qui coule et nous compte les jours, pour eux n'existe plus. Ils ne sont pas pressés, les bougres, au contraire même, Guibert avait demandé que *Le Mausolée des amants* ne fût pas publié avant dix ans post mortem. Et *Le Premier Homme* de Camus, l'autre, Albert Camus, n'est paru que trente-quatre ans après sa disparition, c'est même un peu long pour moi, je me dirige vers la soixantaine, et ne peux me permettre de tant différer mes publications.

Rapidement donc, s'il garde un œil grand ouvert sur les auteurs déjà morts, Christophe s'autorise à loucher vers les auteurs en passe de mourir. Notre sort à tous, certes. Mais en passe de mourir bientôt. Dans les cercles mondains, quand les conversations démarrent poliment à côté de lui (car il ne pose pas lui-même de telles questions, on lui prêterait des intentions que d'ailleurs il a bel et bien) par une interrogation somme toute banale, conventionnelle et souvent formelle, et vous, comment allez-vous, l'air de rien toute son attention se porte sur la réponse. Une suspicion de fatigue, une douleur inexpliquée, un traitement inefficace, une grimace qui vient démentir l'optimisme de la réponse, ou tout simplement un âge très avancé, tout sonne chez lui comme un signal d'alerte et il se promet intérieurement de surveiller la santé de l'auteur.

Ce qui explique d'ailleurs qu'il ait ses entrées dans les principaux hôpitaux de la région, en attendant de renforcer le maillage de son réseau national d'informateurs. En ce genre d'affaires, anticiper est essentiel. Il ne peut escompter avoir la bonne fortune de tomber souvent sur un auteur mort accidentellement, comme Pierre, même si, par scrupule professionnel, dès qu'il entend parler de morts subites, d'attentats, de prise d'otages comme à Trèbes en ce printemps 2018, ou d'accidents d'avions, il vérifie que la grande faucheuse n'a pas coupé un nom de la littérature contemporaine. Mais il ne peut parier sur une telle chance. Il doit à tout prix guetter les décès programmés.

Et ce n'est pas facile, c'est tout un métier, car un auteur qui part en se suicidant, ou de maladie, a en général prévu ce qu'il fallait faire de ses chers manuscrits. Il recommande rarement comme Kafka de les brûler. Il peut faire disparaître son journal intime en même temps que lui mais pas le roman sur lequel il a blanchi ses nuits. Et son éditeur, en général aussi, sentant venir le terme, a pris soin de lui faire signer un contrat avant son incapacité totale à le faire. Christophe doit donc repérer les auteurs mourants libres de tout engagement, avant les autres éditeurs. Et parfois même avant les auteurs eux-mêmes, avant leur conscience de mourir, ce qui est facilité par leur *débilité* et ce n'est pas injurieux de dire cela, précise tout de suite Christophe dans les confidences qu'il livre parfois à tel ou telle amie, le mot est de Pascal : l'humaine nature, à laquelle ne déroge pas l'écrivain, imagine toujours s'en sortir, c'est plus fort qu'elle, sa raison *imbécile*, étymologiquement faible, la pousse à refouler l'idée de mort au loin, et de fait, sous prétexte qu'ils écrivent pour la postérité, beaucoup d'auteurs se comportent comme si, ne faisant qu'un avec leur œuvre, leur corps aussi allait être éternel.

Une fois repéré le client agonisant dans son coin solitaire, Christophe doit donc le convaincre de lui confier son dernier texte. C'est un geste de prévoyance, explique-t-il, comme une assurance obsèques pour votre texte. Vous vous rendez bien compte que vous ne pouvez pas laisser la mort faire n'importe quoi de votre œuvre, donnez-moi carte blanche et en bon guide, que dis-je, en mentor thanatologique, je m'en vais vous concocter une mort sur mesure dont vos ayant-droits me diront des nouvelles, car ce qu'il faut aux écrivains, c'est un départ en harmonie avec ce que leur œuvre a d'unique, avec leurs intimes thématiques, faites-moi confiance, je vous prépare une sortie de scène, osons le mot, herméneutique, qui révèlera le sens de votre œuvre.

Car le Temps des écrivains tourne à rebours et grain à grain remonte dans le sablier : toute mort d'un artiste est une introduction à son œuvre, son prologue et non son épilogue, une épiphanie, non une disparition. Voyez quel fol éclairage a rétrospectivement jeté sur le travail de Nerval, le fait qu'il se soit pendu aux barreaux d'une grille rue de la Vieille-Lanterne – au point que la légende a fait de ce barreautage un réverbère, ou comme on aime à regarder la raideur des corps peints par Bernard Buffet à la lumière de la maladie de Parkinson qui l'a fait se suicider. Il faut voir dans tout passage à trépas un dernier spectacle, comme celui que raconte Édouard Levé dans son roman *Suicide* avant de se tuer, quelques jours après avoir déposé son manuscrit chez son éditeur. Et quel exemple, que celui du satirique Pierre l'Arétin, mort d'avoir trop ri d'une grivoiserie au cours d'un bon repas ! Croyez-moi, mourir ne s'improvise pas, mais se scénographie. C'est une performance, un addendum à l'œuvre, un avenant, mieux, une apothéose. Mishima, après avoir terminé *L'Ange en décomposition*, et l'avoir envoyé à son éditeur, à 9 heures du matin, a revêtu avec grand soin l'uniforme d'une milice proempereur à laquelle il appartenait, a convoqué, en guise de public, un général et ses troupes, et s'est donné la mort par éventrement. Ça, si je peux me permettre un jeu de mot bien français, c'est quelqu'un qui en avait dans le ventre, pour finir pareil ! Comme le dit Yourcenar, sa mort est « la plus soigneusement préparée de ses œuvres » ! On peut juste regretter qu'il ait brûlé son journal intime la veille de ce geste. Ah, si j'avais été là, j'aurais su l'en empêcher.

Ainsi parle Christophe aux futurs auteurs de son catalogue, qu'il tente de convaincre d'écrire quelque chose si ce n'est déjà fait. Rapidement. Un texte bref. Même un aphorisme ferait l'affaire d'un marque-page. Christophe peut même aider l'auteur, s'il veut. Lui tenir la main ou même, tenez, écrire sous sa dictée – si l'auteur peut juste articuler un petit peu plus, je sais bien, sans dentier ce n'est pas facile, mais faites un petit effort, voyons, je vous parle du texte le plus important de votre vie, là.

Certains confrères ayant connaissance de ses méthodes s'en émeuvent parfois. Mais comme il leur arrive de faire de même et d'intervenir massivement dans les brouillons d'auteurs plus jeunes et bien vivants, ils se taisent.

Ce que tous ignorent, en revanche, c'est que Christophe a depuis longtemps prévu de s'imposer la règle qu'il recommande aux autres de suivre. Il n'est pas écrivain, il ne fait pas œuvre de ses mots, mais de sa vie même – et donc de sa mort. Il ne l'a pas programmée dans le temps, mais dans la manière. Pas question pour lui de laisser la nature le grignoter petit à petit de l'intérieur, lui ronger les viscères ou les poumons, lui atrophier le cœur ou ramollir les chairs, le rendre dépendant de ses organes. En gants noirs et gilet fin, il tirera auparavant sa révérence, la main négligemment posée sur la pomme d'or d'une canne qu'il a spécialement commandée à cet effet : quand il sera fatigué de supporter le poids de la vie, comme Atlas l'était du globe terrestre, il dévissera le pommeau creux, à l'intérieur duquel l'attend une capsule de cyanure, et salut l'artiste ! Il quittera la scène en esthète. Ce sera son dernier geste d'homme libre, accompli avec élégance et grand style.

Il en manque. Jeanne n'a pas besoin de recompter. Le compte n'est pas bon. Elle le voit tout de suite quand la caissière pose les pièces sur son ticket de caisse. Il manque 1 €.

La caissière a rendu une pièce de 1 € au lieu des deux attendues, elle a dû confondre, elle lui a donné 6,37 € au lieu de 7,37 €, Jeanne a payé avec un billet de 20 € pour régler un total de 12,63 €, l'autre aurait dû lui rendre 7,37 € et ne lui a donné que 6,37 €, le compte n'est pas bon, il manque 1 €, pas besoin de compter, ça se voit tout de suite, Jeanne ramasse les pièces une à une, de la main gauche, les fait glisser dans sa main droite, si elle les range dans son porte-monnaie, elle ne pourra plus rien prouver, la caissière a déjà commencé à scanner les articles du client suivant, Jeanne pèse le pour et le contre, 1 €, le prix d'une baguette, ce n'est pas rien, mais en même temps ce n'est pas grand-chose tu ne vas pas l'embêter pour si peu ça va ralentir tout le monde c'est la fin de la journée les gens sont pressés fatigués toi aussi t'as hâte de rentrer, elle ne parvient pas à décider, 1 €, c'est rien ou c'est pas rien ? de toute façon, ce n'est pas ça l'important, ce n'est pas le prix, ce n'est pas l'argent, ce n'est pas pour le sachet de bonbons pétillants que Jules adore ou pour une baguette normale, pas une tradition ni une tradi-graines qui sont plutôt à 1,10 € ou 1,15 € mais une baguette normale c'est 1 €, il n'y a que les riches qui font leurs courses les yeux fermés ou qui ne les font pas eux-mêmes qui l'ignorent, tous les autres et ceux qui donnent à la pièce au SDF assis par terre à la sortie de la supérette près de la poste le savent, 1 € c'est une baguette, un peu de pain, ça peut garder en vie. Jeanne gagne 2025 € par mois, elle ne va pas protester pour si peu. Elle n'est pas si attachée à l'argent. Elle n'a pas osé réclamer la pension alimentaire que Thierry ne lui payait pas au début de leur divorce – jusqu'à ce que, de lui-même il la lui verse, arriérés compris, quand l'éloignement avait amélioré leurs relations et enfin rendu un cœur à son ex-mari.

Pourtant elle hésite. Un euro, c'est pas une question d'euros, c'est une question de principe. La caissière l'a peut-être fait exprès. Sans doute que non, mais peut-être que si. Et même si. Même si elle ne l'a pas fait exprès, un euro, c'est une question de dignité et ça, ça n'a pas de prix, tu ne vas pas te taire pas t'écraser pas te laisser faire toute ta vie, Jeanne, quoi, réveille-toi ma fille, tu ne vas pas continuer le restant de tes jours à te laisser marcher sur les pieds au lycée à la maison et maintenant à cette caisse !

Jeanne referme sa main sur les pièces, les fait glisser dans son porte-monnaie. Saisit son sac en plastique.

Au revoir, dit-elle. Merci.

T'es allé trop loin sur ce coup-là, non ? Tu n'as pas su t'arrêter ? Tas pas vu la limite à ne pas dépasser, la ligne jaune ou peut-être carrément, t'avais pas tracé de ligne du tout, ni rouge ni jaune, c'est ça le problème, hein, tu t'es jamais fixé de limite, déontologie mon cul ? La mort, cette grande maquerelle, jette les auteurs sur le trottoir, la chaussée, ou la fosse commune – et toi mec, tu passes après, par ici la monnaie, pas vrai ?

Accoudé au comptoir, Christophe se force à rester souriant. Il a l'habitude de ces questions, et de ces reproches, quoique le vocabulaire en soit d'ordinaire plus choisi, la seule chose qui sauve ta façon de parler, triste sire, est que *mec* et *mac*, de maquereau, ont peut-être une même origine mais je ne suis pas certain que tu le saches, et je parierais plutôt que tu fais de l'étymologie sans le savoir. Pendant que le chroniqueur fortement alcoolisé qui l'a reconnu et interpelé l'importune au bar d'un grand hôtel parisien du 6e arrondissement, Christophe porte son propre verre de Chivas à son nez, le hume en essayant de ne penser qu'à cela, le verre, le malt de Strathisla, couleur d'ambre et goût d'épices, les glaçons qui tintinnabulent et les épousailles brûlantes de la glace et de l'alcool dans sa gorge.

Il savoure la gorgée, puis il prie poliment le fâcheux qui s'impatiente de l'excuser mais j'attends un rendez-vous. Il est arrivé très en avance, la journaliste ne sera pas là avant une demi-heure. Mauvaise idée, de la retrouver à cet endroit. C'est justement là qu'il avait rencontré Denis Laennec quelques mois auparavant, tout de même, ce Denis, il aurait pu laisser une lettre un mot quelque chose avec écrit noir sur blanc que les raisons de son geste comme on dit – s'il vous plaît, la même chose, merci – n'avaient rien à voir avec Christophe Lambert.

L'homme était venu à Paris pour le Salon de l'agriculture. La réputation de cet endroit où se retrouvaient éditeurs et journalistes l'y avait attiré en sortant du pavillon des veaux, vaches, cochons, poulets. Éternelle histoire de la rencontre du papillon, de ses ailes et du feu : c'est le papillon qui brûle, ce n'est pas le feu qui s'envole. Denis rêvait de faire éditer un texte qu'il n'avait pas encore écrit mais qu'il sentait bien, disait-il. Un texte qu'il fallait qu'il écrive. Il arriva au moment où le journaliste qui venait d'interviewer Christophe, dont la maison démarrait si fort après le succès de Camus, le prenait en photo dans un cadre flatteur. La canne en bois d'ébène, une cravate de satin noire, un pantalon impeccablement coupé, et surtout le logo d'une chaîne nationale sur la caméra qui le filmait, désignaient Christophe comme l'homme-à-qui-parler. Denis ne remarqua pas la présence, dans le box mitoyen, du directeur de collection d'une grande maison d'édition, en pleine conversation avec Jaume Cabré, dont il espérait sans doute obtenir les droits de traduction. Ceux-là ne faisaient pas crépiter les flashs. Rien ne les distinguait de touristes espagnols. C'est sur Christophe que Denis fonça, toutes ailes déployées, et qu'il se brûla, devait-on dire plus tard.

Christophe hoche la tête pour chasser le souvenir de sa rencontre avec Denis et intimer silence à sa mauvaise conscience, allons, avoue que ça t'a flatté qu'il préfère te solliciter plutôt qu'un autre éditeur plus connu, confesse l'avoir à peine écouté, ce pauvre gars qui sans le savoir, te donnait tout pouvoir sur lui. Il avale cul sec le verre que le barman a posé devant lui, non, non c'est faux, archi-faux, je l'ai écouté, ce Denis, je lui ai même tenu le crachoir pendant un mois, chaque jour, jouant tout à tour le rôle de père, de psy, de curé…

Ils se rencontraient dans les bureaux de la maison ou se parlaient au téléphone. Denis lui avait remis un manuscrit, l'histoire de sa vie, banale et unique à la fois, comme toute vie. Christophe en avait croisé assez souvent, dans sa vie professionnelle antérieure, des auteurs de cet acabit, pour savoir que ce genre de texte autobiographique plein de frustrations est rarement suivi d'un autre. Denis y réglerait ses comptes et quand ce serait fait, le monde et lui seraient quittes et la source tarie. Ce serait le type même de *premier récit* qui est en même temps un *dernier texte*. Christophe avait donc accepté de le publier, à condition que le bonhomme en resterait là, il n'y aurait pas de texte suivant, ni roman, ni essai, ni même petit poème dans une revue, rien, on est bien d'accord, Denis, ce serait la condition *sine qua non*, craché-juré, signé de son sang, entendu ?

Ah pour entendre il avait entendu, Denis.

Il avait signé.

Du sang de ses artères.

Quand Christophe avait reçu le contrat, le lendemain, la tache rouge s'étalait sur les trois pages, déjà sèche. Quelques coups de téléphone plus tard, il savait toute l'histoire. Denis avait trait ses bêtes tôt le matin puis jeté son lait dans les champs puisque les quotas européens lui interdisaient de le vendre ou de le donner. Changé leur fourrage. Nettoyé leurs étables. Il avait repassé puis bien étalé sur son lit son costume noir. Ciré ses chaussures noires, qu'il mettait si rarement qu'elles lui faisaient encore mal aux pieds comme quand elles étaient neuves et comme on dit que les ongles des morts continuent de pousser, la pensée le traversa pendant qu'il les lustrait, que ses pieds n'y seraient que de plus en plus à l'étroit, jusqu'à la fonte totale de ses chairs. Il avait mangé un dernier repas de pâtes, sans le bout de fromage qu'il râpait dessus d'habitude. Il avait pris son tracteur, pour aller à la poste la plus proche. Là, au dire d'un témoin qui était à sa fenêtre, juste au-dessus, en train de fumer une cigarette, il avait sorti un couteau de cuisine, il s'était tranché un poignet, il avait essuyé la blessure avec un papier qu'il avait glissé dans une enveloppe et le tout dans la boîte, à ce moment-là, je vous jure, je comprenais pas ce qui se passait et puis c'est allé si vite, continue le témoin devant les caméras de la télévision régionale, le temps que j'pige et que j'aille chercher mon téléphone, le gars, avec le même couteau, ni une ni deux comme ça qu'il s'était fait.

Denis s'était tranché la carotide. Mort avant l'arrivée des secours.

Il n'y aurait pas de texte suivant.

Bouleversant son programme de parution, Christophe avait aussitôt publié ce texte, intitulé *Prenez soin d'elles*. Denis parlait de ses vaches, qu'il laissait seules. Denis était veuf et sans enfant. L'histoire s'arrêterait avec lui. Personne ne reprendrait sa ferme, il le savait. Christophe avait consulté un avocat. Légalement, il n'était tenu à rien, l'exemplaire que Denis avait signé ne l'était pas encore de l'éditeur, c'était un contrat vierge que Christophe lui avait envoyé pour information, sans mention ni de l'auteur, ni du titre du livre. Mais on commençait à s'inquiéter du nombre croissant de suicides d'agriculteurs, et celui-ci en particulier avait l'oreille des médias, le témoin ayant mis sur les réseaux sociaux les minutes filmées après la mort de Denis, qui le montraient à terre, la pointe de ses chaussures noires dressée vers le ciel, le reste du corps masqué par deux personnes penchées au-dessus de lui, pour l'aider.

Quant au récit lui-même, c'est un assemblage maladroit de règlements de compte avec la vie, la politique européenne, le pas de chance d'une époque dépourvue d'âme, mais un assemblage pudique cependant qui ne veut pas trop se plaindre et cherche aussi à raconter l'amour de la nature, des bêtes, de l'influence de la lune sur l'humeur d'un troupeau et du soleil qui réussit toujours à percer, même si on ne le voit pas à cause des nuages, du soleil qui, comme lui Denis, se lève tôt chaque matin, et qui est toujours là pour la terre et les plantes, plus fiable que les hommes, finalement, bien plus que les hommes.

Christophe l'a édité sans le retoucher, dans une nouvelle collection – « Le Cercle des travailleurs disparus » – qu'il créa pour l'occasion, raison pour laquelle la journaliste parisienne l'a fait venir ici. Il y a trop de suicides professionnels, dans les entreprises, sur les lieux de travail, France Télécom, Renault, La Poste, la Police, des Banques, l'Éducation nationale, l'agriculture, des PME, etc… L'Observatoire des suicides en dénombre trois à quatre cents par an. Mais Denis aurait quand même pu laisser une lettre, un mot, pour dédouaner publiquement son éditeur et écrire noir sur blanc ce qu'il lui avait confié oralement : il venait d'apprendre qu'il avait chopé une saloperie dans le sang à cause des pesticides et qu'il était condamné vu qu'il n'aurait jamais les sous pour se soigner, putain de vie.

Christophe l'a précisé sur la quatrième de couverture, en termes plus élégants que ceux de Denis. Il a confié la préface au représentant d'un puissant syndicat agricole. Alors qu'on ne vienne pas lui reprocher ce suicide ni sa collection – dont il n'avait d'ailleurs pas parlé à Denis, ou alors juste un mot, très flou, en passant. Ce n'est pas qu'une opération commerciale : c'est d'abord un geste politique dans un monde qui tue les travailleurs. Une initiative militante. Un défi libertaire. Un acte presque moral, presque seulement parce que la morale n'a jamais vraiment attiré Christophe – allez s'il vous plaît, garçon, la même chose je vous prie.

Quant à la vraie raison de le publier, Christophe ne l'évoque jamais sans un éclair d'admiration dans l'œil, mais cette sortie de scène de Denis, quelle allure ! quel panache ! Prendre ainsi Christophe au mot, au pied de la lettre, et signer un contrat du sang – même empoisonné – de ses artères, il fallait oser, quel style !

Or il l'a fait. Ce modeste agriculteur, en un seul geste, s'est hissé à la hauteur d'un Faust de tragédie : chapeau bas, l'artiste ! Dans ses bottes de caoutchouc crottées, qu'il préférait à ses souliers vernis, il est allé plus loin que Christophe et a su résumer en son geste ultime toute l'inanité d'une vie d'homme, qu'il soit humble ou se croie puissant :

d'abord paraître,
puis disparaître.

PARENTHÈSE

– Mado, Mado, réveille-toi !

Marie-Madeleine ouvre les yeux sans bouger la tête, la tête, et Gwenaëlle une fois de plus s'interroge sur la volonté de fer de sa grand-mère qui l'empêche, même assoupie, de dodeliner du chef.

– Tiens, pour toi !

Gwenaëlle lui tend quelques brins de muguet avant d'allumer les appliques du salon.

– À qui tu l'as acheté ? une association de défense des droits de l'homme ? un syndicat ? des gosses de migrants ? pas un fleuriste, j'espère, pas un Premier-Mai ?

– Mais oui t'inquiète. Alors, cette tablette, comment tu t'en sors ?

Marie-Madeleine esquisse un sourire, ne crie pas, je ne dormais pas, je réfléchissais et ta… chose, là… tu peux la reprendre, elle ne me sert à rien, elle est où tu l'as posée quand tu es venue.

Gwenaëlle s'approche du secrétaire et avance la main pour en ouvrir un des ti…

– J'ai dit où tu l'as posée, tu ne l'as pas rangée dans le secrétaire, n'est-ce pas, alors ?

Bien qu'elle ait l'habitude des cris de sa grand-mère, la jeune fille sursaute et s'éloigne rapidement du meuble, ça va, ça va, comment tu veux que je me souvienne, c'était il y a plus d'une semaine !

Elle trouve la tablette sur une console dans l'angle de la pièce, encore emballée dans son papier bulle. Elle s'apprête à protester, quand elle aperçoit un petit bout de scotch décollé. Un examen plus attentif lui révèle que le film protecteur a été enlevé puis remis, tiens tiens Mado, tu ne veux donc pas que ta petite-fille sache que tu t'intéresses à ce genre de technologie. Après hésitation, Gwenaëlle décide de ne rien laisser paraître de sa découverte. Un autre jour, elle l'en eût plaisantée, mais aujourd'hui, quelque chose dans l'allure de sa grand-mère, un léger affaissement peut-être, une langueur, ou encore une tiédeur poussiéreuse de la pièce, comme si la vieille dame avait négligé de l'aérer, enfin quelque chose retient Gwenaëlle d'embêter sa grand-mère. Elle fait pivoter son fauteuil en direction de la porte, et maintenant ça suffit les idées noires, hop, on va se promener, il fait un temps magnifique, viens, on va au Thabor.

Marie-Madeleine actionne le frein de ses roues arrière.

– Ce n'est pas la peine, je suis déjà sortie, Suzanne m'y a conduite ce matin et je ne vais pas passer ma journée à zyeuter les perruches, quand même.

– Comme si je ne savais pas que tu ne sors jamais de chez toi, Mado !

Gwenaëlle regarde sa grand-mère de plus près, l'air de rien, tout en bavardant. Elle s'apprête à relever ce mot, « zyeuter », incongru dans cette bouche toute ridée, mais elle se retient, c'est fragile, ces grands-mères à face de porcelaine, ça pourrait casser, il y a des mamies gâteaux dont la cuisine sent le chocolat ou la cannelle : Mado est une grand-mère biscuit, faïence recuite et mate, sous le fond de teint.

– Bon. Alors je vais te montrer comment te servir d'une tablette, tu ne l'as même pas déballée !

– Ça m'agace, tout ça n'est plus de mon âge ma petite chérie, mon temps n'est pas le tien tu sais bien.

Oui elle sait, Gwenaëlle, elle connaît les habitudes de la vieille dame, ses mises en scène, ses prophéties lyriques, ses professions de foi lunaires, Vois-tu petite, la lune, c'est le changement, c'est la métamorphose, c'est un masque, un Pierrot de pierre dont on voit tantôt la face et tantôt le profil avant son discret effacement, la lune c'est une leçon de vie et de mort, d'amour et de ruse, de Révolution, de féminité aussi : tu es née fille alors comme elle et moi, comme nous toutes et selon ton cycle, tu seras amincie, gibbeuse ou pleine, et tous les vingt-huit jours tu auras tes lunes, c'est ainsi.

– Arrête, Mado, fais un effort sur la technologie moderne, fais comme la lune ! Il y a bien une « Grand-mer de la Connaissance » à sa surface, non ? eh bien fais pareil, Grand-Mère, développe tes connaissances, mets-toi à l'informatique !

Marie-Madeleine hausse les épaules :

– Non non, reprends ta tablette, ma chérie, et laisse-moi jouer tranquille mon rôle de vieille dame indigne.

Comme d'habitude elle prononce tran-quille, comme un jeu de quilles – et cela fait sourire sa petite fille, qui la laisse poursuivre sans rien dire tout en la conduisant hors de ce salon toujours plongé dans un noir qui l'oppresse, direction la salle à manger, égayée par les rayons du soleil.

– Nous sommes tous les personnages de nos vies, commence Marie-Madeleine. Et parfois nous entrons dans le récit des autres. Regarde Emma Bovary, tu l'as lu cette année, je crois, pour ton bac de français ? Elle s'ennuie et elle prend un amant, mais pourquoi ? pour le plaisir, d'accord, mais quel plaisir, qu'est-ce qui lui en apporte le plus, tu crois ? le sexe, de temps en temps ? Mais non, et ça Flaubert l'a bien compris, c'est de pouvoir se dire et se répéter, à chaque instant de chaque jour et de chaque nuit, j'ai un amant, j'ai pris un amant, je suis une femme qui a un amant. C'est ça qui la fait jouir : jouer ce rôle, se raconter cette histoire. Être le personnage principal de cet adultère qui la sort d'une vie étriquée. Nous sommes tous des acteurs, sous nos masques. J'ai choisi mon rôle. La femme-lune. La Sélène. Et tu viens m'embêter avec des histoires de tablette et d'ordinateur !

– M'enfin Mado ! Depuis quand les grands-mères parlent-elles de sexe devant leurs petites-filles ?

– Depuis que leurs petites-filles mettent du noir sur leurs paupières et du bleu dans les cheveux. Si tu crois que je vais laisser à la femme de ton père le soin de t'apprendre ce que c'est que l'amour, tu te trompes ! Je n'ai pas travaillé pour rien à l'éducation sexuelle des adolescentes pendant des années !

Ayant ainsi parlé, et le visage en partie dissimulé derrière le masque à manche qu'une amie lui avait rapporté de Venise, elle sourit avec malice et fredonne l'air du destin, dans les *Trois Valses* d'Oscar Straus, une de ses opérettes préférées, que Gwenaëlle connaît par cœur :

« Ce n'est rien que pour l'apparence
Qu'au fond je joue la comédie
Je ne suis pas ce que l'on pense
Je ne suis pas ce que l'on dit… »

Fin juin. Les fleurs des fruitiers sont tombées. Jules passe en terminale. L'enseignante que remplaçait Yannis est revenue.

Au pot de départ qu'il a offert à ses collègues, en mai, Jeanne l'a vu s'asseoir sur les genoux de Christelle et se pencher pour l'embrasser. Elle s'était préparée à tout, à l'approcher l'attirer le séduire, à lui toucher l'épaule la main les cheveux, elle avait révisé les sujets de conversations sur lesquels elle pensait pouvoir l'intéresser, elle s'était même résolue à se forcer à l'inviter à danser s'il y avait de la musique, et pour se donner du courage elle avait bu deux verres de vin avant le début de la petite fête : à tout, elle s'était préparée – sauf à le voir s'installer avec affectation sur les genoux d'une autre, sauf à voir son beau visage aux lèvres fines se pencher vers le visage et les lèvres d'une autre, sauf à le voir ne pas la voir, elle, Jeanne, la transparente, qui voudrait disparaître et fermer les yeux.

Elle a trouvé au fond de l'habitude, elle a puisé dans les réflexes de sa bonne éducation, la force de sourire, de lui parler, de saluer leurs collègues. Quelque temps.

Puis elle a emporté une bouteille encore à moitié pleine. Elle a quitté la salle.

Assise sur un banc dans un coin obscur d'une vague courette, elle a écouté les éclats de voix, de rires, si seulement là, tout de suite, le sol pouvait s'ouvrir, l'avaler, la mâcher, la digérer et l'expulser très loin, de l'autre côté de la Terre, qu'on en finisse. Elle pourrait se statufier sur place. Elle sait le faire. Elle sait très bien comment obtenir de sa tête qu'elle quitte son corps, chacun sa route, le corps sent, souffre, le corps voit des choses qui font mal, mais la tête ne s'en occupe pas, elle est ailleurs, la tête, partie dans un monde où les corps sont sans être, sans poids, sans douleur, sans yeux, elle saute à pieds joints dans une flaque d'eau, la tête qui n'a plus de corps, ou s'allonge sur un nuage, elle y est bien, c'est cotonneux et doux, un matelas de brume sous le corps sans corps de la tête seule, et pendant ce temps-là, où la tête part dans son monde à elle, le corps qui est resté dans la cour du collège, lui, il boit du vin, il boit beaucoup de vin, le corps qui n'a plus toute sa tête, et bientôt les pensées disparaissent, les sensations s'estompent, il ne reste rien qu'un crâne vide et une bouteille à la main, vide aussi.

Mais un petit groupe de fumeurs bruyants est arrivé dans la cour, a rempli de force le crâne de Jeanne de bruits, de voix, de rires, de douleurs. Elle s'est éclipsée rapidement dans l'indifférence générale.

Un mois plus tard elle tourne encore en rond dans sa chambre en fumant ses blondes mentholées, elle agite dans sa tête les mêmes difficultés, ses impérities ordinaires, les apories de sa pensée, les impasses de son métier, les culs-de-sac de sa vie privée, bon Dieu, ce que le moi est haïssable et surtout le tien, ton petit moi dans un monde qui connaît des tragédies autrement plus graves, allons ma fille, bouge-toi, sors-toi de là ! Elle n'y parvient plus sans l'aide d'un verre d'alcool, dès que Jules a quitté l'appartement pour un travail saisonnier dans la restauration rapide. Là est le courage, au fond de la bouteille : là est sa lâcheté.

Elle suce des pastilles de menthe pour neutraliser l'odeur de vin, avant d'aller faire les courses.

À son retour, elle s'allonge sur son lit.

Elle s'assied devant son bureau.

Elle pose les yeux sur un livre.

Elle ne lave pas la vaisselle, elle ne prépare pas le repas, elle ne nettoie pas le linge. Dans sa tête, elle ne fait rien de tout cela. Mais comme dans les faits il y a Jules, en réalité elle range la vaisselle dans la machine et les vêtements sales dans l'autre machine, dans les faits elle le fait, mais pas dans sa tête, car elle est devenue une machine, elle ne pense pas, ses gestes se font sans elle, mécaniquement, après tout c'est pas la mort le ménage quotidien c'est pas la mort – même si ce n'est pas la vie non plus.

Avant, elle aimait détendre un drap propre et enfouir le nez dans ses plis séchés au vent, comme elle aimait passer la main dans un massif de sauge ou un buisson de lavande pour en libérer le parfum, avant. Avant, elle aimait faire grésiller les oignons dans la poêle comme elle aimait écrire et faire chanter les mots sur la feuille, avant. Avant, elle aimait acheter son pain en boulangerie, écouter les gens dans la file d'attente, échanger un sourire avec la voisine. C'était avant, quand la vie circulait entre elle et l'univers, du petit cercle de son petit monde jusqu'au grand cercle de la Terre et au-delà. Elle était le caillou que l'on jette à l'eau, qui dessine des ronds tout autour de lui, qui reste en ce centre, et qui s'y sent bien. Le centre du nombril. Le soleil au milieu de son système. Inspirez, soufflez. Ni plus ni moins que tous les autres soleils et tous les autres nombrils à ses côtés, similaires, solidaires et c'est ce qu'elle aimait raconter, cet accord organique, eurythmique, entre l'individu et l'univers, l'univers à l'image de l'individu, ou peut-être était-ce l'inverse, elle abandonnait cette discussion aux philosophes et aux mystiques, elle se contentait de sentir en elle, sur et sous sa peau, la traversant de part en part, quelque chose comme un vent frais qui traverse une prairie, une voix claire une foule, une bise glacée la vallée, une bise douce ses lèvres, et qui n'était autre que la vie. Elle donnait au monde qui lui donnait tant : ses yeux étaient des soleils dont éclairer la Terre à chaque instant, tout comme l'œil du monde chaque matin en s'ouvrant, lui offrait sa lumière. Chaque clignement de paupière la plongeait dans l'obscurité, et cette alternance du jour et de la nuit, à sa petite échelle, était en harmonie avec le temps de l'univers et la rotation de la Terre. Dans son petit cercle à elle, jours et nuits se succédaient en quelques secondes. Dans le grand cercle terrestre, ils mettaient plusieurs heures à accomplir cette même révolution. Mais elle ressentait intimement cet accord parfait dans tout son être, corps et âme. La vie était un cadeau.

C'était avant.

Mais une modification de l'air autour d'elle, plus opaque et ombreux, petit à petit lui a rendu plus difficile d'avancer, de respirer, de parler même. Insensiblement, elle a perdu confiance en tout, et la vie ne fait plus sens. Sans doute y avait-il une faille, venue de l'enfance, que le temps et quelques mauvaises rencontres n'avaient fait qu'agrandir et creuser, entre sa tête et son corps, entre son monde et celui des autres, entre elle et la vie.

Elle sent bien qu'elle est sur une pente dangereuse et qu'elle a, malgré elle, une conduite à risque. Elle traverse les rues sans regarder, elle boit trop d'alcool, qu'elle mélange à trop de médicaments, pour dormir, pour digérer, pour combattre les migraines, pour minimiser les effets des changements hormonaux. Elle conduit trop vite, ne voit ni les feux, ni les stops.

Toutes ses résistances sont mises en défaut. Jules, son Jules, qui ne la prévient pas d'un quart d'heure de retard, un ami qui ne répond pas à un mail, une voisine qui oublie de la saluer, et la voilà défaite, dévastée, exsangue. Ce ne sont pas de simples vexations d'amour-propre, dont elle n'a guère, mais un coup de gomme qui l'anéantit en effaçant cela qui la rattachait au monde. Elle n'a d'ailleurs pas davantage de résistance devant les agressions du monde extérieur qui ne la visent pas mais en humilient d'autres comme elle. Un inconnu qui en insulte un autre, plus petit ou plus vieux, un politicien ou un journaliste qui coupe la parole malhabile de qui ne fait pas profession de discours, un commerçant qui refuse de servir un jeune, un videur qui insulte un homme en raison de sa couleur de peau, un de ses collègues qui rabaisse un élève en lettres rouges sur un bulletin, un homme qui en pousse un autre dans le fleuve comme une canette vide, n'importe quel homme qui frappe n'importe quelle femme, ou l'inverse mais c'est plus rare, nous tous qui enjambons sans les regarder les corps des SDF affalés sur les trottoirs de nos grandes villes, et nos États qui refoulent des familles entières, abandonnant à la mer le soin de déposer sur le sable et de bercer doucement le corps d'enfants morts, tout, à présent, tout l'agresse violemment, tout la retourne comme un gant, entrailles à vif, tout la prive de souffle, saignant d'impuissance et pleurant sans larmes. Elle n'a pas besoin d'y penser: les images sont là, rémanentes et la traversent à tout moment, sans prévenir, elle est l'enfant la femme le vieux le pauvre la battue l'oubliée, l'individu jetable, l'homme-canette, la putain-kleenex, la journaliste emprisonnée, la peau cuivrée dans un monde blanc, la femme adultère lapidée, l'agriculteur cancérisé par les pesticides, l'enseignante défenestrée et elle est Jeanne, aussi,

Jeanne vidée, qui n'a plus rien en elle au bout du jour, que le monde extérieur

et qui dans le monde extérieur, n'est rien,

Jeanne qui voudrait juste que cela s'arrête pour tout le monde, les morsures des injustices, les coups de dents du réel,

Jeanne qui espère juste pour elle une petite place, même pas au soleil, l'ombre lui irait très bien aussi, mais une place quelque part, où se poser et être bien. Une île à elle, où retrouver une unité, où rassembler les morceaux épars du monde et d'elle. Même si ce n'est pas vrai aux yeux des autres. Même si ce bout de roche où poser le pied n'existe qu'en rêve.

Longtemps elle a cru que l'écriture serait une manière de résistance. De réparation. Mais s'il y avait de l'irréparable ? Si écrire arrachait la croûte et creusait la plaie ? Si écrire était un processus infectieux, au contraire ? Si écrire plongeait ses crocs dans le mou du monde, bien plantés dans ses poumons crus et sanguinolents ?

On n'écrit jamais que pour remonter le temps. Mais c'est fini, Jeanne n'aspire plus qu'à se laisser flotter au gré du courant.

Un ancien chant de Charlus lui vient en mémoire, la poignante histoire d'une enfant poitrinaire : son frère dans le jardin s'obstine à ramasser les feuilles qui tombent des arbres, et explique à un passant qu'il a entendu un docteur dire à leur mère :

« voyez par terre,
combien de feuilles déjà
quand tombera la dernière,
la chère enfant s'en ira
voilà pourquoi je rattache
les feuilles qui vont tomber
mais c'est une grande tâche
dis monsieur, veux-tu m'aider ? »

Cela n'aide pas Jeanne à commencer un nouveau texte, de penser de telle choses, car si c'est cela, écrire, si c'est remettre la feuille sur l'arbre, absurdement, franchement ma fille, à quoi bon, tu as sans doute mieux à faire.

Cela ne l'aide pas à initier quoi que ce soit, d'ailleurs. Une nouvelle journée, un nouvel amour, un nouveau texte, pourquoi faire, tout a déjà été écrit, tous les jours se ressemblent et tous les hommes aussi, rappelle-toi les pulls de laine que vous détricotiez à deux, ta grand-mère et toi, elle défaisant les rangs, tirant le fil et l'enroulant autour de tes deux bras écartés et tendus droit devant toi, le brin de laine frisottait bien un peu mais cela disparaissait dans la maille d'un nouveau tricot et sous de nouveaux motifs, il en va de même de la vie, et de l'écriture, ce sont toujours les mêmes mots qu'on dévide et qu'on retisse un peu différemment à chaque texte.

Non, cela n'aide pas Jeanne à vivre, de penser ce genre de choses.

Si seulement quelque chose ou quelqu'un, un inconnu peut-être, pouvait lui proposer enfin, quelque chose de *nouveau* !

« Ouest-France,

Ce week-end aura lieu à Lorméac le Salon du dernier roman. Il s'agit d'une première, aucune manifestation de ce genre ne s'étant encore jamais produite, ni ici ni ailleurs.

Ne manquez pas l'occasion de croiser Christophe Lambert, des Éditions Thanatographes, qui vous racontera la fabuleuse découverte de La lettre noire *d'Edgar Poe, un manuscrit enterré par inadvertance avec son auteur et objet de rumeurs alimentées par tous ceux qui se sont rendus, des années durant, déposer trois roses et du cognac sur la tombe de l'écrivain. Venez rencontrer la nièce de Denis Laennec qui s'occupe de rassembler des lettres d'adieu rédigées sur les lieux de travail pour la collection du « Cercle des travailleurs disparus ». Tout le programme sur le site du salon : https://dernieroman.com. Entrée gratuite. Salle omnisports. Restauration rapide sur place. Renseignements et inscriptions au 02 85 67 54 34.* »

Christophe lit l'article du journal, épaule contre épaule avec Annick, porteuse du projet de ce Salon et présidente de l'association Livr'aisons, colportage à domicile de paniers verts et de boîtes à livres sur toute la communauté de communes de Lorméac. Devant eux, une pile de dépliants sortant à peine de l'imprimerie, attend d'être distribuée, qui détaille le programme.

Si l'on en juge d'après les inscriptions aux ateliers, les visiteurs s'annoncent nombreux, la presse locale entoure l'événement de publicité, le week-end promet d'être lucratif. La programmation s'était certes avérée un peu délicate, mais elle s'est faite. Un rassemblement de vieilles automobiles (rutilantes et astiquées de près) pose beaucoup moins de problèmes d'organisation qu'un salon de vieux auteurs finissants (même habillés avec soin et maquillés de près). Les deux librairies partenaires ont prévu de ressortir à l'occasion des premiers romans publiés souvent avec les honneurs, mais laissés sans descendance. De son côté, Christophe a contacté quelques-uns de ces auteurs détournés d'écrire par une raison ou une autre, découragement, dépit, épuisement des réserves d'écriture dès la première salve, paresse, pression familiale… La plupart acceptent de participer au salon pour un retour inespéré de publicité et leur photo dans le journal. Baroud d'honneur. Sortie dans la dignité. De quoi clouer le bec de ceux qui n'avaient pas assez vanté leur talent, la condition étant, bien entendu, que l'auteur ne remette pas le couvert, on est d'accord, vous êtes passé ou vous allez passer à autre chose que l'écriture, je ne sais pas, moi, un blog de cuisine ou de photographie animale, par exemple, c'est porteur, ça,

Salon du dernier roman

(première édition)

Samedi 27 juin

10 h : ouverture du salon.
10 h : pour les enfants, atelier coloriage sur le thème de Halloween.
11 h : inauguration en présence de Madame la Maire de Lorméac.
14 h : atelier d'écriture d'épitaphe, par Joëlle Marsi, poète. Elles seront exposées sur les murs durant tout le salon. Nombre de places limité.
14 h-17 h : pour les enfants, chasse aux zombies.
15 h : table ronde littéraire avec Marie Vilar (*Bio- ou Thanatographies ?*), Sophie Rabau (*De l'art du sympoèmathanatotème*), Hervé Gosselain, (*Les Morts imaginaires*, de Marcel Schwob).
16 h : présentation des Éditions Thanatographes (*La lettre noire*, Poe ; *Sur terre, sous terre*, Denis Laennec ; *Tant que dure le voyage*, Pierre Camus) de Christophe Lambert.
17 h : tirages au sort parmi les participants aux ateliers coloriage et épitaphe. À gagner : des affiches des films de Tim Burton et de Scooby-Doo.

Dimanche 28 juin

10 h : atelier déguisement pour enfants sur le thème « Fantômes et revenants ».
14 h : atelier d'écriture de « mots de la fin », par Yannick Barouen, écrivain public. Nombre de places limité.
14 h-17 h : pour les enfants, chasse aux Squelettes-Skittles.
15 h : André Dussollier et Anny Duperey : *À la vie, à l'amour*, lecture d'un florilège des plus belles lettres d'adieu.
16 h : débat « Le marché de la mort », avec Christophe Lambert (Éditions Thanatographes), Catherine Caveau (*Vivre sa mort*), Amélie Nijean (*Rites de déritualisation de la mort contemporaine*), Arthur Drageon, (*Savoir rédiger son Curriculum Mortis*).
18 h : remise du Prix du Chant du cygne et lâcher de ballons portant inscription de derniers mots et ultimes pensées.

Salle omnisport de Lorméac
41 rue Victor Segalen
Restauration rapide sur place
Renseignements et inscriptions au 02 85 67 54 34 • https://dernieroman.com/

les animaux en vie, tenez, pour signer, c'est ici, et là, en deux exemplaires, voilà, merci bien, et en échange, voici un bon restaurant pour le repas du soir dans un des restaurants de la ville.

Le salon se tiendra dans la salle de sport. Chevaux d'arçon, balles et tapis de gymnastique seront entreposés dans une petite pièce annexe, les panneaux de basket et les cordes à nœuds, remontés au plafond. Des espaliers tapisseront le mur du fond.

Chaque maison d'édition présente a été priée de choisir, dans son fonds, ses textes ultimes. Beaucoup vont contourner la rigueur de la contrainte et présenter leurs « dernières parutions »… en date, dont rien n'indique qu'elles ne seront pas suivies d'autres textes des mêmes auteurs. Christophe et Annick ne l'ignorent pas, mais ce n'est pas grave, car la moyenne d'âge du salon est ainsi revue à la baisse.

Le principal reste que Christophe étant un des rares éditeurs à prendre à la lettre le mot « dernier », le salon le mettra particulièrement à l'honneur, lui, et les Éditions Thanatographes.

Thanato… quoi ?

Jeanne soulève ses lunettes pour mieux déchiffrer le prospectus qu'elle vient de prendre, posé sur une table dans un grand vestibule, à l'entrée du salon.

Elle est venue ici, invitée par son éditrice, pour présenter ses derniers textes puisqu'elle n'a rien publié depuis plusieurs années et que, selon ses propres dires, rien n'est en chantier. La feuille sous le nez, Jeanne déchiffre avec surprise, Éditions Thanatographes, table numéro 9. Le nom éveille en Jeanne bien des souvenirs de lectures, Thanatos la mort, l'indissociable compagnon d'Éros, la double postulation, les deux dieux, les deux pulsions, les deux pulsations du cœur humain, rapides ou ralenties, souvent également douloureuses et pareillement incontrôlables, qui le font palpiter trop vite et trop fort, jusqu'à l'implosion finale, cri d'amour ou dernier soupir. Intriguée, Jeanne cherche dans l'allée principale la table de cette maison si particulière, en comptant les numéros, lentement, jusqu'au numéro 9. Ses yeux balaient les couvertures des livres sans les voir, elle évite aussi de regarder dans les yeux les autrices et les auteurs déjà parqués derrière leurs piles de livres.

Tables numéros 5, 6, son cœur s'accélère, elle ne saurait l'expliquer, numéros 7, 8, peut-être un signe du destin cette maison dont le nom si romantique à lui seul promet de belles passions, numéro 9, elle y est, elle s'arrête. Des piles de livres sont bien rangées sur la table, Pierre Camus, Paul Nizan, Edgar Poe, Denis Laennec. Un assortiment de marque-pages illustrés et disposés en éventail habille le fond du stand, ainsi que des cartes postales portant citations d'Élie Delamare-Deboutteville illustrées par Serge Kantorowicz et d'Unica Zürn mises en images par Jane Graverol. Jeanne feint de s'absorber dans la découverte du roman de Pierre. En réalité elle hume le parfum de l'homme qui se tient debout derrière le stand. Une fragrance délicate, dont elle s'imprègne par petites inspirations rapprochées. Elle sent aussi le regard de l'éditeur sur elle. Levant à peine le regard, elle aperçoit, négligemment appuyée contre la table, entre les livres, une tête de cobra qui l'observe. Sa langue bifide est sortie, menaçante. L'animal en argent, ses yeux sertis de pierres rouges, des rubis peut-être, surmonte une canne en bois sombre, Jeanne dirait de l'acajou. Un instant fascinée par le regard flamboyant de l'animal, elle n'ose pas lever les yeux plus haut, qui sait à quoi va ressembler l'homme capable d'arborer un parfum qui sent si bon et un serpent dont la réputation est si mauvaise ? Tout en attardant ses doigts sur le livre de Camus qu'elle caresse machinalement, Jeanne se plaît à imaginer, droit devant elle, un bel Éros portant flèche et cœur, dans l'ombre duquel se dresserait, casqué de feu, un inquiétant Thanatos. Elle repose le livre de

Camus. Une citation de Delamare-Deboutteville l'absorbe un instant: « Ayez pitié des enfants qui pleurent pour vous rendre la mémoire et qui marchent parfois devant vous. » Les yeux toujours baissés, elle continue d'avancer, numéros 10, 11, son cœur s'apaise. Éros et Thanatos se sont envolés, main dans la main. Quand elle arrive à sa propre table, numéro 18, son cœur ne fait plus que son travail de pompe machinale. Elle relève la tête.

Christophe, debout derrière sa table, ne distingue pas des autres visiteurs, tout d'abord, cette grande femme osseuse dont la timidité raidit le pas, légèrement saccadé. Tout juste ressent-il son émotion quand elle s'arrête un instant devant ses livres, sans lever les yeux vers lui qui la scrute avec curiosité. Mais quand elle repart sans un mot et qu'il la voit qui se glisse un peu plus loin, derrière une autre table, ce qui la désigne comme autrice, son attention se réveille, en alerte. Elle paraît triste. Elle semble fatiguée. Bien, bien! Les sens de Christophe s'émoustillent, dont le sens du commerce qui agite en lui cette petite sonnette qu'il sait entendre de loin, à présent, attention, auteur en péril, autrice en perdition. Mais quelque chose d'autre s'agite aussi en lui, comme un désir de lui parler, de l'entendre, une envie soudaine de la connaître, de passer la main dans ce dos qu'il devine délicat, presque cassant, ou sur cette nuque dont un rien pourrait briser les os fins et saillants. Rien ne s'est vu, rien ne s'est dit, pourtant il a senti, dans son corps, le trouble de la femme, qui l'émeut en retour si fortement, que déjà il s'imagine la prendre contre lui, glisser les pouces le long de ses clavicules, caresser le cou vulnérable – sans savoir encore s'il saurait résister à l'envie de serrer très fort, ni s'il souhaiterait que cette étreinte la laisse essoufflée d'une petite mort ou de la grande.

Christophe a deviné que Jeanne Boucher – il a repéré son nom sur le prospectus du salon, grâce aux photographies des auteurs présents – ne reviendrait pas devant sa table, et que s'il voulait en savoir plus sur elle, ce serait à lui d'engager la conversation. L'occasion s'en présente à la pause de midi. Les invités doivent passer avec leur plateau devant un grand buffet qui propose plats froids, salades, tartes, œufs en gelée et charcuterie. La file d'attente piétine, parcourue de bavardages enjoués. Christophe se faufile aux côtés de Jeanne, prétextant de connaître son voisin, Jacques Métisse, pour se glisser dans la queue.

– Salut Christophe, tu te retrouves dans ton élément, le plaisante Métisse en lui montrant le plateau recouvert de tranches de rôti.

– Tu veux dire, parmi des cornichons de ton espèce ?

– Non, je veux parler de la viande froide, refroidie serait plus juste… Alors, t'en as enterré combien, ce mois-ci, de tes auteurs ?

Christophe a l'habitude de ces boutades, et d'ordinaire il laisse dire. Mais il y a cette grande femme osseuse, dont la beauté singulière l'émeut étrangement, et qui entend, et qui écoute, l'air de rien. (Il sait exactement ce que Pierre, dont le mauvais goût n'avait guère de limites, n'aurait pas manqué de lui glisser en lissant sa moustache, ben mon coco, rien ne troublait autant Descartes qu'une femme dont les yeux louchaient mais toi, ce sont donc les paquets d'allumettes qui te mettent le feu ? fais gaffe, quand ça ne s'allume pas, ça casse, ces brindilles-là.) Devant cette femme, « autrice de textes inclassables » selon le prospectus, il éprouve soudain le besoin de se justifier et ce n'est qu'à elle qu'il s'adresse, quand il répond à l'importun, ni le soleil ni la mort ne se peuvent regarder en face tu sais bien, pourtant on a de très belles photographies de cet astre, alors pense à moi, Jacques, quand tu franchiras le fleuve fatal, regarde droit devant et raconte-moi, écris-moi de l'au-delà, Enfer ou Paradis qu'importe : je manque de textes de mort. Pas des textes sur, des textes de la mort elle-même. Et c'est bien dommage, vous ne trouvez pas ?

La dernière question s'adresse à Jeanne, qui se tourne vers lui : mais « je suis morte » n'est-elle pas la phrase impossible à prononcer par excellence ? Les écrits soi-disant d'outre-tombe ne sont que des avant-dire au trépas, non ?

Sa voix surprend Christophe. Une voix de fumeuse, pense-t-il, d'une raucité grave qu'on ne s'attend pas à entendre surgir de ce corps-ci, comme s'il n'avait pas en lui assez de profondeur pour que le son pût descendre au fond de grottes encaissées et en rapporter quelque chose d'aussi humide et obscur, c'est ça, une voix caverneuse, c'est-à-dire de femme des cavernes, d'outre-temps.

– Vous avez raison, chère… ?

– Jeanne Boucher.

– Enchanté, Christophe Lambert. Je disais donc que vous aviez infiniment raison, chère Jeanne. C'est l'impossible propos de Valdemar dans la nouvelle de Poe, *La Vérité sur le cas de M. Valdemar*, cette profération aporétique, « maintenant je suis mort ». Il faut être vivant pour le dire, c'est donc un mensonge, et quand cela cesse d'être faux, je ne suis plus en état de le dire. Où je suis, la mort n'est pas, c'est bien connu, sauf supercheries et tours de passe-passe rhétoriques, prosopopées, faux morts plongés dans un simple état cataleptique, sans parler des morts-vivants dont est friande toute une littérature de zombies qui est encore tout autre chose. Fascinant, n'est-ce pas ?

Jacques Métisse ne répond pas à la question qui d'ailleurs ne lui est pas adressée. Il pousse Christophe du coude pour lui montrer deux auteurs quasi centenaires, chenus et blanchis, juchés en haut des espaliers, une main crispée sur un barreau, au bout de l'autre un téléphone portable avec lequel ils se prennent en photo. Mais Jeanne regarde Christophe droit dans les yeux :

– Bien sûr. Pour dire « je suis morte », il faut être vivante ; mais on peut toujours écrire « j'ai vécu ». D'ailleurs écrit-on jamais autre chose que cela, « j'ai vécu » ? Quoi qu'on écrive, partage-t-on d'autre témoignages que cela, j'ai vu, j'ai fait, j'ai rêvé – j'ai vécu ?

– J'en étais sûr, chère Jeanne, dès que je vous ai vue passer devant ma table, j'ai su que vous saisiriez la philosophie de ma maison !

Ils sont arrivés devant le buffet de viande froide sans le remarquer. Christophe choisit une tranche de bœuf rouge, cerclée de rose, Jeanne ne prend rien, Métisse se concentre à présent sur le choix des salades et, tout en croquant un cornichon :

– J'aime bien ça, moi, les histoires de zombies et les trucs un peu gores, vous avez vu *La Mouche* ? et *La Momie* ? C'est pas si con.

Christophe hoche la tête et sert à Jeanne une large portion de taboulé oriental, tandis qu'elle lui propose un œuf en gelée.

Et c'est tout naturellement que ces deux-là se dirigent vers l'extrémité d'une table commune, où ils espèrent poursuivre dans un calme relatif une conversation si bien engagée. Christophe se réjouit de se voir si bien compris, immédiatement, par une autrice aussi visiblement en accord avec lui. Jeanne se surprend, pour la première fois depuis longtemps, à se sentir aussi à l'aise avec un homme, inconnu qui plus est.

Les deux vieillards sont redescendus des espaliers. Un grand gaillard de la sécurité est venu en aider un des deux à se poser à terre en le prenant à bras le corps. On peut déjà voir leurs selfies acrobatiques circuler sur les réseaux sociaux. Jacques Métisse poursuit sa discussion sur les zombies avec une jeune bénévole du salon obligée, pour manger, de relever sur ses beaux cheveux roux son masque de tête de mort en latex.

Il n'aurait pas fallu longtemps à Jeanne pour poser à Christophe la question que tout le monde lui soumet, *pourquoi*, mais pourquoi des derniers textes ? Peut-être ne l'aurait-elle pas formulée ainsi, peut-être y aurait-elle introduit une variante, demandant par exemple, mais toute œuvre n'est-elle pas testamentaire ? Toute création n'est-elle pas par essence combat contre la destruction ? Ou encore, toute œuvre n'est-elle pas celle du Temps ? Quoi qu'il en soit, Christophe préfère la devancer. Tactique du taureau, c'est son signe astrologique : foncer, prendre les devants, prendre les toreros par les cornes, Jeanne, je suis sûr que tu te demandes pourquoi je me suis spécialisé dans les textes ultimes ?

Ils se tutoient depuis une heure, précisément depuis le moment où ils sont passés de la table à la buvette du salon pour un petit café avant de regagner chacun son stand : accompagnant le déplacement physique dans la salle, un glissement de terrain dans la conversation en avait aussi modifié la tonalité, tu prends du sucre, au grand dam de Jeanne qui aurait bien aimé maintenir ouvert cet espace de séduction propre au vouvoiement

– mais qui n'a pas osé protester pour ne pas passer pour une pimbêche, non je te remercie je le prends noir.

– Parce que ça rapporte, certainement ?

Christophe en reste un court instant désarçonné, sa tasse en l'air. Il croyait avoir affaire à une autrice quasiment désincarnée, en tout cas très éloignée des réalités matérielles, qui n'écrit que sous l'inspiration d'un souffle mystique vu qu'elle ne lui parle depuis une heure que de quête spirituelle, d'Hildegarde de Bingen et d'harmonie entre l'individu et l'univers avec un léger égarement du regard, et pile au moment où il s'attend presque à voir cette femme léviter ou s'élever autour d'elle le vaporeux halo de la Pythie, la voici qui parle, vulgairement, fric !

– J'imagine que vous avez fait, pardon que tu as fait, une étude de marché avant de te lancer et que le créneau t'a paru intéressant, lucrativement parlant.

– Il l'est, je ne le nierai point. Mais tu n'imagines pas avoir en face de toi un philistin uniquement préoccupé de morale épicière ?

Christophe n'est pas certain de ne pas voir une lueur d'ironie traverser l'œil de Jeanne, et sans le montrer, s'en trouve offensé, elle au moins, cette femme étrange, aurait pu deviner que je ne me résume pas à cette nonchalance désinvolte que j'affecte, elle aurait dû comprendre la dimension métaphysique de cette apparence, la fascination de la mort et du néant que je combats jour et nuit.

Il poursuit en racontant l'accident de Pierre et la promesse qu'il s'était faite de porter devant ses lecteurs le dernier ouvrage de son plus cher et plus ancien ami, après tout, étymologiquement, *Christophe* est « celui qui porte l'enfant Christ », c'est le géant Réprouvé qui fait traverser la rivière au petit Jésus, juché sur son dos n'est-ce pas, eh bien, publier *Tant que dure le voyage* (qui entre parenthèses est aussi une histoire de traversée, tu vois, il n'y a pas de hasard), c'est comme prendre sur mon épaule mon défunt ami Pierre, et lui faire traverser le fleuve des Enfers. Il improvise complètement, à cet instant, Christophe, et Jeanne ne lui laisse pas le temps de mesurer que ses références gréco-chrétiennes ne sont pas très cohérentes.

– Mais tout ce décorum, votre logo, ton logo je veux dire, la scénographie de ton stand... cela ne répond qu'à des fins publicitaires ?

– Je scénarise. Comme tout le monde. Tout se scénarise, tout se raconte, se met en scène sur les réseaux, *my dear*, sa vie, son chat, ses mômes, le contenu de son assiette, son parcours de député, l'histoire de son entreprise, chaque minute de son quotidien, on baigne dans une starisation de tous les moments de vie, et tu voudrais que les écrivains échappent au mouvement, et tu voudrais que la mort échappe à ce grand récit ? Un auteur, qu'est-ce que c'est, sinon une image, c'est-à-dire un imaginaire autour de sa personne, ce n'est d'ailleurs pas nouveau. Tu sais qu'il y a plein d'héritiers qui ont refusé de publier des inédits d'un parent, notamment des lettres, parce que son image allait, même pas forcément en pâtir, mais se flouter. Toute image est stylisée, alors que l'humain, forcément, c'est un peu plus brouillé. L'image en sort gagnante, le texte, on n'est même pas obligé de le lire. Ou alors en diagonale, en glanant juste de quoi alimenter une minute de conversation. On lit ce qu'écrit celle dont connaît le chapeau, ou qui s'habille toujours en blanc, celui qui a toujours les ongles sales ou qui bégaie en public ou qui porte une lavallière, etc...

– C'était déjà le cas avant, on a tous un imaginaire de Victor Hugo à sa tribune, de Sartre devant les usines, de Chateaubriand cheveux au vent ou de Madame de Sévigné sur ses terres, sans parler de Sand en pantalon ou Colette posant nue devant les photographes !

– Exact, mais dans un livre plus que jamais le texte est désormais second, un supplément d'âme et comme elle, volatile et souvent vénale. Alors moi je dis aux auteurs, aux autrices, on vous scénarise ? on vous starise ? c'est le jeu, OK. Mais alors jouez-le jusqu'au bout ! Ne vous arrêtez pas avant la fin ! Ne ratez pas le meilleur ! Vous voulez l'immortalité ? Soit ! mais pour cela, mourez ! Soignez le scénario de votre mort. Toute cérémonie des adieux est un Art poétique. Regarde l'atelier de Boltanski dans lequel, moyennant finances, il s'est fait filmer de 2009 à sa mort, nuit et jour, par les caméras d'un collectionneur, lequel devait attendre le décès de l'artiste pour disposer de ces enregistrements. Tout le monde scénarise sa vie, moi je scénarise la mort. Par ici la sortie Messieurs Dames et les coulisses vous seront une seconde scène, encore plus belle, encore plus brillante, et éternelle. Et on vient me faire la leçon ? Mais non, pas toi, Jeanne, pas toi, je le sens...

Christophe et Jeanne se revoient quelquefois dans les mois qui suivent, ils parlent de littérature ils parlent d'art ils parlent d'eux – ou ils ne parlent pas et dans ce cas, l'interprétation de leurs silences comporte une marge d'erreur délicieuse.

Jeanne ne l'ignore pas, tu le sais n'est-ce pas, tu le sens ce regard d'attente que cet homme pose sur toi, même si tu ignores ce qu'il espère que tu lui donnes, un geste, un mot, un baiser, un texte ou ta tête sur un plateau, quand il te parle de la vie tu doutes, car ses mots ont le tranchant de la faux fatale et dans sa bouche tu vois se noircir ses dents sur un rictus qui te fait frissonner de tous tes os, mais quand il te parle de la mort tu n'y crois pas davantage, ses mots te semblent des coquilles vides et désertées, des mues rejetées sur le sable après jusant, des fantaisies macabres pour amateurs de curiosités fossilisées, des fleurs de rhétorique gothiques, car sa voix vibrionne dans l'air qui le sépare de toi et sa bouche de ta bouche et tu ne sais plus, ma pauvre fille, si tu dois entendre ce qu'il te dit ou écouter ce qu'il ne te dit pas, tant la mystérieuse excentricité de cet homme te séduit sans que pour autant tu oses t'aventurer dans les zones d'ombre que tu entrevois en lui.

Aussi, quand Christophe prend la parole, souvent, insensiblement, au seuil d'une vague rêverie, Jeanne se laisse-t-elle aller, attentive au ressac de son cœur, aux pulsations du sang dans ses doigts, dans ses lèvres gonflées du flux montant d'un désir qui dépose à leurs commissures une bulle de petite écume. Mais sur le point de s'abandonner aux fonds marins d'un rêve éveillé délicieusement érotique, elle a toujours cependant le réflexe de s'accrocher au premier bout de réel qui passe à sa portée pour revenir à la surface et à la vie, aux bruits de ce café où ils ont pris l'habitude de s'attabler, aux gants de Christophe négligemment posés près de sa canne, au patron qui regarde la télé en essuyant ses verres, au néon qui clignote et qui n'est toujours pas changé, à la vie qui marche roule piétine tape du talon et des bottes ferrées derrière la vitre, dans la brutalité soudaine de son brouhaha, la violence de ses clameurs noires de colères, de peurs, de frustrations, de pauvreté, l'agression de ses couleurs hurlantes, ou les relents d'huile chaude d'une friterie voisine, et c'est réflexe de survie, que d'attraper ainsi un petit quelque chose qui va t'arracher aux bras d'ombre de cet homme et te rejeter dans la lumière blanche du carrelage javelisé du café, il est là, il te parle, ses lèvres sont brunes d'un sang de suie, ses ongles soignés sur la table de faux bois, et tu vois, Jeanne, tu vois au fond de ses yeux briller un feu dangereux, est-ce le feu de l'Enfer ou celui de la guerre, tu la connais, cette incandescence qui t'attire pour te séduire et va te réduire en cendres, elle a le charme fou des cygnes noirs des contes et le pouvoir d'enchantement des mauvais génies.

C'est pourquoi les jours et les semaines se succèdent sans que rien ne s'installe entre Jeanne et Christophe, que cette patiente et prudente attente, de quelque chose qui romprait l'équilibre de la relation et la ferait basculer d'un côté ou de l'autre, l'amour ou la mort, Éros ou Thanatos.

De son côté, Christophe aussi goûte ces moments sans savoir ce que veut Jeanne ni ce que lui-même poursuit, car d'un côté la discrète obstination de cette femme au regard égaré le charme plus qu'il ne se l'avoue, mais d'un autre, toujours au bord de la plainte, elle l'agace et réveille sa part mauvaise. Il n'a rien contre la *mélancolie*, le mot est magnifique et la chose ne manque pas de noblesse quand elle est peinte sous les traits pensifs de l'ange de Dürer ou qu'elle pousse un déchirant lamento, mais Jeanne paraît plutôt ployer sous la chape de plomb d'une grosse déprime, sans énergie et sous benzodiazépines.

Quand ils se retrouvent au café, tandis que patron, piétons et autres pions de la vie sociale s'agitent autour d'eux, Christophe ne quitte pas des yeux les yeux de Jeanne, dont les longs doigts maigres enserrent la petite tasse de café, tu es là devant moi, Jeanne, avide et vulnérable, à cette table où nous parlons art et poésie et pourtant c'est à ton bureau que je te vois, tel que tu me l'as décrit, un simple plateau posé sur tes genoux écartés dans la position du lotus, toi assise sur une courtepointe tissée de fils dorés c'est toi qui me l'as dit, toi assise jambes repliées, nues peut-être, cuisses ouvertes, un plateau à planche mobile comme sont les ponts ouvrants à l'entrée des villes portuaires, tu as placé une feuille devant toi et peut-être as-tu acheté pour l'occasion un beau stylo plume, car tu as conscience que si tu écris pour moi, Jeanne, tu ne rencontreras plus jamais circonstance d'écriture plus solennelle, plus définitive, alors écris pour moi, Jeanne, fais couler sur ta feuille l'encre, dépose sur ce papier posé entre tes cuisses le lait noir et sacré de ta plume, qu'elle dessine une fois encore en majesté ce fleuve à traverser, mais si tu le fais sache bien que ce sera la dernière fois et qu'arrivée sur l'autre berge, tu ne pourras accomplir de voyage de retour, le Styx ne se traverse pas deux fois.

Et pendant ce temps-là, les regards de Jeanne et de Christophe se croisent et se décroisent, mais nos doigts ne se nouent ni se dénouent de part et d'autre de l'infranchissable espace de la table, car j'ai très envie de te demander, Jeanne, d'écrire pour moi ce texte qui sera pour toi le dernier mais je veux être sûr que tu ne me trahiras pas et je ne sais pas qui me garantira contre cela, est-ce Éros qui te fera basculer du côté de la vie et abandonner cet exercice solitaire et douloureux de l'écriture, est-ce dans l'amour que tu trouveras, enfin, le sens de ton existence, l'essence de ton être au monde, est-ce l'enchantement du sexe qui te rendra la vie plus aimable plus que tout, plus enviable même qu'écrire – et dans ce cas, sans parler d'amour, je suis tout prêt à t'initier à des sensations que tu ne soupçonnes sûrement pas, je n'attends que cela, avance un peu tes doigts sur cette table que je les attrape dans les miens et que de l'un à l'autre, passerelle du désir, un courant nous traverse et nous mène l'un à l'autre. Ou est-ce Thanatos qui me garantira que ce texte que tu vas me donner sera bien le dernier, est-ce la mort seule qui pourra t'empêcher de céder de nouveau à l'appel de la plume ? alors je te le dis, écris pour moi, Jeanne, écris ce dernier texte mais en sachant qu'il ne pourra en aucune façon y en avoir d'autres, donne tout ce que tu as, tout ce que tu es, dans cet ultime ouvrage, apothéose de ton existence – et moi, dans ce cas aussi, je suis prêt, je t'accompagne, te tenant par la main, et tel Charon dans sa barque contre une pièce, je te ferai traverser le fleuve contre ton manuscrit.

Oh oui, je suis prêt.

Ils se sont donné rendez-vous rue de la Palestine, à l'entrée du parc du Thabor. Ils ont marché sous les vieux chênes agités par des rafales de vent. C'est dimanche, un 17 mars en fin d'après-midi. La lumière est noire d'un orage qui s'approche, lourd de grêle. Ils sont seuls. Le parc va fermer.

Jeanne chuchote, pour ne pas gêner, comme s'il y avait quelqu'un à ne pas déranger, alors que même les petites sittelles se taisent. Christophe lui répond à voix normale.

– … mais ce que tu veux, Jeanne, récit, poème ou tableau comme tu dis, écris ce que tu veux ! pourvu que ce soit le dernier texte, tu connais la maison.

Il sent qu'elle est prête pour le grand saut. Depuis peu, il l'appelle Faustine, dans ses messages, ma Faustine, très chère Faustine, et cela ne la rassure pas, car si elle est Faustine, il est Méphistophélès, fait d'ombre et qui fuit la lumière.

– Méphisto promet à Faust de satisfaire ses désirs en échange de son âme, mais toi, que me promets-tu ?

– Mais le Sens, très chère Faustine, ce mystère de l'existence après lequel tu cours en vain, le sens et la gloire, car je promets à ton livre un succès que tu n'as encore jamais connu. Écris, puis meurs, je veux dire… meurs à l'écriture et renais à la vie! Quand il ouvre les yeux, qu'il regarde devant lui et voit la mort, Faust est terrifié, non de se découvrir mortel, mais à l'idée de mourir absurdement, sans que sa vie ait eu un sens. Écris, mais écris en regardant toi aussi droit devant toi, l'œil écarquillé, fixement, l'âme défaite de ses oripeaux, de ses illusions, des faux savoirs, des faux amis, des dieux mensongers, d'un art superficiel et des amours inauthentiques.

Un coup de vent violent gonfle l'imperméable de Jeanne. Elle a froid. Elle resserre sa ceinture. Ils marchent lentement. Ils passent devant le kiosque, s'engagent dans les allées de l'Enfer. Jeanne a un instant d'hésitation. Les premières gouttes gelées s'écrasent au sol, Christophe la tient par le coude et la presse, viens, on va se mettre à l'abri dans la grotte. Jeanne regarde autour d'elle: ils sont seuls, le parc a fermé ses portes et sous l'accumulation de nuages bas et noirs, tout est brutalement passé du jour à la nuit.

L'exaltation soudaine de Christophe fascine mais effraie Jeanne, est-ce là cette folie destructrice qu'elle avait soupçonnée par moments, qui sait s'il ne cache pas dans son dos un poignard et cet éclat dans le ciel, n'est-ce pas un signe, n'est-ce pas la Lune qui cherche à l'avertir, fuis ma fille, fuis – ou reste mais n'aie pas peur.

Jeanne n'aime pas que Christophe l'appelle Faustine, elle connaît Faust, celui de Goethe professe que tout ce qui existe doit être détruit et celui de Lenau s'anéantit lui-même après avoir signé le fatal contrat, est-cela qui l'attend ? De disparaître dans un monde de fumées ? La dissolution d'un moi vide dans le vide du monde ?

– Allons Jeanne, qui parle de disparaître ? C'est le doute qui te tue à petit feu, tu cherches mais tu ne trouves pas, tu aimes mais on ne t'aime pas, ni ton mari, ni ton collègue, ce Yannis dont tu m'as parlé, ni ton fils qui t'ignore. Tu sais des choses qui ne t'ont rien appris, tiens, je suis sûr que tu es ce genre d'athée qui va allumer un cierge dans une église et invoquer un dieu qui n'existe pas avant d'aller chercher des résultats médicaux ou quand ton gamin passe un examen. Tu cours après ton ombre, hélas, même elle t'a fuie, comme le pauvre Peter Schlemihl, tu préfères que je t'appelle Faustine ou Jeanne Schlemihl ?

– Peter Schlemihl ! Encore une histoire qui se termine bien, je te remercie de me remonter le moral, j'avais besoin de ça.

– Mais justement ! Écris, écris ce dernier texte en affrontant ce démon-là qui suce et aspire jusqu'à ta moelle, et tu verras comme tu te sentiras mieux après. Ton moi pourra se remplir à nouveau et le fera du vide du monde. Vases communicants. Tu pourras même à nouveau aimer.

À ces mots, Jeanne manque de glisser, se raccroche par réflexe au bras de Christophe, qui la serre contre lui. Ils restent ainsi quelques longues secondes, accrochés l'un à l'autre sans bouger. Puis ils escaladent la petite grille qui ferme l'entrée de la grotte et s'y réfugient, pelotonnés l'un contre l'autre, et l'univers autour d'eux s'étrécit jusqu'à n'être plus que ce point de contact de leurs deux corps.

Sans oser lever les yeux vers le visage qu'elle sent si près du sien, Jeanne murmure, oppressée par cette étreinte dont elle ne sait que penser, mais qui sait si au contraire, je ne vais pas découvrir que, définitivement, la vie est un songe ? Elle se dégage doucement, affecte un ton plus désinvolte, n'oublie pas que je suis prof d'allemand, qui sait si je ne suis pas moi-même *ein Traum mit Lust und Schuld und Schmerz*, c'est-à-dire « un rêve fait de joie, de crime et de douleur » comme dit Faust juste avant de plonger un couteau dans son cœur.

– À toi de voir. Mais si tu écris, et que ce ne soit pas pour affronter les monstres, si ce n'est pas pour regarder la Méduse droit dans les yeux et la mort droit dans ses orbites creuses, si ce n'est pas pour jeter des petits cailloux dans le puits sans fond de la vie pour sonder jusqu'où va ce sans fond et quand tu l'as trouvé pour creuser encore plus loin, si ce n'est pour tout donner de toi et donner encore quand tu n'auras plus rien : alors, n'écris plus. Le monde croule sous le papier imprimé. Sinon, écris ce dernier texte, essentiel, qui te survivra, et puis passe à autre chose. À la vie. À l'amour. Mourir c'est naître à l'immortalité.

Tout en parlant, de sa main droite il lui saisit les deux poignets et les lui maintient fermement dans le dos. Jeanne se laisse faire en frissonnant dans l'obscurité. La main gauche de Christophe lui attrape doucement le menton, le caresse, remonte sur les joues, lui frôle le lobe de l'oreille et descend sur son cou qu'il serre, oh, à peine, entre le pouce et l'index.

Jeanne a peur et Jeanne a envie de ce qui approche, mais est-ce de baiser ces lèvres, au risque de casser sous cette main ? Elle n'est pas sûre de ne pas sentir une même hésitation chez Christophe. Elle n'est pas sûre que cet éclair noir qu'elle voit traverser l'œil de l'homme ne soit pas l'œuvre du diable, allons allons, ma fille, ressaisis-toi, tu étais superstitieuse, mais là, tu deviens carrément ridicule.

Hors de la grotte, il pleut maintenant à flots continus.

– On peut rentrer ? J'ai froid.

Christophe réfrène une réaction d'impatience, encore une qui ne sait pas ce qu'elle veut ! Il éloigne son visage, il écarte sa main de son cou et libère ses poignets, mais pourquoi pourquoi les auteurs vivants sont-ils plus compliqués que les auteurs morts, hélas Pierre, des comme toi ça me manque, je te jure, et décidément avec celle-ci, s'il obtient ce qu'il veut, il aura bien mérité son salaire ! Son avenir est tout tracé pourtant, c'est clair comme de l'eau de roche, comme cette pluie ! Velléitaire comme elle est, vouée à l'échec, passive, dépressive, elle a sa place toute prête dans sa maison, il doit suffire de la mener en haut d'un cap, de lui rappeler à quel point le monde est moche et les hommes méchants, si tant est que tout cela existe vraiment et ne soit pas simple jeu d'apparences, et hop, à tous les coups elle saute dans le vide, même pas besoin de la pousser. La vision de ce corps fragile se désarticulant sous le choc de la chute avant de disparaître dans les bouillons grondants et gourmands de la mer l'émeut un instant, plus qu'il ne saurait dire, diable de femme qui l'a ensorcelé ma parole, il ne manquerait plus qu'il tombe lui aussi, qu'il tombe bien bas, qu'il tombe amoureux, quelle faiblesse ce serait ! Et si elle ne se laisse pas convaincre d'arrêter l'écriture après le texte qu'elle va lui donner et qu'il doive recourir à des moyens plus radicaux et brutaux ? Il aimerait autant éviter cette extrémité, c'est sûr, je préférerais t'étendre dans les draps satinés de mon lit plutôt que sous le linceul d'un cercueil – et c'est d'une voix faussement allègre qu'il lui demande, en la reconduisant à la voiture :

– Alors, tu le signes, ce contrat ?

– Mais comment savoir, si je signe, cher Méphisto, si c'est l'amour ou la mort qui m'attend ?

Christophe claque violemment la portière et, sans qu'elle le voie, levant les yeux vers la Lune qui a fait son apparition entre les gouttes, mais signe, signe donc, et tu verras !

– Ainsi nous y sommes ?

– Je le crois, oui.

– Tu es sûre de le vouloir ? Ça y est ? Tu en as vraiment envie ? Tu as bien réfléchi ?

– Oui, oui, oui, oui.

– Alors, viens, donne-moi la main.

Quand les doigts de Christophe refermés sur la main de Jeanne commencent à lui caresser et lui serrer les siens, que le pouls de la femme se met à battre furieusement sous cette pression de l'homme, elle doit se retenir de ne pas crier – et peu s'en faut que sous les doigts noués de l'homme et de la femme, le stylo ne casse au moment où ils signent le contrat.

Fin première partie

LE COUPLET DU CANARD

« Si parfois un journal affirme
En tête de ses faits divers,
Que je ne suis qu'un vieil infirme,
Et que j'entends tout de travers !
[...]
Ne croyez pas à ces propos !
Sur ma parole
C'est un canard,
Un bruit frivole,
Un traquenard !
C'est un canard
coin coin. »
Offenbach, *L'île de Tulipatan*

Nadège sort de sa douche, ruisselante, grelottante, s'enveloppe dans un drap de bain, frictionne ses cheveux dans une petite serviette puis les rassemble en une torsade qu'elle pince sur sa nuque. Elle se rend dans sa chambre, ses pieds nus laissent des empreintes humides sur son parquet, elle n'y attache pas d'importance mais elle le remarque depuis que Jean-Marc avait crié, la première fois qu'elle avait utilisé sa salle de bains après l'amour, attention ! mon parquet ! tu sais ce que ça vaut, un parquet Versailles ? non, elle l'ignorait et ne désirait pas l'apprendre, car en revanche elle savait déjà qu'il n'y aurait pas de seconde douche – mais depuis, elle y pense, parfois, quand elle laisse des traces sur son parquet stratifié qui pourtant, lui, doit résister à l'humidité.

Son ordinateur est ouvert, Nadège lui jette un œil en passant, il n'affiche aucun nouveau message. Elle le consulte en permanence, à l'affût d'un mot qui se signalerait par ce petit bip familier qui lui fait chaud au cœur sans qu'elle ait conscience d'attendre un signe de quelqu'un en particulier. Quoi qu'elle fasse, elle voit, qui reste affichée dans sa barre des tâches en bas de l'écran, *l'icône* de sa messagerie : comme cela porte bien son nom d'image pieuse et que de temps, que d'énergie Nadège sacrifie chaque jour à ce culte, l'application grande ouverte comme deux bras consolateurs, deux bras d'un amant en mal d'étreinte, deux bras de femme face au vent, deux bras d'amie, deux bras d'enfant courant vers sa mère...

Nadège n'a pas eu conscience d'ouvrir son placard, ni de fouiller parmi les cintres. C'est à cause de mère, enfin, du mot *mère* qui lui a traversé la tête. L'année prochaine, Nadège arrive à l'âge exact où la sienne a disparu, morte sans doute quoiqu'on n'ait jamais retrouvé son corps, quarante-cinq ans, un âge étrange, en suspension, qui donne envie de lui tourner autour pour le regarder sous tous ses angles. Ainsi, vu sous l'angle de sa mère, à laquelle elle pense si souvent en ce moment, elle trouve que c'est très jeune pour mourir, quarante-cinq ans, quand les traits abandonnent le canon commun de la jeunesse pour se parer de la beauté de l'âge, mais quarante-cinq ans de son point de vue à elle, Nadège, c'est déjà vieux, c'est avoir déjà le ventre infécond, les muscles déjà légèrement distendus, une fatigue discrètement affaissée des commissures et la perspective à moyen terme, de difficultés croissantes pour trouver du travail.

Nadège choisit un jean seyant et une chemise à petits motifs très serrés de fleurs. Des myosotis, dirait-elle, bleus comme ses yeux. Nadège porte toujours quelque chose de floral sur son corps, elle ne déroge jamais à cette règle qu'elle a choisi de suivre des années auparavant. Parfois elle est seule à savoir qu'une grappe de lilas ou des coquelicots se pressent sur son ventre ou ses fesses, parfois elle arbore une rose en organza rouge sur le revers d'une veste, et parfois ce sont de délicats hibiscus de nacre montés en petits boutons qui ferment un chemisier de soie…

Elle étale ses vêtements sur le lit, puis retourne dans la salle de bains, laisse tomber le drap de bain, débouche un flacon de fluide hydratant, en dépose une noisette au creux de ses deux mains dont elle se masse lentement les jambes en remontant des chevilles aux hanches sur lesquelles elle s'attarde un peu, puis les bras, de l'extrémité des phalanges à la base du cou, penchant la tête d'un côté puis de l'autre, la tête déjà dans le studio où elle a rendez-vous à 9 h 30. Elle s'observe un peu devant le grand miroir, aimant ce qu'elle y voit, des lignes douces, des courbes marquées, la fesse ferme, la peau unifiée. Puis elle sèche ses cheveux et se maquille d'un coup de crayon correcteur sur les cernes des yeux : les doigts professionnels de Myriam vont se charger de son visage dans une demi-heure, apposer sur lui une couche de crème qui vaut bien ce masque de femme souriante, enjouée, plutôt de bonne composition, qu'elle porte habituellement dans la vie sociale, même si, ces derniers temps, elle doit bien constater qu'elle éprouve plus de difficulté à le plaquer sur sa face en sortant de chez elle.

Elle s'habille prestement, prépare son sac, enfile ses sandales, entoure son cou d'une étole parfumée, quoique ce printemps 2019 soit si chaud qu'on se croirait en été, certaines régions sont même déjà menacées de sécheresse. Puis elle attrape son éternel blouson de cuir pervenche et sort de son immeuble.

Achard Lebrument regarde sa montre pour la troisième fois en cinq minutes, Nadège n'est pas en retard, c'est lui qui s'impatiente de la revoir, de déposer un baiser même chaste sur sa joue, de sentir le jasmin même furtif de son foulard en la croisant dans l'étroit couloir qui mène au studio.

Ce qu'il appelle studio est en réalité une chambre de bonne au cinquième étage d'un immeuble au 7 bis de la place Saint-Michel. Lui-même habite les deux autres chambres de bonne de l'étage, entre lesquelles il a abattu les cloisons, et dont il a privatisé le couloir commun. Ce qui fait que tout l'étage est donc désormais à lui.

Dans son studio, Achard a installé tout ce dont il a besoin pour tourner une série de très courtes vidéos qu'il diffuse ensuite sur sa chaîne YouTube. La série s'appelle *CouchCooking*, en clin d'œil au site d'hébergement CouchSurfing. *Couch'* parce qu'il y est question d'amour quoiqu'il ne montre jamais de sexe à l'écran, et *Cooking* parce qu'il en propose des recettes. Chaque épisode a Nadège et Louis pour seuls comédiens, un canapé pour seul décor et des bouteilles, une cuiller en bois, un athanor d'alchimiste et un chaudron pour seuls accessoires. Les deux comédiens, grimés, masqués, maquillés, costumés, déguisés différemment chaque jour, y incarnent deux personnes (hommes, femmes, les deux, ni l'un ni l'autre) qui cherchent la formule idéale de l'amour. À chaque épisode, ils testent une recette différente, en en versant dans le chaudron les six ingrédients de base qui se présentent, dans des fioles, sous forme liquide et colorée :

– Trois *Sentiments* choisis dans une liste de mots : estime, inclination, reconnaissance, méchanceté, légèreté, indiscrétion, indifférence, inimitié, sincérité, grand cœur, générosité, bonté, complaisance, confiante amitié, compréhension, empathie, narcissisme, amour-propre, abnégation, patience, admiration, intérêt, haine, passion, bonne connaissance de l'autre, absence de sentiment… L'inventaire n'est pas exhaustif. Les abonnés de la chaîne peuvent faire des propositions, site collaboratif oblige.

– Une dose de *Sexe* (bonne connaissance du *Kamasutra*, mercenaire du dimanche, attirance, désir, tendres caresses, en soirée, de 5 à 7, le matin, préliminaires avec les mains, avec la langue, avec les pieds, nuit noire, lumière tamisée, adagio d'Albinoni, hard-rock, cult funk, rap, musique spiritualiste, No sexe).

– Un ou deux *Comportements additionnels* (fidélité, adultère, enfants, pas de famille, pas de beaux-parents, éteindre les portables, allumer la caméra, mentir, tout dire, famille nombreuse, speed dating…).

– Quelques *Condiments*, qui pimentent, relèvent, adoucissent, subliment la recette et la rendent unique, les petits plus (jolis vers, billets galants, billets doux, *petits soins, grands services*, religion, goûts semblables, goûts opposés, yoga, danses de salon, club de lecture ou pratique du chessboxing, petits cadeaux, bouquets de fleurs, sex-toys, abonnement à l'opéra, etc…).

Nadège et Louis mélangent les liquides avec la cuiller en bois qu'ils tiennent à deux mains comme le couteau dont les mariés découpent la pièce montée de leur repas de noce.

– Puis ils plongent le petit chaudron dans l'athanor le *Temps* choisi (deux heures, un an, dix ans, tant que les enfants sont à la maison, toute la vie, jusque dans la mort).

– Sans oublier de régler la *température de la Flamme* sous l'athanor (vive, ardente, qui consume, qui brûle, ou douce chaleur).

La vidéo s'achève sur Nadège et Louis qui testent leur recette : chacun boit une gorgée du philtre obtenu en croisant les bras qui tiennent les verres par-dessus le bras de l'autre : du récipient sortent alors – et cette incrustation d'images animées prend beaucoup de temps à Achard – des fumées, des paillettes, des larmes, des couteaux, des pistolets, des confettis, des gouttes de sang, des petits cœurs roses, des bébés, cela dépend des jours. Enfin, jaillit au bout du compte une *Citation* extraite d'un livre de fiction, de philosophie, de témoignage, d'un film, d'un manuel de psychologie appliquée, de minutes de procès criminels ou de la rubrique Faits divers du journal local, etc, dont les personnages illustrent la combinaison d'ingrédients du jour – qu'ils viennent de chez Platon, Shakespeare, D. H. Lawrence, Jane Austen, le *Cantique des cantiques*, Rohmer, Woody Allen, *Titanic*, *Notting Hill*, Freud, *Paul et Virginie*, Despentes, le jeune Werther, Valmont, Bridget Jones, *L'Harmonie parfaite d'Ibn 'Arabî*, ou encore des salons précieux du XVIIe siècle français et de la carte de Tendre.

Depuis un an et plus de cent vidéos tournées, la série rencontre un franc succès.

Tout ceci se passe donc dans le studio d'Achard, juste à côté de ses pièces de vie. C'est là qu'il écrit ses scénarios et qu'il monte ses vidéos. Là aussi que la maquilleuse entrepose son matériel, crèmes, couleurs et costumes. Elle travaille pour lui trois heures par jour, de 9 h 30 à 12 h 30, comme les comédiens. Il la rémunère pour moitié en nature, invitations à des avant-premières, soirées privées, vernissages, cocktails et autres occasions de bénéficier de repas gratuits, pour l'autre moitié en sous sonnants, charges sociales et cotisation vieillesse comprises.

Car Achard Lebrument, réalisateur le matin et intérimaire dans le bâtiment l'après-midi, est un homme chroniquement désargenté. Il avait suivi une formation à l'Institut de physique dont il était sorti diplômé en optique, puis avait travaillé quelque temps sur des lentilles d'objectifs avant de passer de l'autre côté de l'œil et de la caméra. Après quelques petits métiers alimentaires dans la restauration et la manutention, pendant qu'il tournait ses premiers courts-métrages, il avait trouvé un travail à temps partiel dans la maintenance des ventilations mécaniques de la Région – pour lequel il avait quand même dû suivre un stage d'habilitation en électricité et changer de voiture en ouvrant un crédit à la consommation. Son loyer, la location de masques et de costumes, le salaire des comédiens et de la maquilleuse lui coûtent très cher depuis un an et ce matin encore, à 9h28, tout en gardant l'œil braqué sur sa montre posée dans l'entrée et le défilement des secondes, une serviette humide sur l'épaule comme s'il sortait de la douche, il ne cesse de retourner dans sa tête mais comment je vais faire pour payer l'électricité, la faire passer en frais réels auprès des impôts ne va pas suffire à couvrir la note, 9h29, il faut que je trouve un plan, des subventions, une résidence, un partenariat, 9h30, des bourses de création ou un mécène, quelque chose, n'importe quoi, ce serait bien, si

Salut, Achard, ça va ?

Oh, c'est toi, Nadège, déjà ? je suis à peine prêt…

Achard attrape sa montre, feint de la consulter, la fixe à son poignet, redescend sa manche de chemise par-dessus. Nadège est exactement à l'heure, comme d'habitude, cette fille est d'une rigueur exemplaire.

Myriam n'est pas arrivée ?

Pas encore. Il y a du café dans la thermos, sers-toi.

Achard rêverait de servir Nadège, de lui donner sa tasse brûlante, de regarder ses lèvres se tendre vers le liquide noir et parfumé, comme il adorerait descendre la fermeture éclair de son blouson, écarter les deux pans de cuir et tout en passant derrière elle, le nez dans sa chevelure blonde aux effluves fleuries, dégager les épaules et

Merci, t'en veux ? Ah, la voilà, justement.

Myriam entre, Myriam brise la rêverie, Myriam embrasse Achard et Nadège, dans cet ordre et Achard la déteste pour cela : quand elle commence par Nadège, telle une abeille butineuse qui transporte son précieux pollen, elle dépose sur la joue d'Achard, ensuite, un peu du parfum de Nadège, mais ce matin, elle l'a embrassé en premier, encore une putain de journée qui commence mal.

Puis Louis fait son apparition, dix minutes plus tard, et c'est sur sa joue mal rasée que Myriam dépose en un baiser le peu de poudre parfumée qu'elle avait picorée sur le visage de Nadège. Pour un peu, Achard embrasserait Louis, pour lui voler ce trésor indu. Mais il se retient.

Car depuis peu, il déteste Louis. Depuis qu'il n'est pas certain que Louis et Nadège, couple dans sa fiction, ne le soit pas aussi devenu dans la vraie vie. Il veille pourtant scrupuleusement dans le scénario et les directives de jeu, à éviter tout contact physique entre les deux personnages de sa série, qui ne doivent que discuter de situations amoureuses.

Lui-même en revanche, pour se légitimer à ses propres yeux d'en parler, traverse toutes les situations qu'il invente. Il les expérimente, en quelque sorte. Il enchaîne les rencontres rapides sur des plateformes virtuelles ou dans des salles réelles, promet des attachements durables, fait des déclarations enflammées, rompt et laisse tomber de toutes les manières possibles pour observer les réactions, argumente de tous les points de vue, crie geint pleure menace supplie, abandonne délaisse s'indiffère quand il est quitté, caresse baise embrasse lèche griffe mord et frappe, une fois, en se forçant, avant de se faire frapper et par la même personne, toutes situations qu'il affronte après les avoir imaginées pour les écrire après les avoir vécues.

Sauf que Nadège est arrivée dans sa vie, tourbillon de jasmin et de parfums d'orange.

Ils travaillent toute la matinée. Myriam a fini de les grimer à 10 heures, comme tous les matins. Sous son maquillage et sa perruque du jour – elle varie son apparence et change de masques très souvent – Nadège manque un peu d'air. La série a beau adopter un ton léger, son rôle l'oppresse, de plus en plus souvent, sans qu'elle en comprenne la raison. La crème lui colle à la peau comme elle imagine que ferait un plastique adhésif – ce qui ne l'aide pas à mieux respirer. Elle sent qu'elle transpire plus que de raison, Louis est obligé de lui essuyer le front, Achard est contraint de s'interrompre, furieux, il veut faire vite, sans multiplier les prises, sans refaire les scènes, il veut cette pression sur les comédiens pour qu'ils donnent d'emblée le meilleur d'eux-mêmes, tu le sais, pourtant, Nadège, oui oui, je suis désolée, je ne sais pas ce que j'ai.

Et c'est vrai, qu'elle l'ignore. Est-ce la présence d'Achard qui la met de plus en plus mal à l'aise au fil des jours ? Elle voit qu'il la détaille et la passe au scanner, elle le sent dans sa façon de la regarder et sa manière de ne pas la regarder. Elle est enveloppée, elle est gênée, elle est flattée, elle est portée, elle est sublimée, elle est encombrée par ce regard qui la couvre et la découvre comme une marée, elle pourrait répondre à la muette éloquence de cette invitation, peut-être le fera-t-elle un jour pour voir, pour jouer, pour lui faire et se faire plaisir, pour passer une bonne soirée – mais pas aujourd'hui et en attendant, la situation est à la fois désagréablement et délicieusement importune.

Ou bien est-ce la présence de Louis, son partenaire de jeu, son ami, son confident depuis si longtemps, qu'elle n'observe pas sans la crainte que cette amitié évolue imperceptiblement mais elle ignore vers quel horizon ? Est-ce sa faute à elle ? Est-ce de son fait à lui ? Rien ne vaut une belle amitié amoureuse pour se sentir légitime d'exister. Depuis leur rencontre en cours de théâtre, plus de vingt ans auparavant, Nadège et Louis n'ont pas de secret l'un pour l'autre. Ils se confient leurs espoirs, leurs déceptions, leurs amours, leurs désamours. Ensemble ils se désolent ils se consolent, ils s'amusent font la fête, ils doutent et se rassurent. Nadège sait ce qu'elle peut attendre de lui et ce qu'elle ne doit pas espérer. Enfant de la balle et grandi sans trop d'accrocs, Louis est amusant, chaleureux, bonhomme – une image de lui qu'il cultive avec soin, à grand renfort de promesses enjôleuses et de compliments. Certains le critiquent, dans son dos, et suspectent cette bienveillance de n'être que façade – après tout, il est acteur – mais il préfère l'ignorer. Louis est de ces hommes, rancuniers ou fiers dont l'orgueil sacrifierait sans peine une vieille amitié, dût-il en souffrir un peu, plutôt que pardonner car il n'écoute que lui-même, et dans les yeux de ses interlocuteurs, qui nous sont miroirs sans tain, il surveille sa propre image plus qu'il ne cherche l'âme de l'autre. Comme elle le connaît très bien depuis si longtemps, Nadège sait exactement où s'arrêter avec lui et tout se passe bien entre eux. Ils se font travailler leurs textes et Nadège puise dans la présence câline de son ami l'assurance dont elle a besoin.

Mais ils avaient rarement eu l'occasion de jouer dans les mêmes pièces et de tourner dans les mêmes films, jusqu'à ce qu'Achard les réunisse dans l'étroit huis clos de son salon. Cette proximité nouvelle les rapproche en même temps qu'elle les éloigne un tout petit peu, Nadège le sent très bien, leur amitié bouge, pour avancer ou reculer, comme elle ne saurait dire, la situation lui déplaît un peu.

À moins encore que ni Achard ni Louis ne soient la cause de son trouble actuel, cette sensation de déséquilibre qu'elle éprouve parfois, de vide sous ses pas où elle croyait la terre ferme. À moins qu'il n'y ait tout à fait autre chose, tapi sous l'épaisseur de crème de son visage comme une petite bête hibernant sous un tapis de feuilles mortes, attendant l'heure de sortir en jaillissant de sa cachette, quelque chose au secret dans les plis de ses premières rides ou les circonvolutions capricieuses de son lobe temporal, là où dit-on, gît la mémoire… En effet, et à sa grande surprise, alors qu'elle a toujours eu des facilités à apprendre ses textes et à les retenir, Nadège, depuis quelque temps, découvre qu'elle rencontre beaucoup plus de difficultés à se remémorer des images anciennes. Arrivée précisément à l'âge où elle aimerait tant pouvoir convoquer des souvenirs, quarante-cinq ans, elle s'aperçoit qu'ils lui échappent.

C'est perturbant.

Nadège, depuis quelque temps, est perturbée.

Enfin tu le sais pourtant, Nadège, que je n'aime pas refaire les prises trente-six fois, qu'est-ce que t'as, on n'avance pas ce matin, c'est mauvais, t'es pas du tout avec nous.

Oui oui je suis désolée je ne sais pas ce qui m'arrive.

Ce qui fait que ce jour-là, à 14 heures, quand Achard descend l'escalier après avoir dû refaire la scène que Nadège a sabotée pour il ne sait quelle raison, il est furieux. Toute sa journée a été décalée d'une heure par sa faute. Elle ignore, comme tout le monde, qu'il travaille tous les jours à mi-temps à la maintenance de ventilateurs et elle doit croire qu'une raison esthétique, un choix d'école ou un principe syndical, lui impose de ne tourner qu'une seule prise de chaque scène, mais peu importe, elle sait que l'heure, c'est l'heure, et qu'à 13 heures tapantes, la porte doit se refermer sur elle, démaquillée et rendue à la vraie vie, nom d'un chien, Nadège, je vais devoir foncer entre les radars, et sans avoir mangé !

Il claque la porte et descend les marches de l'escalier deux à deux, ce qui est moins facile qu'il ne paraît quand elles sont étroites et qu'on chausse du 46.

Arrivé au palier inférieur, emporté par son élan, il heurte une femme d'un certain âge, qui sort à cet instant de l'appartement de droite. Elle paraît furieuse, elle aussi, et elle aussi a claqué la porte derrière elle.

Le choc les bousculant violemment, les voilà tous deux à terre, ce qui les met au même niveau pour faire connaissance, c'est bien le seul avantage de la situation. Comme en toute circonstance Achard sait rester courtois, c'est avec une extrême politesse qu'il s'excuse et s'enquiert, en appui sur son avant-bras gauche, pardonnez-moi, je ne vous ai pas fait mal ?

Le temps de se redresser et d'aider cette voisine, moins souple et moins jeune, à se relever, Achard calcule qu'il n'est décidément plus temps de se présenter chez son client. Passé une demi-heure de retard, il aura téléphoné au patron d'Achard, qui lui aura envoyé quelqu'un d'autre. Autant se calmer, employer son après-midi, d'autant plus que quelque chose lui murmure que cette Suzanne, qui entretemps s'est présentée à lui, sur le tapis à motifs rouges de leur palier commun, peut lui être utile. Il ne sait pas en quoi, mais il croit toujours les suggestions de son intuition, lesquelles se manifestent ordinairement par un grésillement au fond de son oreille droite. Et justement, à l'instant, son tympan le titille.

Tant pis, donc, pour Chronos, le dieu du temps des horloges et des montres, en retard il est, absent il sera, avec retenue sur salaire, et vive Kairos, le dieu des temps opportuns et des occasions favorables, que les Anciens sages attrapaient, dit-on, par la chevelure. Il saisit donc Suzanne, non par les cheveux qu'elle a d'ailleurs trop rares pour cela, mais par le bras et il ramasse le sac que dans sa chute, elle a envoyé dans l'escalier en bougonnant décidément c'est pas ma journée, rouge de colère ou de confusion ou peut-être par tempérament sanguin, il ne sait pas, Achard, il ne la connaît pas, mais elle est rouge, ça, c'est indéniable.

Après avoir aimablement vérifié qu'il était entré plus de surprise que de douleur dans le cri qu'elle avait poussé, il envoie un message à son patron pour le prier d'excuser son absence pour des raisons indépendantes de sa volonté qu'il ne précise pas, respire à fond, relègue dans un coin de cerveau une image, importune, subite, de ce qu'aurait été son attitude si Nadège avait chuté dans l'escalier à la place de cette Suzanne et se décide à écouter cette dernière, laquelle depuis cinq minutes raconte ses mésaventures, et comment la vieille, là, derrière la porte, est vieille et folle, capricieuse et riche, édentée, méchante et folle, elle sait qu'elle l'a déjà dit, mais c'est qu'elle est vraiment complètement folle et refolle, l'infirme, déguisée en Lune, le visage à demi caché par un masque vénitien, statufiée dans son fauteuil comme une déesse sur son autel.

De tout ce flot de paroles auquel il ne comprend tout d'abord rien, Achard retient finalement,

tout d'abord que Suzanne était employée chez leur voisine commune, Marie-Madeleine, jusqu'à ce que celle-ci la chasse, à l'instant,

que la colère embrase la brave femme car c'était donc de la fureur, cette rougeur,

ensuite que Marie-Madeleine est une vieille infirme,

ce qui devient intéressant, riche, ce qui est encore plus attirant, que Suzanne a une fille chez qui aller pleurer heureusement que les enfants sont là parce que la famille, il n'y a plus que sur elle qu'on peut compter,

que la vieille bique était une employeuse tyrannique de toute façon,

qu'elle chante tout le temps des opérettes, ce qui est déjà une fichue malchance, de tomber chez une patronne qui préfère Offenbach à Souchon ou Bruel,

que Suzanne lui servait de dame de compagnie et vous parlez d'une compagnie, sous prétexte que c'est riche ça se croit tout permis,

qu'en plus elle chante faux,

et enfin, ce n'est pas dit mais Achard le pèche au fond de cette logorrhée, qu'une place est donc à prendre juste à côté de chez lui pour tenir compagnie à une vieille dame, ce qui à tout prendre doit être plus tranquille que de veiller sur les ventilateurs dans les entreprises du secteur Sud de la ville.

Il a bien fait d'écouter Kairos, l'occasion est opportune.

Achard console Suzanne comme il peut, de paroles et de gestes apaisants, la main sur l'épaule et le sourire aux lèvres, et quand ces deux-là se quittent, un peu plus tard, Suzanne, regrettant de rencontrer si tardivement un homme si gentil, se surprend à fredonner cet air de *La Vie parisienne* qu'elle a si souvent subi chez Marie-Madeleine :

« Entrez entrez, jeune fille à l'œil bleu
chez l'homme adoré des cocottes... »

Achard, qui reconnaît la musique qu'il a maintes fois entendue à travers le plancher mal insonorisé de sa chambre, donne la réplique à cette Gabrielle de pacotille et c'est un étrange et improbable duo qui s'élève dans l'escalier,

« vous apportez des gants moi j'apporte des bottes,
je suis la gantière, je suis le bottier,
telle est ma carrière, tel est mon métier,
je suis la première, je suis le premier,
parmi les gantières, parmi les bottiers… »

Quelle incroyable coïncidence, se dit Achard quand la gouvernante s'éloigne enfin. J'ai besoin d'argent et me voilà glissé dans le rôle de Frick, le bien nommé bottier d'Offenbach, qui rencontre sa gantière dans un escalier ! Et c'est tout joyeux qu'il remonte chez lui, en s'imaginant déjà aux côtés d'une vieille peau impotente et solitaire dont il ne doute pas une seconde qu'il ne fera qu'une bouchée.

La porte à peine claquée derrière Suzanne, Marie-Madeleine déplie ses jambes engourdies et se lève en s'aidant de l'accoudoir de son fauteuil roulant, qu'elle envoie rouler ailleurs. Elle s'exerce à quelques génuflexions ankylosées, tout en repensant à cette ombre de moustache qu'elle a remarquée à droite de sa lèvre supérieure, ce matin dans le miroir et qu'il faut absolument qu'elle pense à épiler, et tout en s'amusant de la naïveté de tous ses proches, Suzanne comprise, qui la croient totalement infirme sous prétexte qu'elle se déplace en fauteuil roulant, vraiment ils sont d'une crédulité à s'en décrocher la mâchoire, surtout la sienne qu'un dentier tient artificiellement en place, mais à quatre-vingt-sept ans, on a encore plus facilement ses deux jambes que toutes ses dents. L'AVC qui l'a terrassée cinq ans auparavant ne l'a pas laissée aussi handicapée qu'elle le laisse croire, même s'il lui a offert en souvenir une négligence spatiale unilatérale : elle ne voit pas ce qui est à sa gauche et pour se déplacer, est obligée de longer les murs et les meubles en partant de sa droite. C'est pour cacher cette infirmité qui diminue de moitié ses capacités motrices alors que son orgueil est encore entier, qu'elle préfère rester assise en présence d'autrui. Et pour dissimuler la dissymétrie de son visage qu'elle le recouvre si souvent d'un masque de Venise. Pour cela aussi qu'elle se tartine abondamment chaque matin, de crème à peine teintée. Et qu'elle garde les volets de son salon fermés. Officiellement, elle passe ainsi pour une originale, à qui l'on pardonne, vu son âge et son handicap, de se prendre pour la Lune, et dont un quartier, toujours le même, resterait dans l'ombre dans l'espoir d'arrêter le temps : que n'est prêt à s'imaginer un cœur humain, pour vivre, vivre plus longtemps ! mais officieusement, dans le secret de cet appartement clos et livré à la pénombre, qui sait ce qu'il en est vraiment.

Elle fait quelques pas le long du mur, s'enhardit, rejoint le centre de la pièce en claudicant légèrement tel le vilain petit canard du conte, et tout en fredonnant ces quelques vers d'Offenbach qui accompagnent toujours ses exercices de rééducation :

« Si parfois un journal affirme
En tête de ses faits-divers,
Que je ne suis qu'une vieille infirme,
Et que j'entends tout de travers !
Ne croyez pas à ces propos !
Sur ma parole
C'est un canard. »

Il était temps qu'elle se sépare de Suzanne, elle devenait pénible cette fouine. Dévouée mais trop curieuse. Marie-Madeleine feignait de ne pas le remarquer, mais elle a bien vu, hier, qu'elle rôdait près de son secrétaire pendant qu'elle croyait Marie-Madeleine aux toilettes. Suzanne l'avait assise sur les WC en lui recommandant d'appeler quand elle aurait fini. Mais Marie-Madeleine avait silencieusement glissé ses fesses loin de la lunette et son œil par le trou de serrure de la porte, ce qui lui avait permis de surprendre sa gouvernante en train de crocheter le battant de son bureau. Dame, elle sait bien ce qui l'intéresse, Suzanne. Elle veut savoir si sa patronne l'a couchée sur ce document qu'elle avait vu Marie-Madeleine ranger, un jour, vite mais pas assez toutefois pour que Suzanne ne pût lire, en grosses lettres rouges sur le dessus de la chemise cartonnée blanche, le mot « Testament ». Comme par hasard, Suzanne avait redoublé d'attentions doucereuses les jours suivants.

Et depuis, Marie-Madeleine ne boit pas son thé sans inquiétude ni ne ferme complètement les yeux quand elle sait sa gouvernante dans l'appartement, les gens cupides faut s'en méfier, même s'ils sont propres sur eux, d'abord ça vous fait des cajoleries, puis des cachotteries et ça se termine en saloperies.

Mais avec Suzanne, que la curiosité n'empêchait pas d'être compétente et d'une grande patience, trouver l'occasion d'un renvoi pour faute professionnelle n'avait pas été facile, aussi Marie-Madeleine avait-elle dû fabriquer de toutes pièces ladite circonstance, prétextant en pleurant de la disparition d'une bague à laquelle je tenais tant, hélas, un héritage de ma pauvre mère, fallait-il qu'elle fût sans cœur, Suzanne, pour dépouiller une pauvre infirme du seul souvenir qu'elle eût gardé de sa pauvre maman. Suzanne avait en vain protesté de son innocence, soulevé les tapis et glissé le balai sous les meubles pour retrouver le bijou… Marie-Madeleine promit de lui payer tout son mois dû, et même les trois suivants si Suzanne ne retrouvait pas du travail, mais elle la mit à la porte.

Ce qui vient d'être fait. À l'instant. Bon débarras.

Elle sort la bague du sac à pain où elle l'avait cachée et la range à sa place.

Le seul inconvénient est qu'il va falloir trouver à la remplacer, car si Marie-Madeleine se déplace en réalité fort bien toute seule, elle s'ennuie un peu, n'aime pas la solitude et ne déteste pas avoir sous la main quelqu'un à commander.

Elle décide de s'en ouvrir à Gwenaëlle, lors de sa prochaine visite, la petite est maligne, on ne lui en conte pas facilement, elle sera utile et de bon conseil.

Puis à petits pas allègres, elle se dirige vers son secrétaire dont elle sort le fameux dossier blanc aux armoiries notariales, tout en chantant avec gourmandise l'air du *Testament de la tante Caroline*, de Roussel :

« C'était un gars de la Bretaaaagne,
un jeune pêcheur breton,
qui voulut que je l'accompagne
pour pêcher la sardine et le thon…
toute la nuit vaille que vaille,
nous avons péché. »

Il est bien enjoué, ce matin, Achard, remarque Nadège en franchissant le seuil de l'immeuble le lendemain. Posté au pied de l'ascenseur, qu'il attend, il siffle, un sachet de viennoiseries à la main. Baisers sur la joue d'un côté, de l'autre, et, après une courte hésitation, encore un troisième furtif. Nadège sent l'humidité fraîche de la lèvre de l'homme sur sa peau, les doux picotements de sa barbe soignée, les effluves de fougères de son eau de toilette et le poids léger de la main à peine posée sur son omoplate le temps du salut.

Puis côte à côte ils attendent l'ascenseur qui les déposera quatre étages plus haut, les laissant atteindre à pied le cinquième et dernier palier. La machinerie est vieille et lente, Achard regarde Nadège en souriant, Nadège observe, à travers les portes transparentes, les courroies tourner autour de leur axe dans un ronronnement alangui. Quand la cage s'immobilise devant eux, Achard entrouvre la porte et s'efface pour laisser passer Nadège. Elle entre. S'écrase contre la paroi du fond, l'espace est si restreint. Quand une jeune fille s'élance à son tour dans la cabine, obligeant Achard à reculer vers le fond, Nadège ne peut empêcher la hanche de l'homme de heurter sa taille. La jeune fille descend elle aussi au quatrième. L'appareil s'ébranle et entreprend lourdement, lentement, son ascension. À travers les tissus, l'os d'Achard se frotte un peu à la chair souple de Nadège. Il ne peut pas ne pas le remarquer. Elle ne peut pas être la seule à le sentir. Ils sont forcément tous les deux conscients de ce subtil contact intermittent que les soubresauts légers de l'appareil leur imposent. Des ondes de chaleur frémissante traversent Nadège et lui montent au visage, pourvu qu'elle ne rougisse pas, pourvu que cela ne se voie pas. Il ne la regarde plus mais cela ne signifie pas qu'il ne l'a pas dans son champ de vision. Il ne lui prête apparemment aucune attention mais elle doute de son indifférence. Il a engagé la conversation avec l'autre jeune fille mais sous ces propos anodins qu'il tient à une autre, se glisse un message sans mot qui ne s'adresse qu'à elle et lui parle de ces peaux, ces chairs, qui se cherchent à travers les tissus et tandis qu'elle entend leur conversation, elle n'écoute que cette muette prière du désir…

– *Vous descendez chez Marie-Madeleine, sans doute?*

– *Oui, je suis sa petite-fille,*

… elle ne répond qu'au muet commandement du désir, par un mouvement discret de sa taille…

– *Oh je ne savais pas qu'elle avait de la famille,*

– *En fait, elle n'a que moi, c'est pour ça, je viens la voir dès que je peux,*

… tandis qu'elle regarde à travers le flou de la vitre fumée le reflet d'Achard, ses épaules carrées sous son blouson de cuir…

– *entre deux courses hippiques,*

– vous avez raison c'est important, de s'occuper des Anciens, ils ont des choses à raconter,

– oh pour ça, oui, surtout en ce moment, elle n'a plus sa gouvernante, elle se sent un peu perdue, d'ailleurs vous ne connaîtriez pas quelqu'un que ça intéresserait, de s'occuper d'elle ?

… et que ses rêveries s'évadent hors de la cage et s'envolent bien plus haut que le quatrième étage où dans un dernier sursaut qui plaque tout le bassin d'Achard contre son ventre, l'ascenseur vient de s'immobiliser.

– Peut-être, si… en fait je me connais moi-même, si j'ose dire, et j'habite juste au-dessus de votre grand-mère, c'est un avantage,

– mais ce serait génial !

– je peux passer la voir demain après-midi, si vous pouviez la prévenir, mon nom est Achard, tenez, vous voulez un croissant, prenez-en deux si vous voulez !

Nadège se glisse par la porte qu'ont déjà franchie Achard et la jeune fille. Alors seulement, elle s'aperçoit qu'elle n'a rien suivi de la conversation de ces deux-là et elle mesure comme en réalité l'homme était vraisemblablement loin d'elle quoique physiquement proche dans cette cage d'ascenseur, et comme elle ignore tout de lui qu'elle croise pourtant tous les jours, et à quel point elle est donc vraiment une idiote de première classe, et qu'en plus, maintenant, il n'y a plus assez de croissants pour tout le monde.

Elle monte l'escalier du dernier étage, en laissant derrière elle Achard et Gwenaëlle échanger un dernier mot avant que la jeune fille n'entre chez sa grand-mère.

Elle ne sent pas le regard d'Achard descendre dans son dos et se poser sur l'articulation fine et mobile de ses chevilles nues tandis qu'il s'engage à son tour dans l'escalier. Elle ne le voit pas sourire, il savait, je le savais, qu'elle était ce genre de personnes à ne pas céder au désir qu'on manifeste pour elles, mais à capituler, genoux à terre, devant le désir qu'on ne leur montre plus, cette Gwenaëlle est décidément très bien tombée !

Il sourit. C'est une excellente journée qui commence.

PARENTHÈSE

… eh bien vas-y, qu'attends-tu, écris ton dernier texte. Ultime. Terminal… Mais qu'est-ce qui t'a pris de signer ce contrat, ma pauvre fille ! Ma parole tu t'es encore fait embobiner par un homme aux yeux doux, ton père et ton mari ne t'ont pas suffi ? Tu ne te souviens donc pas, quand vous partiez en vacances et que tu avais obtenu de conduire, comme tu tournais à gauche si Thierry t'intimait de le faire alors que tu savais qu'il fallait prendre à droite, alors que tu voulais tourner à droite et pourtant c'était toujours, toujours à gauche que tu t'engageais en ne protestant que pour la forme, va pour la route des vacances, ce n'est pas important ; mais quand ton père adoptif te rabaissait, t'appelant *la merdeuse* par plaisanterie disait-il, tu as oublié comme tu t'obligeais à en rire, dis ? va pour ton obéissance panique de petite fille, il y a prescription ; mais ce Christophe, aussi beau parleur soit-il, le laisser avoir cette emprise sur toi ! Ce n'est pas un fil à la patte que tu as accepté qu'il te passe, c'est une laisse autour du cou, un collier de force à picots dorés ! Mais c'est fait. Alors maintenant vas-y, écris, écris ce texte après lequel tu as promis-signé de ne plus jamais écrire…

Jeanne se tient face à la sorte d'écritoire qu'elle a bricolée pour se mettre en condition solennelle d'écriture, allez, vas-y. Elle a vissé sur une étagère de sa bibliothèque son plateau inclinable, dont elle a scié les pieds, allez, vas-y. Elle a vendu son Montblanc sur un site d'occasion, posé son ordinateur portable à la place d'un paquet de feuilles blanches, allez, vas-y. Ce n'est pas le petit secrétaire que Sand s'était aménagé dans un placard de Nohant, ce n'est pas le bureau surélevé de Hugo dans sa chambre avenue d'Eylau, mais c'est son lutrin, à elle, alors vas-y. Elle espérait s'y sentir bien, debout, droite, digne devant lui – mais ses doigts restent inertes sur le clavier, comme déjà morts, allez, vas-y, chante le cygne qui sait qu'il va mourir, tu savais commettre une erreur en signant ce contrat et tu as signé, tu ne voulais pas le faire et tu l'as fait, est-ce pour le succès que ce Christophe t'a promis, l'argent qu'il t'a donné, l'amour qu'il t'inspire, est-ce pour exister à ses yeux que tu acceptes de mourir aux tiens, quoi qu'il en soit, allez, vas-y…

Jeanne regarde ses doigts posés sur les lettres lumineuses du clavier, des touches noires rétroéclairées, constellation scintillante dans la pièce obscure. Elle reste immobile et les fixe, aveugle au reste, éblouie de cette sorte de nuit sidérale. AZERTYUIOP : tous les textes meurent et naissent ici, comme naissent et meurent les astres au ciel. Les textes du passé gisent dans ces vingt-six lettres, ils brillent encore mais ce sont des étoiles depuis longtemps éteintes, que l'on croit voir et qui sont mortes. QSDFGHJKLM : les textes à venir y sont aussi, à l'état encore nébuleux de poussières avant la réaction silencieuse, explosive, qui les fera devenir des écrits, mais pour l'heure encore en formation, en formation serrée, en trois rangées de lettres, WXCVBN.

Poussières nous sommes aussi. Grains de sable. Riens du tout. Mais dont l'écoulement dans le Grand Sablier fait le Temps.

On écrit toujours contre la mort : un ultime texte regarde le Temps dans les espaces blancs de ses silences, déjà creusés comme les orbites d'un défunt. C'est le moment de raconter l'irracontable, décrire l'indescriptible, s'aveugler de ce que l'on ne peut voir. Faire apparaître la disparition même. Dans son dernier tableau, *Un bar aux Folies Bergères*, Manet, malade, nous montre une serveuse de face, debout derrière son comptoir de bar. Elle regarde qui regarde la toile. Un client lui fait face, dont on voit la figure dans un grand miroir qu'il y a derrière la serveuse. On devrait donc voir le dos du client au premier plan. Mais on ne le voit pas. On voit la jeune fille entière, de face, et de dos dans le miroir, mais l'homme, lui, n'est qu'à moitié présent. Âgé, comme l'était Manet peignant cette dernière œuvre, il est déjà à moitié absent au monde. Effacé du réel. Il n'existe plus, déjà, qu'à moitié : dans le miroir, dans l'image, dans le souvenir. Comme toi, presque. Ni malade, ni âgée, tu as signé ce fatal contrat et cela revient au même : tu dois écrire l'effarement de la grande séparation de la vie et de la mort, du corps et de son ombre, du monde et de toi. Que tu aies quarante ou quatre-vingt-dix ans, à l'heure du dernier texte il n'est plus temps de bavacher, fini, ton pépiement confiant dans les signes pleins du monde et du langage. Que faire de ce dernier moment qui tout va défaire ? Qu'écrire, pour que ce qui se lit ne se délite pas dans l'insignifiance ?

Sous les doigts paralysés d'effroi de Jeanne, chaque mot qui tente de naître, lettre après lettre, sur son écran, lui paraît d'une telle insanité, d'un ridicule tellement obscène qu'elle l'efface aussitôt, d'une touche honteuse. Que raconter de légitime, d'important, d'essentiel ? Que choisir, dans ce qui l'entoure, dans ce qu'elle voit de l'existence des autres et du monde extérieur ? Jeanne s'éloigne de son lutrin, jambes raides. Au moins n'est-elle pas tentée d'écrire sur elle, il y a longtemps que Narcisse est mort et les miroirs ternis. Elle ne s'apitoie pas, elle enregistre seulement, elle constate, en sismographe d'un volcan éteint. Mais elle ne sait pas écrire sur les pays qu'elle n'a pas visités, les grands espaces qu'elle n'a pas traversés, les régions qu'elle n'a pas vues, foulées, senties sous ses pieds nus, les lagunes qu'elle n'a pas traversées, les langues qu'elle n'a pas entendues, les dieux auxquels elle ne croit pas. L'étrangère est muette. Les vents sur sa peau n'ont pas de nom. Elle éprouve le sentiment très fâcheux d'être coincée dans un tunnel fermé aux deux extrémités. Retour à l'incréé. Devant elle, derrière elle, un grouillement informel de choses insues. Et elle au milieu, dans cette petite galerie, qui doit faire signe, qui doit faire sens ?

Elle ne peut pas *ne pas* écrire ce dernier texte – parce que Christophe compte sur elle et qu'elle ne veut pas le décevoir, parce qu'elle a signé, parce qu'elle est embarquée, parce qu'elle est charmée. Si elle n'est pas capable d'écrire un texte comme si elle devait mourir demain, ma fille autant renoncer tout de suite à approcher un stylo ou ton clavier d'ordinateur à moins de trois kilomètres. Mais d'un autre côté, elle ne peut pas *écrire* ce dernier texte – parce qu'elle ne sait que dire pour ensuite, ne plus rien ajouter.

Piégée.

Si elle écrit, un jour elle aura terminé son livre et tout sera fini. Si elle ne l'écrit pas, ça s'arrête maintenant, la vraie vie. Et si une vraie mort venait vérifier ou invalider ce qu'elle pourrait en écrire, là, maintenant ? Ça peut vous tuer tout net, d'écrire un dernier texte.

Alors si malgré tout tu l'écris, ce récit que Christophe te réclame, au moins que cela serve à d'autres. Ne raconte pas ta vie, ne regarde pas les miroirs ton image n'y est plus, pas plus que tu n'as de corps moulé, sous ta Peau d'âne, dans tes robes couleur de vide. Tu *inexistes* ma fille, d'un mot qui d'ailleurs n'existe pas non plus : ainsi que le règne du néant arrive et sa volonté soit faite, tu n'as même pas besoin de mourir pour disparaître, tu es vivante dans la mort, au fond, même pas besoin d'écrire, tu es déjà posthume.

Jeanne, debout face à la nuit, écrase sa cigarette, mais qu'est-ce que je me raconte, allons, je ne suis pas en train de fumer, peut-être ? je ne fais pas trois pas vers l'avant, et là, encore vivante, vers l'arrière ? Je ne trouve pas magnifique cette nuit pleine d'étoiles et la Lune en son premier quartier, belle à croquer ? Elle se penche, regarde le ciel noir, allons rentre dans la pièce, esquisse un pas de danse, arrête de te plaindre sur ton sort, pense plutôt aux autres femmes, aux autres inexistences, transparentes, anonymes. Cherche en toi ce qui peut servir à une autre. Rappelle-toi ce que tu répondais à Thierry te reprochant ton manque de lecteurs : il en suffit d'un, ou d'une lectrice, il suffit d'une seule vraie lecture, pour légitimer d'écrire.

Comme il suffit d'un seul regard aimant sur soi, pour réfléchir la lumière et faire de toute femme humiliée, une reine.

Jeanne rejoint son lutrin, alors vas-y, écris pour elles, montre l'invisibilité de celle qui se tait et qui encaisse au travail les coups du mépris, du silence et de l'indifférence, de l'enfant que le regard des parents traverse sans bonté, la mère que le regard de la fille évite avec honte, la passante qui chancelle sans que personne ne la secoure d'une main, la femme qui se laisse doubler dans la file d'attente sans rien dire, et celle qu'on ne remarque jamais dans un groupe, et celle qui vide les poubelles des autres, ou qui les coiffe, ou qui les sert, sans un remerciement, celle à qui l'on ment, celle qu'on trahit, celle encore qu'on pénètre sans tendresse avant de s'endormir, qu'on regarde dans les seins et jamais dans les yeux, et qui en plus s'imagine que c'est ça, l'amour. Écris pour la jeune fille qui entre dans sa vie de femme à reculons, dans la honte de ses désirs. Écris pour celle qui se tait, qui se terre, qui se cache. Écris pour celle qui marche les yeux toujours baissés, et celle dont le prénom, jamais, n'est prononcé. Écris pour celles qui n'écrivent pas. Écris pour celles de tes élèves qui ne vont pas poursuivre leurs études. Inverse la loi de nature : ne te contente pas de voir ce qui attrape la lumière, mais fais en sorte que ce que toi, tu perçois, réfléchisse la lumière. C'est la leçon de l'enfant du conte : il voit que l'Empereur est nu, il le dit, il est seul à le dire, et la lumière se fait pour tous, et tous voient l'Empereur sans ses atours et sans cape de velours.

Avance. Écris. Sois l'enfant de l'Empereur et crie : mais il est nu ! mais elles existent !

Jeanne caresse les touches lumineuses du clavier, les frôle, puis lentement, doucement, commence à les presser, à vaincre leur légère résistance.

« *Elle s'est installée au centre commercial. Un homme, un peu plus loin, est assis la tête entre les genoux, il a posé devant lui un carton, "J'ai faim", et un verre en plastique pour la monnaie. Elle attend, debout. Elle n'interpelle personne. Elle ne harponne ni de la voix ni des mains, à peine des yeux, qu'elle pose sur les passants sans appuyer. Elle est ni belle ni affreuse, on ne saurait dire si elle est jeune ou vieille, elle ne fait ni riche ni pauvre. Elle a posé la pancarte sur le sol, devant elle.* Mon cœur mis à nu. »

Jeanne se souvient, Baudelaire, sa première passion de lectrice, en seconde, et sa première passion tout court pour un garçon de sa classe qui ne l'aura jamais su. « La très chère était nue et connaissant mon cœur, elle n'avait gardé que ses bijoux sonores. » Elle lève la tête de son clavier, que vas-tu faire de cette femme – appelle-la Mélanie, employée dans le privé, un mari cadre moyen, deux enfants déjà grands. La mettre à nu dans un récit-confession ? Jeanne se souvient de cette performance qu'elle avait vue, sur le parvis d'un musée, et qui l'avait troublée. Une artiste, Milo Moiré, perchée nue sur des tréteaux, expulsait de son vagin des œufs de peinture qui s'écrasaient sous elle, éclaboussant de couleurs une grande toile posée au sol. Ça, c'est de la mise à nu et Baudelaire peut aller rhabiller sa très chère, mais ta Mélanie, toi, que vas-tu en faire pour la rendre à la lumière ? Tout le monde entre nu dans la mort sous l'inutile habit : la dépouiller de tout vêtement va-t-il suffire à mettre à nu l'humanité mâchée, recrachée, de son cœur en déréliction que plus personne ne voit – et toi, toi, vas-tu savoir seulement décrire un corps nu, vas-tu l'oser, ta pudeur est telle ma vieille, souviens-toi de Thierry qui te reprochait d'être coincée – cette accusation de tous les hommes qu'une femme ne désire pas ?

De son clavier, Jeanne ôte un à un les vêtements de son personnage. Vulnérable humanité qui croit confier sa force et sa beauté à quelques bouts de tissu ! Dans le centre commercial, les passants regardent à peine Mélanie et ne s'arrêtent pas.

« Lorsqu'elle ne porte plus sur elle que quelques bijoux d'inutile pacotille, des adolescents ricanants sortent leurs téléphones portables pour prendre en photo les seins le ventre

et cette toison blonde, mais Mélanie n'existe toujours pas, réduite à ces morceaux de chose-chair. Derrière son carton "J'ai faim", et son verre toujours vide, l'homme a levé la tête un court instant puis l'a reposée sur ses genoux. »

Café, cigarette, Jeanne se relit, secoue la tête, soupire, ce n'est rien encore, le nu. Vieux comme le monde, comme *L'Origine du monde*, comme la peinture, ça ne dit rien de notre époque, le nu, c'est un faux sacrifice d'inutiles oripeaux, le degré zéro de l'exhibition, son cul ses seins et les petites misères de son cœur à nu, tout le monde les montre, tu dois dépouiller ta Mélanie plus que cela, tu dois l'éplucher la dépiauter la peler. Ce sont des écorchés vifs, tous ces inexistants que personne ne voit plus, trop petits, trop pauvres, trop gentils, trop discrets, trop polis, trop humbles, trop humiliés. Sois l'enfant du conte et crie : Mais ils saignent !

« *Mélanie ne porte plus rien sur elle, qu'un dernier voile de gaze collée à sa peau et par-dessus, le poids du ciel. Elle ne voit plus ces gens qui ne l'ont jamais regardée. Sous la transparence de la gaze, on voit un lacis dessiné à la plume de traits courbes qui soulignent, des clavicules au pubis, sa morphologie de femme, ses muscles, ses os, ses veines… On dirait une planche d'anatomie. Mélanie soulève un coin du voile en partant des hanches. Il résiste, sans se décoller. Elle ferme les yeux, tire fermement, à deux mains. Elle remonte le long du ventre, parvient à vaincre la résistance des tissus. Elle sent la fraîcheur de l'air, apaisante et brûlante à la fois. Personne ne s'émeut. On détourne le regard, on filme, on cache les yeux des enfants. Mélanie se sent une faiblesse, qui l'oblige à s'allonger sur le sol. Elle est arrivée au niveau du cœur. Le voile résiste, Mélanie l'arrache à petits coups brefs. Il est rougi. Un homme fait un détour pour l'éviter. Quand elle a entièrement ôté la gaze, Mélanie la dépose à ses côtés, sur le trottoir, en la retournant : la peau, restée collée à ce suaire, se donne à lire au passant comme le parchemin mystérieux du cœur humain. Une femme s'évanouit. Sur le sol, dans la poitrine ouverte et offerte de Mélanie, les palpitations de ses organes à vif et sanguinolents se ralentissent.*

Un enfant crie. »

Jeanne s'interrompt. Se relit. Ça ne va pas. C'est juste morbide. Une allégorie contre-productive, puisqu'on se détourne, comme les passants. D'un doigt fermement appuyé sur la touche de suppression de son clavier, elle efface tout ce qu'elle a écrit. Elle voit les lettres disparaître les unes après les autres, mourir et retourner à la nuit sidérale de son écran. Retour aux cases départ, AZERTYUIOP, qui avalent Mélanie, revenue au néant qui précède le nuage. Poussières d'étoiles nous sommes et nous retournerons à la poussière.

Mais en attendant, c'est regarder, qui rend visible ; c'est donner, qui fait exister – plus que recevoir, alors vas-y, donne.

Elle tape mécaniquement sur son clavier cinq signes, toujours les mêmes suivis d'un espace, sur plusieurs lignes d'affilée, qu'elle ne copie pas mais se force à taper et taper encore, car au fond que pourrais-tu dire de plus important, qu'y a-t-il de plus essentiel à laisser comme ultime message, quand on est arrivé au point du silence :

« aimer »

Puis elle éteint son ordinateur. Et arrose ses plantes.

Achard se regarde dans le miroir et passe une main satisfaite sur sa peau impeccablement rasée. Il rencontre la voisine dans une heure, pas question de paraître négligé à ses yeux – même vraisemblablement voilés, vu son âge, par une sévère cataracte et incapables de distinguer une barbe de trois jours soignée d'une joue à l'abandon. Il a rassemblé tout ce qu'il sait de la vieille dame, dans la perspective de cette entrevue qui devrait aboutir à mon embauche, si je sais m'y prendre et je vais savoir. Il a fait parler la gamine, cette Gwenaëlle; ce matin, tôt, il a aussi interrogé l'homme qui sort les poubelles de l'immeuble tous les jours depuis quarante ans; il a tiré les vers du nez d'Internet, *OK Google*, crache le morceau, tous les morceaux, les bas comme les bons, dis-moi tout ce que tu sais de M. M. M. Fossey, trois M Fossey, le nom qui est inscrit sur la boîte aux lettres de ma voisine. De toutes ces sources d'information, il a tiré comme enseignements qu'une Marie-Madeleine Marin-Fossey originaire d'Avranches pourrait bien être ma petite dame du dessous. Ce nom apparaît une première fois dans la liste des signataires d'une pétition pour la rénovation de l'hippodrome en 1978 – qu'une exposition sur le parc des

Gayeulles à l'occasion de ses quarante ans remet à l'honneur – Gwenaëlle aussi a parlé de chevaux et de course hippique, ce n'est peut-être pas une coïncidence – et une seconde fois parmi les grands donateurs d'une association d'aide aux migrantes en 2017. La piste est mince mais il décide de la suivre, direction les Marin et les Fossey dans le labyrinthe des sites de généalogie.

Achard suit un temps les traces d'une famille Fossey dans l'industrie agroalimentaire de l'avant-guerre, avant de s'apercevoir qu'il s'agit d'un homonyme, ou d'un lointain cousinage, sans enfant. Ailleurs le nom se perd dans les herbus bas-normands et se noie dans les lises qui entourent le Mont-Saint-Michel avant de resurgir en Ille-et-Vilaine après la guerre, dans une liste des employés de l'imprimerie Oberthur. Cette fois la piste paraît sérieuse. Il pourrait s'agir du père, dont le nom se perd ensuite. En revanche celui de Marin, associé à Marie-Madeleine fait son apparition au bas d'un article signé de ce nom dans un numéro d'*Âge tendre* de 1967, à propos de la légalisation de la pilule contraceptive, tiens tiens, chère voisine, on se serait donc engagée dans les combats féministes ? Ce pourrait être elle, sur cette photo en noir et blanc de la manifestation du Premier-Mai 1968, cette jeune femme en jupe courte et chemisier, ou celle-ci, un fuseau rentré dans des bottes de cuir, franges sur le front, aux côtés d'un homme au pull noir à col roulé sous son veston. Car son nom réapparaît en avril 1971 lorsqu'elle signe le Manifeste des 343, publié dans *Le Nouvel Observateur* : « Un million de femmes se font avorter chaque année en France. Elles le font dans des conditions dangereuses en raison de la clandestinité à laquelle elles sont condamnées. Je déclare que je suis l'une d'elles. Je déclare avoir avorté. » Des enfants, pourtant, elle a bien dû en avoir, Marie-Madeleine, au moins un, dont Gwenaëlle est issue, elle ne l'a pas sortie d'une pochette surprise, sa petite-fille, que diable ! Mais Achard ne parvient pas à dénicher quoi que ce soit sur une enfant Marin-Fossey. À moins que cet article, exhumé des archives du *Télégramme* et daté du 3 décembre 2004, relatant une dramatique collision qui aurait tué une Mireille M. Le Gall ne la concerne, Le Gall est le nom de Gwenaëlle, Trois M Le Gall, ce ne peut être un hasard. Auquel cas sa voisine serait liée à cette riche famille industrielle des Le Gall dont le nom revient si souvent dans l'actualité de L'Union des entreprises de L'Ille-et-Vilaine. Achard cherche aussi du côté de la jeune demoiselle, sans doute diserte et généreuse en publication de documents intimes sur les réseaux sociaux. Mais Gwenaëlle Marin-Le Gall est une jeune fille prudente et si son nom apparaît en effet plusieurs fois, ses comptes sont privés et Achard n'accède ni à ses photos, ni à ses données personnelles. Il apprend cependant qu'elle participe à des compétitions hippiques depuis son plus jeune âge, s'est récemment engagée en faveur d'une défense de l'environnement et contre les souffrances animales dans les abattoirs. Une photo d'*Ouest-France* la montre aussi au milieu d'autres camarades du Conservatoire régional de musique, lors d'un concert de remise de prix : il s'agit en effet de la jeune fille croisée dans l'ascenseur.

De toute cette matière, Achard ne retient que deux choses, mais elles sont essentielles, d'une part ma voisine est donc bien vieille, quatre-vingt-dix ans au moins, et d'autre part elle appartient à la riche bourgeoisie, il ne devrait donc pas être trop difficile si je sais manœuvrer, de me faire de l'argent à la côtoyer.

Il sonne à la porte, blindée. Une voix le somme, de l'autre côté, de décliner son nom et la raison de ce coup de sonnette intempestif. D'une voix mielleuse il susurre Achard Lebrument, en pensant au loup des contes qui contrefait sa voix pour endormir la méfiance d'une mère-grand. Pour un peu il chercherait une chevillette à tirer pour que choie la bobinette. Mais un déclic automatique ouvre la porte devant lui.

Imposante dans sa robe couleur de lune dont les plis retombent jusqu'au sol, apparaît alors, raide et droite dans un fauteuil roulant, une femme, visage blanc, cheveux tirés, qui tient à la main un masque à manche devant une moitié de son visage, son seul œil visible enfoncé au fond d'un cratère en sommeil.

Il entre.

Diable ! Un héron !

Marie-Madeleine n'a pas d'autre image en tête quand elle voit dans l'encadrement de sa porte cet homme très allongé, des jambes d'échassier sous un torse maigre et un long cou grêle au-dessus.

Termine d'imposer la comparaison, une pomme d'Adam proéminente qui redresse à l'arrière la tête de l'homme, anguleuse sous sa belle chevelure cendrée.

Elle sait exactement de qui il s'agit et ce qu'il vient faire là, Gwenaëlle l'ayant prévenue qu'un voisin était intéressé pour éventuellement remplacer Suzanne, mais elle reste un peu surprise tout de même de l'entendre dire, en entrant, Bonjour, je m'appelle Achard et je crois que vous avez besoin de moi. Elle reste maîtresse de son étonnement et se contente de hocher la tête, dites-moi une bonne raison de vous engager pour remplacer ma gouvernante et l'affaire est faite, jeune homme, vous n'avez droit qu'à une réponse.

Achard ne cille pas, garde le sourire, les yeux baissés vers celui que la femme, assise dans son fauteuil roulant, lève vers lui par-dessus son masque. Sans détourner le regard, il note tout ce qui se présente dans son champ visuel, et qui serait de nature à l'éclairer sur les attentes de cette personnalité, pour le moins altière. S'il pouvait lever les yeux… il lui semble apercevoir, au bout du couloir, une pièce obscure, la vieille a-t-elle la phobie du monde extérieur, le temps passe, jeune homme, j'attends… Achard ne veut pas lâcher le regard de la femme, qu'il veut harponner, avant de tirer pour ramener à lui le poisson, dès qu'il aura trouvé que dire. Il parcourt mentalement ce couloir. Une porte ouverte sur la droite, une affiche accrochée au mur, annonçant une exposition sur les astres et fragments d'astres. Il ne détourne toujours pas les yeux mais fait le rapport avec ce qu'il a remarqué en entrant, sur le seuil de la porte, dans l'angle près duquel Marie-Madeleine a stoppé la roue de son fauteuil : un petit tas de poussière. Pour autant qu'il peut en juger, l'appartement étant propre, bien entretenu, comme du reste sa propriétaire, de mise extravagante mais soignée, ce tas de poussière me rappelle cet article sur les rituels à accomplir les soirs de pleine lune, l'un deux consiste à déposer un peu de sel au sol pour éloigner de soi les ondes négatives, et si ce n'était pas de la poussière, ce petit tas blanc, si c'était du sel ? Il n'ose s'agenouiller, il ne quitte toujours pas le regard de la femme, on est le 18 mai, réfléchis, vite, est-ce que la Lune, hier soir, n'était pas pleine, la nuit était drôlement claire quand je suis rentré à pied après le cinéma, les touches du digicode étaient visibles comme en plein jour. L'œil collecte et l'esprit connecte : l'affiche, le sel, et maintenant par la porte ouverte, juste à sa droite, une vitrine éclairée. Achard tourne la tête pour augmenter son champ visuel sans bouger les yeux. S'entasse là un curieux pêle-mêle, hétéroclite et baroque dont il ne peut juger en détail mais qui lui évoque un cabinet de curiosités, n'est-ce pas un crâne et un grand sablier, qui sont posés à côté d'un panier dont déborde une profusion de fruits ? Eh bien, jeune homme, plus vite, cette raison que j'aurais de vous choisir ? Achard prend une grande inspiration. Cette femme très âgée a probablement l'obsession du Temps, laissons faire le hasard.

Vous allez m'embaucher parce qu'on est le 18 mai 2019, répond-il en souriant.

Marie-Madeleine hésite une seconde. Elle sent ces mots, « et alors », s'impatienter sur le bout de sa langue, mais quel dommage ce serait, quel ennui de faire ainsi retomber la grande tension qu'elle sent flotter dans l'air depuis l'arrivée de son voisin. Achard joue le joker d'une réponse vide, assez déclinable et interprétable pour qu'en y réfléchissant, elle trouve fatalement un lien entre cette date et quelque chose de sa vie. Va-t-elle lui demander de préciser le rapport ou rester dans l'implicite ? Il a forcément répondu par hasard, il ne peut pas savoir qu'aujourd'hui est pleine lune, il a autre chose en tête. Elle non plus n'a pas quitté les yeux, fixes, légèrement plissés, de l'homme. Il n'y a guère qu'autour d'une table de poker qu'elle a déjà ressenti cette électricité. Allons, il faut parier, recommande Pascal.

Entrez, dit-elle, je vais vous faire visiter les lieux et vous expliquer ce que j'attends de vous.

Achard referme la porte derrière lui.

Discrètement, avant de pousser le fauteuil le long du couloir, et feignant d'avoir à tourner sa roue arrière, il ramasse un peu de la poussière qui l'avait intrigué.

Ce n'est pas du sel, mais un petit dépôt de plâtre, tombé du plafond, où la peinture s'écaille un peu, aucun rapport avec la Lune, j'avais donc tout faux, eh bien, on peut dire que j'ai eu beaucoup de chance, et que le hasard fait bien les choses.

Il a changé, Achard, de manière indéfinissable, Nadège ne saurait pas encore dire en quoi mais elle sait parfaitement dater la chose : précisément depuis le jour, les quelques minutes durant lesquelles cette jeune fille, Gwenaëlle, avait rempli tout l'espace de l'ascenseur de sa fraîcheur : le regard d'Achard sur Nadège s'était modifié de s'être posé un instant sur la jeunesse de Gwenaëlle, de l'avoir traversée. Comme un bâton paraît se tordre dans l'eau, le regard d'Achard s'était comme réfracté, il avait dévié de sa route initiale qui devait le conduire à Nadège, au cou aux joues de Nadège, à ses lèvres (légèrement carminées, elle se rappelle, Nadège, les avoir passées sous un baume ce matin-là), à ses épaules entrevues par le col de sa chemise (qu'elle avait entrouvert, Nadège, souviens-toi), le regard d'Achard s'était rompu, direction les épaules et les lèvres, les joues et le cou de la jeune Gwenaëlle.

Ensuite, sur le palier, à la sortie de l'ascenseur, quand le regard d'Achard s'était à nouveau posé sur elle, Nadège l'avait ressenti différent, comme allégé d'un désir envolé ailleurs. Et depuis, Nadège ne sent plus sa caresse, presque son haleine, et cela qui, tout en la flattant, l'indisposait auparavant, qui l'encombrait, lui pesait, qu'elle sentait ralentir ses propres gestes et la mettre mal à l'aise, à présent lui manque, c'est un comble ma parole, de ne pas savoir à ce point ce qu'on veut, cela m'apprendra à profiter au moment de ce que la vie m'offre, sans différer.

Et de même que le désir d'Achard lui manque, de s'être posé ailleurs, de même il a suffi d'un regard de Gwenaëlle sur Achard pour qu'à son tour Nadège le voie différemment, elle qui, le côtoyant tous les jours, remarquait à peine quelques-unes de ses particularités, toujours les mêmes, blouson, parfum, silhouette, soudain le découvre à travers le regard neuf et naïf de la jeune fille. Et sous cet œil-là, tout jeune, tout prêt à admirer, troublé de curiosité virginale, il n'est pas si mal, Achard, il est même plutôt bel homme, d'une cinquantaine élégante. Plus tard la peau du cou se fripera, celle du ventre sera distendue et les fesses perdront de leur élastique fermeté, mais pour l'heure, il porte bien son demi-siècle. Ses cheveux à peine poivrés le ceignent de sagesse, comment se fait-il que Nadège n'ait pas remarqué plus tôt cette finesse de la lèvre et ces petites parenthèses plissées de part et d'autre de la bouche ? Dire qu'elle l'avait sous les yeux tous les jours, ce visage dont l'angulosité, qui lui semblait si commune, répond en réalité à de si belles proportions. Par quelle magie, de quel art, cette jeune fille l'a-t-elle soudain redessiné ? Et cette suave inflexion de la voix, qui perle de préciosité les mots les plus communs, était-elle déjà là, ou est-elle née ce jour-là ?

Elle se souvient bien de cette scène. Elle se tenait raide, statufiée, encagée dans l'ascenseur, réduite à sa seule perception de la situation, leurs trois corps à l'étroit dans l'espace. Et depuis, elle qui n'était pas sûre de désirer cet homme, contractée dans la peur, est certaine de désirer qu'il la désire à nouveau, contractée par la perte.

Nadège a de nouveau croisé Gwenaëlle, le lendemain. La jeune fille est ravissante de jeunesse, éclatante de vivacité. Elle sourit si franchement de ses beaux yeux émeraude et de ses petites dents blanches, son visage dégage une telle lumière que Nadège avait aussitôt ressenti une grande bouffée d'affection pour elle. Gwenaëlle doit être de ces personnes qui entrent en empathie immédiate avec les autres. Elles ont un peu discuté, du lycée de la jeune fille, de *CouchCooking* dont elle est fan, du fait qu'Achard travaille désormais tous les après-midis chez sa grand-mère.

Avant qu'elles ne se séparent sur le palier, Gwenaëlle avait complimenté Nadège sur son jeu dans la série. Très gentille et visiblement sincère. Mais après son départ, Nadège s'était sentie soudain très vieille, à quarante-cinq ans, j'ai presque trois fois son âge et le cœur sec.

Depuis, elle retourne chez elle chaque jour un peu plus lentement, un peu plus courbée.

Puis un matin, elle sait. Elle a allumé son ordinateur et mis en lecture, de façon aléatoire, l'impressionnante liste de chansons qu'elle y a stockées. Yeux fermés, visage tourné vers un soleil à peine levé lorsqu'elle ouvre ses volets, elle profite de ses rayons lorsqu'elle entend se lever la voix de Barbara.

Sous ses paupières, et qui les gonfle, Nadège sent une envie de pleurer.

Sur ses lèvres palpitantes, sur sa peau, elle sent une envie d'aimer.

Au diable Achard, qu'il aille au diable celui-là.

C'est Louis, son ami, son presque frère, dont elle a soudain besoin, et qu'elle décide d'aller retrouver.

13 heures, Achard ne va pas tarder.

Depuis qu'il travaille pour elle, Marie-Madeleine n'entend plus cette dégringolade dans l'escalier, tous les jours à heure fixe, qui lui était insupportable. Elle l'a guetté, une fois ou deux, l'œil collé au judas de la porte, ce voisin claqueur de talons et de portes. Mais l'escalier était mal éclairé et elle avait juste aperçu un grand gars, aux cheveux peine gris. À présent qu'elle n'a plus à la subir, et qu'elle sait qu'il s'agissait d'Achard, une grande paix intérieure l'inonde dès qu'approche l'heure dite, lui faisant à la fois goûter le calme présent et repenser sans colère à la tumultueuse course passée.

Coup de sonnette bref, c'est lui.

Elle éteint son ordinateur portable, le range dans un des deux tiroirs à combinaison secrète, referme son secrétaire, suit du doigt le délicat fil de cuivre des motifs extérieurs, dépose un baiser furtif sur la clef du meuble et la range dans sa poche. Puis s'assied sur son fauteuil, roule jusqu'à l'entrée.

Et fait entrer le héron.

Ce n'est plus à cause de son allure d'échassier que Marie-Madeleine continue de le comparer à cet oiseau.

Le héron nourrit l'estomac délicat de ses enfants en recrachant dans leur gorge ce qu'il a préalablement chassé, mâché, avalé et en partie déjà digéré : de même, Achard nourrit Marie-Madeleine des nouvelles de ce monde, c'est pourquoi elle le paie, et fort généreusement. Suzanne était sa gouvernante mais il n'était pas question que Achard devînt son gouvernant, et puis quoi encore, même les élus successifs de mon cœur n'ont pu prétendre à ce titre, alors vous qui ne vous êtes même pas présenté à mon élection, n'espérez pas me gouverner. Vous serez plutôt mon héron. Ne protestez pas, c'est presque un héros, un héron.

Achard et elle s'étaient rapidement entendus sur les conditions de l'embauche. Quelqu'un vient déjà pour mon ménage, qui m'apporte aussi mes repas. Au besoin, je vous demanderai de prendre ma tension, l'air de rien – parce que moi, sortir l'appareil de sa boîte suffit à m'accélérer le pouls – de surveiller mon taux de sucre dans le sang et aussi de temps en temps ce grain de beauté que j'ai sous l'omoplate, des petites choses de ce genre qui concernent le corps-qui-n'est-plus-ce-qu'il-était – pas de problème Patronne, j'ai été brancardier un temps, j'ai quelques petites notions de secourisme. Parfait, mais c'est la tête, surtout, Héron, la tête, qu'il faudra veiller à garder alerte. Il y a des spécialistes de veille informatique, de veille technologique, de veille scientifique ou littéraire : Achard, lui, pratiquera une veille réaliste, ou réalistique si vous préférez mon garçon, c'est-à-dire qu'il se consacrera au recensement systématique des données du réel afin de les rendre consommables pour sa patronne, qui ne sort jamais de chez elle. Marie-Madeleine n'a pas les moyens de s'informer de tout ce qui se passe sur Terre, même dans le seul petit coin qu'on nomme France, ni même dans sa seule Bretagne, ni même dans sa ville, sous son toit – ni même dans sa tête. Achard lui racontera donc la vraie vie et le monde extérieur sous forme de fiches, de résumés, de diaporamas, comme il voudra – pas de problème, Patronne, j'ai la chance d'être doté d'une mémoire hypertrophiée qui frise l'hypermnésie. J'ai longtemps pensé que c'était une croix ; je crois à présent qu'elle va nous être utile à tous les deux. Parfait parce qu'elle aime la musique, mais ne peut écouter tout ce qui se fait en la matière ni ne se rend au concert. Elle adore la peinture mais ne court pas les expositions. Même les livres, que son confinement d'handicapée lui permet de dévorer, ne représentent qu'une toute petite portion de la masse incalculable des parutions hebdomadaires. Suzanne lui faisait la lecture d'extraits et de résumés mais elle lisait faux, comme on le dit d'un chant. Marie-Madeleine compte sur Achard pour – pas de problème, Patronne, j'ai fait un peu de théâtre, sans me vanter je sais lire.

La discussion les avait laissés tous les deux fort satisfaits. Achard viendrait un jour sur deux, trois fois par semaine, il serait payé de ses heures de présence et de son travail de préparation desdites séances. Depuis, il ingurgite et prédigère toutes sortes d'informations pour Marie-Madeleine, dans les oreilles de laquelle il reverse ensuite la masse assimilable de ces données. Aucun estomac cérébral ne pouvant résister à l'ingestion des innombrables messages du réel, Achard pratique l'attention flottante comme d'autres la lecture rapide : indifférent au contenu, il est capable de retenir et de synthétiser tout.

Au début, il était les oreilles et les yeux de Marie-Madeleine, il était ses jambes courant d'un théâtre à un musée, il était ses doigts pianotant sur les claviers et les boutons des télécommandes, il était sa mémoire enregistreuse et les sucs digestifs de son esprit toujours en alerte. Il lisait, écoutait, regardait, retenait puis restituait. Au fil des semaines, il étendit son terrain d'exercice. À présent, il ne se contente plus des informations concernant le monde en général, ses guerres, ses inégalités, sa marche à l'envers, son réchauffement, sa faim, sa soif, ses découvertes, ses progrès, ses rêves. Il pénètre aussi le petit monde de Marie-Madeleine, il salue ses voisins de sa part, s'informe auprès du lycée de Gwenaëlle de ses progrès, rédige et signe le courrier de Marie-Madeleine, en un mot, il s'est rendu indispensable. Vital. Il est en passe de devenir ses vaisseaux sanguins, qui charrient vers elle la réalité en flux et reflux incessants, il est son cœur, qui pompe à tout-va, il est sa peau, son intime et poreuse frontière entre le monde et elle, son arrachement à la nuit, au néant, au vide de ce que semble être sa vie de vieille dame seule impotente et rivée à un fauteuil roulant. Il la rend à ses contemporains, il la fait exister, vivante. Il est son médiat. Il est son lien entre les autres et elle.

Et pour ce qui est du lien entre elle et elle, sa tête et son corps, son Moi son Surmoi, son passé son avenir, sa vie vraie et sa vie rêvée, ayant vite repéré l'existence d'une fracture en elle au moins aussi grande qu'entre elle et le reste de l'humanité, il a entrepris depuis peu de l'aider à retrouver le fil rouge de sa vie. Il passe et repasse sa mémoire comme sous un scanner, balaie chronologiquement son histoire pour l'aider à en combler les trous d'ombre et, lui semble-t-il, d'angoisse ou de honte. Car plus il la côtoie, plus Achard a l'impression que sa voisine combine deux formes d'oubli, l'un remontant de l'enfance et l'autre venu du grand âge, comme si sa mémoire, passée et future, ne devait être qu'une longue suite de séquences en pointillés, de points de suspension au-dessus d'un vide.

Aussi, parfois, quand il arrive, commence-t-il par la saluer d'un joyeux, Alors, Patronne, avant que je ne vous raconte le présent, que me dites-vous du passé ? Et le temps d'accomplir les quelques gestes de veille médicale qu'elle attend de lui, il tente de lui faire raconter sa vie.

Voyons, vous êtes née en, vous sauriez me redire la date, 1932, c'est cela, juste avant l'arrivée de Hitler au pouvoir ?

Il se tient debout près de son fauteuil et tout en parlant, il lui passe le tensiomètre autour du bras. Marie-Madeleine, heureuse, qui peut sentir son parfum d'homme, ferme les yeux pour faire sienne, un instant, la formidable énergie qui se dégage de ce corps, il me prend pour une vieille gâteuse un peu folle, mais quelle importance, je m'amuse follement en effet, et en attendant, il sent si bon, une base de lavande et de bergamote dirait-on.

Je ne sais pas, Héron, je ne sais plus. 1945 ? Je dois avoir soixante-quinze ans, à peu près.

Achard ne corrige pas toujours les erreurs de sa patronne. Coquetterie ou amnésie, sa patronne se rajeunit de quinze ans ? La belle affaire ! Elle en a bien le droit. Ce n'est pas mentir que de réinventer sa vie. On la vit une fois comme on peut, on la revit comme on veut – autant de fois qu'on se la raconte. Mais cette date de 1945, tout de même, ne paraît pas anodine. Elle revient souvent dans les récits de Marie-Madeleine, comme le cœur battant froid de quelque chose qui tourbillonnerait autour d'elle, ou comme l'œil éteint d'un cyclone.

Marie-Madeleine s'amuse, écoute, n'écoute pas, dilate ses narines pour profiter encore un peu plus de cette fragrance, il y entre aussi en notes de fond du Santal, du Cèdre peut-être bien, ou du cuir… Achard va lui raconter une belle histoire qui sera celle de sa vie, ou pas, libre à elle d'y croire ou non, quelle importance, de toute façon, les neurosciences ont montré que le cerveau ne fait pas bien grande différence entre ce qu'il vit réellement et ce qu'il imagine vivre – vous me préparerez une petite synthèse sur les neurones-miroirs, pour après-demain, voulez-vous ?

Tiens donc, Patronne, vous seriez née à la fin de la guerre ? Vous viviez alors à Avranches, m'avez-vous dit. Le débarquement, la libération, les Améric-

Marie-Madeleine ne s'amuse plus, Marie-Madeleine a fermé les yeux, les oreilles, le cœur, la mémoire. Elle ne veut plus rien entendre, et surtout pas cela, surtout pas Avranches. Elle se concentre sur le parfum d'Achard, sur la présence de ce corps tout près d'elle, sur ses mains douces, précises, qui remontent sa manche, entrebâillent son corsage pour pouvoir examiner son omoplate, lui palper le sein à la recherche d'une éventuelle petite boule suspecte, il continue de lui parler du passé, elle ne s'intéresse qu'au présent, elle entend la voix elle n'entend pas les mots, elle entend l'air joyeux de l'opérette *Pas sur la bouche*, « Un baiser un baiser un baiser ! », elle se souvient de ceux de Jean-Yves Marin, son défunt mari, elle sent les mains d'Achard qui dégagent son ventre, l'effleurent, le massent, puis remontent sa jupe sur ses cuisses et s'il y a là, qui produisent toutes ces sensations délicieuses, parmi des gestes réels, d'autres imaginés, le cerveau de Marie-Madeleine s'en fiche complètement et ne voit aucune différence, au moment de jouir.

Comment cela est-il arrivé, par quel enchaînement de faits imprévus mais irrépressibles, Nadège se retrouve-t-elle en ce samedi matin de juin,

un jour où normalement elle ne travaille pas, le réveil ne sonne pas, elle n'a pas à se dépêcher, elle peut lire au lit, ou déjeuner et se recoucher ensuite, ou se lever aller courir au parc et en rentrant flâner sur Internet à discuter avec les uns et les autres,

dans le studio d'Achard,

appelée par un message comminatoire et inquiétant, viens tout de suite, dépêche-toi, écrit-il sans donner de détail, sans décrocher quand elle le rappelle, ce qui ne laisse aucun choix à Nadège, mentir elle ne peut pas, dire plus tard demain, ou lundi, ou désolée je n'ai pas vu ton message, ce n'est pas crédible et ce n'est pas possible, si ça se trouve il se passe quelque chose de grave,

sans avoir du tout envie d'aller là-bas,

d'autant plus, si c'est pour le boulot, qu'Achard ne paie jamais les heures supplémentaires ni les jours de week-end ou fériés, un jour où elle aurait très bien pu prévoir tout à fait autre chose, avoir pris d'autres engagements,

elle en avait d'ailleurs l'intention, elle était sur le point de téléphoner à une copine pour lui proposer d'aller à la piscine ce midi, elle s'était réveillée avec cette idée-là en tête, tiens, si j'allais à la piscine cet aprèm,

donc sans qu'elle l'ait voulu, au contraire,

ne souhaitant pas y aller, en ayant même pour tout dire assez d'Achard, ses caprices de boss qui n'a même pas les moyens de la payer normalement, ses façons beaucoup trop polies pour être honnêtes,

sans qu'elle l'ait donc du tout prémédité, au contraire,

elle avait décidé de brusquer un peu les choses avec Louis, elle venait justement de reconnaître en son for intérieur, de l'admettre, qu'elle avait très envie de faire enfin l'amour avec Louis, qu'elle s'en empêchait au nom d'une amitié qui ne demandait en réalité qu'à s'enrichir de l'expérience des corps, de leur intime découverte, de leur patiente exploration, harassante, et jamais rassasiée,

sans qu'elle ait eu le moindre désir de se retrouver seule en tête-à-tête avec Achard un jour qui normalement n'est pas un jour de travail, au contraire,

depuis la scène de l'ascenseur, elle supporte encore moins bien Achard, il occupe beaucoup trop son esprit, elle voudrait, elle veut, se débarrasser de cette omniprésence de l'homme dans sa tête, elle se réveille elle pense à lui, elle s'endort elle pense à lui, entre les deux il est encore là, mais ce ne sont des pensées ni agréables ni positives, au contraire, vivement la fin de ce tournage, que son esprit cesse enfin d'être ce terrain d'opérations militaires labouré sans fin par les passages en force de l'ennemi, que sa tête fasse enfin place nette,

comment, donc, par quelle bizarrerie de circonstances s'est-elle retrouvée, Nadège, en ce samedi matin, sans avoir eu envie de s'y rendre, dans le studio d'Achard et même plus précisément dans son étroit couloir, rideaux tirés, son jean à lui entre ses chevilles, son pantalon à elle au sol et les chaussettes encore aux pieds, parce qu'ils n'avaient pas pris le temps de faire ça bien, au contraire,

ils n'avaient pas fait ça comme elle s'était imaginée le faire avec Louis, dans la douceur, la langueur, la lenteur d'une coquille que la vague entrebâille pour laisser l'eau glisser en elle, non non ils avaient fait ça vite, la porte même pas refermée, la sonnette encore retentissante dans l'oreille, d'abord elle plaquée contre le mur et lui plaqué contre elle, puis tous les deux sur le parquet, son souffle à lui dans son cou à elle, rapidement court, désagréablement rauque, mais ses doigts à elle dans ses cheveux à lui pour qu'il enfonce encore plus sa tête dans son épaule, puis ses mains à elle ensuite sur ses reins à lui pour qu'il entre au plus obscur d'elle, au plus loin dans l'inconnu d'elle, libérer l'incoercible montée en violence du plaisir.

Comment c'est arrivé, Nadège ne sait toujours pas, ne comprend pas, quand elle rentre chez elle aussitôt après ça. *Ça*, ce quelque chose de rapide dont elle n'ose pas, tout d'abord, prononcer le nom, mais il faut bien appeler un chat un chat et *ça*, le nommer – pas une étreinte, pas les corps enlacés de l'amour sur fond de soleil couchant, ni une tendre fusion – mais un banal *coït* rapide, expéditif, avec ce qu'il faut d'agressivité animale pour que la chose soit conforme à l'étymologie du mot, *coire*, qui signifie, a précisé Achard en remontant son pantalon, combattre et en venir aux mains.

Au début Nadège s'en fichait, des mots. On pouvait bien baptiser le rapport sexuel d'un mot ou d'un autre, technique ou poétique, elle n'attachait pas d'importance au mot, concentrée qu'elle était sur l'agrément de la chose.

Mais c'est important, les mots, il ne faut pas les négliger, même quand on se dépêche de rentrer chez soi en courant pour achever d'ancrer par une bonne douche le souvenir de *ça*, dans la mémoire du corps. Les mots, ça vous enrobe le réel pour le meilleur et pour le pire. Le mot *femme* habille la femme. Le mot *amour* sauve parfois un amour. Et le mot *coït*, Nadège, a-t-il augmenté ou diminué ton plaisir ?

Achard vient justement de consacrer tout un épisode de sa série à cette question du rôle des mots dans les recettes amoureuses. Nadège a d'ailleurs eu du mal à apprendre son texte, qui ressemblait plus à une leçon de linguistique qu'à du *CouchCooking*, mais elle doit bien reconnaître qu'elle accorde plus d'importance aux appellations qu'auparavant. La théorie d'Achard, c'est que les mots, au début de leur aventure, jouent franc jeu, ne dissimulent rien, parlent sans fard des corps matériels, mais qu'ensuite au fil des siècles, ils trichent, ils se liment, se policent, acquièrent force d'âme et font croire à l'humanité qu'elle s'est élevée au-dessus de la matière brute, mais ce n'est pas vrai, matière nous restons et aujourd'hui Nadège et Achard, *en sont venus aux mains* et, du fait des corps ou de ce mot, cela s'est bel et bien terminé en *coït.*

Qu'on soit homme, femme ou mot, il n'est jamais bon d'oublier d'où l'on vient, renier son origine sociale en voulant s'élever, renier sa famille en se croyant meilleur, renier sa dimension matérielle en ayant de l'esprit, voire de la spiritualité. Tout l'épisode d'Achard avait tourné autour de cette idée. Vous êtes sentimental(e) et vous rêvez de fonder un couple ? Pas de problème. Mais n'oubliez pas : *couple* vient du latin *copula*. Eh oui, cela gâche un peu le coucher de soleil. Le mot désignait d'abord un objet servant à lier ensemble deux choses (comme une chaîne, une attache, une corde, une laisse, un crampon, un grappin, etc), et en effet, ça commence ainsi, un *couple* : on met le grappin sur un ou une partenaire et on le fait au sens propre, avant de le faire au figuré : vous n'êtes pas obligé de lui passer la laisse au cou ni de lui lier les poignets aux montants du lit dans un protocole SM, car ce qui vous attache et vous cramponne l'un à l'autre, dans un couple, c'est la *copulation*, l'union de deux corps sur un matelas, un coin de table ou un parquet dans un couloir – et mazette, quelle *copulation*, quand Nadège y repense, tandis qu'elle introduit sa clef dans la serrure de sa porte, elle en est toute rouge, du souvenir du sexe d'Achard dans le sien.

Finalement, avait conclu Achard dans son émission, et par la voix même de Nadège, comédienne, les mots et les corps, c'est même combat. La *copule* grammaticale, c'est l'union charnelle de deux mots ; la *conjugaison*, c'est leur devoir *conjugal*, leur alliance sous le *joug* de la grammaire, lequel joug, avant de dériver vers le sens abstrait de domination, désignait un outil agricole unissant deux bêtes dans l'effort commun, se souvient encore Nadège en tournant sa clef dans la serrure, souffle court à la mémoire de leurs cris de bêtes fauves conjointes et conjuguées sous le joug du plaisir commun.

Voilà, c'est pour ça que c'est arrivé. Parce qu'on est aussi des bêtes. Il reste toujours en l'homme quelque chose de bestial et dans ses mots, quelque chose de leur matière première et concrète.

Nadège retire la clef de la serrure, ouvre sa porte, jette son trousseau sur la table de sa cuisine et se précipite en riant à la salle de bains pour se jeter avec bonheur sous une douche chaude.

Achard ne sait pas ce qu'il cherche, mais il va trouver quelque chose, c'est certain, ma main à couper qu'elle est riche, la Marie-Madeleine. Elle ne l'a pas toujours été, cela se voit, elle suit un train de vie assez modeste, elle économise les bouts de chandelle et de pain. Mais à présent elle possède du bien qu'elle n'exhibe pas, et même, Achard en jurerait, qu'elle cache. Mais où ? Sous quelle forme ? Une chaussette cousue d'or, des comptes épargne, du bien immobilier, des bijoux, des parts de société ? Achard n'a pas l'âme ni les mœurs d'un voleur, il ne cherche pas pour dérober, il n'a pas l'intention de spolier la vieille dame, enfin, pas forcément, cela dépend bien entendu de ce qu'il trouve, je n'ai rien contre elle et il n'entre pas dans mes habitudes de piquer dans les caisses, mais si je peux profiter de la bonne fortune de Madame, pourquoi pas, cela arrangerait bien mes affaires, un peu d'aisance, je l'avoue. Curiosité, appât du gain, goût du risque… Le fait est que, dès que Marie-Madeleine ne le voit pas, il soulève les matelas, ouvre les placards, fouille les boîtes métalliques où conserver les pâtes, le riz, les lentilles mais aussi potentiellement, enfouies parmi les céréales, quelques pièces d'or ou des diamants. Il épie Marie-Madeleine quand elle quitte la pièce en roulant son fauteuil et la suit, discrètement caché derrière les portes. Il guette le moment où la vieille dame s'enferme aux toilettes pour aller fureter du côté de ce secrétaire éternellement fermé à clef et certainement à double tour, sur des secrets qu'il rêve de percer à jour.

Mais le temps passe et il ne trouve rien. Ou plutôt, il ne voit pas l'avantage qu'il pourrait tirer de ce qu'il découvre, des copies de bulletin de Gwenaëlle, excellents au demeurant, des factures de gaz et d'électricité, une vieille lettre sur papier jauni d'un amoureux sans imagination, glissée en guise de marque-page dans les œuvres complètes de Cervantès, des listes de courses sans doute destinées à Suzanne du temps de son service mais que sa petite-fille confie désormais à Internet pour faire livrer sa grand-mère sans qu'elle ait à bouger de chez elle. Des articles parus dans *Âge tendre*, *Fémina,* la presse régionale, tous signés de son nom, Marie-Madeleine Marin-Fossey, l'amusent, mais quelle plume, quelle prolixité, vous m'aviez dissimulé ce talent, Patronne, pense-t-il. Un dossier consacré à une affaire de viol à la fin des années 1970. Tout un fatras d'objets macabres dans une vitrine, ce cabinet de curiosités qu'il avait repéré le premier jour de son entrée dans les lieux. Un tiroir entier d'objets consacrés à la Lune, calendriers de ses phases, bijoux, cartes, morceaux de roche prétendument lunaire. Tout un tiroir de jolies soieries, sous-vêtements diablement doux, bas ourlés de dentelle, pliés avec soin et, sous une pile de torchons un peu anormalement surélevée, rien que des fuseaux de lavande fanée, noués d'une faveur.

Pas de quoi fouetter un chat.

Ni une vieille dame.

Même pas de quoi la faire chanter un tout petit peu – et pas des airs d'opérettes comme ceux qu'elle écoute sur son tourne-disque – au cas où elle recèlerait des secrets pas très nets, comme un trésor de guerre inavouable.

Si seulement Suzanne habitait le quartier, il pourrait la guetter et lui faire cracher ce qu'elle sait, après tout c'est bien elle qui la première m'a dit que Marie-Madeleine était pleine *aux as*,

ce qui est d'ailleurs une expression assez juste, car en fouinant, Achard a trouvé dans une mallette des jetons, plusieurs paquets de cinquante-quatre cartes dont certains encore sous emballage et un tapis de jeu qui témoignent d'un fort penchant de Marie-Madeleine pour le poker. Dans une enveloppe habilement décollée à la vapeur, et avant de la refermer ni vu ni connu, il a aussi découvert une liasse de tickets d'entrée à un casino de la côte, ainsi, vous aimez jouer, Patronne, cela ne m'étonne pas, vous avez donc misé, et sans doute, au moins de temps en temps, vous avez gagné, alors ton pognon, Patronne, merde il est où, qu'est-ce que t'en as foutu ?

Mais il a beau chercher et poser quelques questions indirectes, Marie-Madeleine ne lâche rien et le printemps s'achève sans qu'il ait découvert le secret qu'il a désormais la certitude qu'elle cache. Il n'ose pas l'interroger directement. À quel moment de sa vie a-t-elle pu s'enrichir ? Certainement pas quand elle travaillait comme infirmière à l'hôpital public, après sa majorité, en 1953. Peut-être quand elle écrivait des articles dans la presse à partir des années 1970. Sans doute quand elle a épousé le docteur Jean-Yves Marin, cardiologue clinicien réputé, qui travailla dans l'équipe du docteur Colette Veyrat, dont un article paru en 1968 sur *l'enregistrement transcutané du flux artériel par fluxmètre directionnel à effet Doppler* révolutionna les pratiques en cardiologie en ouvrant la voie à l'exploration des cavités cardiaques.

Quoi qu'il en soit, Achard aimerait savoir. Et pouvoir, éventuellement, tirer bénéfice de la généreuse amitié de sa patronne, car vous m'aimez bien, Marie-Madeleine, je le sens, et d'ailleurs moi-même je ressens à votre égard de l'affection et une certaine admiration, non pas en profiter pour lui-même, qui se contente de ce qu'il a, mais pour Nadège, ah Nadège, Nadège, ma blessure, mon cœur en sang, mes sens à vif, Nadège qui m'obsèdes et que je veux à moi, rien qu'à moi, toute à moi, mais Nadège qui m'échappes, qui vis où je ne suis pas, qui menaces de partir, sous prétexte (inspiré par Louis, très certainement, ce lâche qui n'ose même pas réclamer lui-même) que je ne te paie pas tes heures supplémentaires, et que l'art ne suffit pas à te nourrir, ingrate ! La série doit donc continuer, à tout prix. Il doit trouver de l'argent pour payer sa comédienne. Mais c'est de plus en plus difficile. Achard a de fortes dépenses, et peu de recettes. Le syndic de l'immeuble a voté la réfection de la façade, comment va-t-il pouvoir en payer sa part ? Même Myriam la maquilleuse ne veut plus de paiement en nature, elle exige des fiches de paye en bonne et due forme, à pouvoir faire valoir le jour de son départ en retraite ! Alors désolé, Patronne, je vous aime raisonnablement bien mais j'aime Nadège à la folie, il va donc falloir cracher le morceau, et m'aider, de gré ou de force.

PARENTHÈSE

Évidemment, Christophe n'a pas été d'accord, vingt pages de « aimer », tu te fiches de moi, Jeanne, tu t'imagines que je vais publier ça ?

Même en précisant qu'elle n'a pas copié-collé une ligne entière de l'expression mais a tapé chaque lettre et chaque espace en méditant le geste et sa signification, à chaque fois ?

Il avait haussé les épaules pour toute réponse.

Alors écris, Jeanne, vas-y, essaie de nouveau, écris ton dernier texte, comme si tu devais mourir demain et t'adresser à ceux qui continueront, sans toi, le chemin.

4 heures du matin, Jeanne ne se rendormira pas. Aujourd'hui dimanche, elle ne travaille pas au lycée, elle peut aller voir la mer, elle doit y aller et plus que la voir, l'entendre, la respirer, la sentir encercler ses chevilles de ses bracelets d'algues et d'eaux. Elle quitte l'appartement avant 5 heures du matin, sans faire de bruit, en

laissant un mot sur la table et un peu d'argent pour que Jules s'achète à manger.

À cette heure la route est déserte, Jeanne roule vite. Elle arrivera avant l'aube. Elle sent déjà le sable noir de la nuit entre ses doigts de pied nus.

Elle laisse sa voiture au parking, loin d'un camping-car, pour que son moteur n'en réveille pas les occupants.

Elle descend sur la plage par le chemin qui traverse un petit bois. Le jour pointe à peine. Un merle pousse un premier cri. Quelque chose est en train de naître. Entre chien et loup. Entre voir et ne pas voir. Une épaisse brume matinale s'effiloche entre les branches des chênes et voile l'horizon proche. Jeanne ne voit pas à trois mètres. Elle sait où ses pieds se posent au sol, sa mémoire sait ce qui l'attend, le débuché de la mer qu'elle entend déjà gronder comme une bête féroce, au détour du chemin, bientôt. Elle se pique à des épines sans nom, au soleil ce serait roses, ajoncs, branches de pins, mais l'heure est incertaine, la lueur indécise, et ce sont coups de becs, de griffes, d'ongles.

Jeanne aime plus que tout cet état transitoire, nébuleux, sous un voile de brume qui métamorphose tout, absente ce qui est, révèle ce qui n'est pas. Quelque chose est en train de n'être, dans l'horizon qui rosit. Elle marche, elle est dans le nuage, elle est le nuage. Et tout à coup, autour d'elle, la forêt disparaît, et la lande est là. L'espace s'élargit, le vent fraîchit, bruyères, fougères et genêts se devinent vaguement aux couleurs pâles qu'ils accrochent à l'aube pressentie. Jeanne ne voit toujours pas la mer, dont le roulement continu est tout proche. Elle suit le chemin qui descend à pic vers elle, trébuche contre les racines et les pierres du sentier mais ne tombe pas. Elle avance de plus en plus vite, résiste mal à la tentation de courir se jeter dans les lames invisibles. Arrivée sur la plage, elle se déchausse. Le sable est froid, humide. Elle sait que la pointe dunaire est à sa gauche et qu'à cette heure, la marée basse lui permet de traverser la lagune. Elle avance, entre ciel et sable, sur le sol vaporeux. Derrière le brouillard, l'aurore ne va plus tarder. Ailleurs le ciel doit être clair, le soleil rouge et la vie visible. Mais ici tout est encore gris, entre blanc et noir, et ses yeux sont brouillés. Jeanne avance en pays de limbes, entre Enfer et Ciel, entre terre et eau, entre loup et chien.

Elle a emporté un cahier et un stylo, espérant trouver sur la plage la matière ou l'idée de ce dernier texte qu'elle doit remettre à Christophe. Elle rejoint à pied un îlot que la mer aura bientôt totalement découvert. Elle s'assied sur une roche, tout en haut, adossée à une petite chapelle. Elle sort un crayon. Elle est si bien, ici. Elle se sent inspirée, enthousiaste, emportée par un souffle puissant, un tourbillon infiniment vivant – mais creux, mais vide, mais sans objet, et elle ne sait que faire de cette furieuse envie d'écrire qui ne s'accroche à rien. Elle mordille son crayon, regarde à ses pieds l'eau qui lèche la roche et qui bave. Elle sait pourquoi elle aime les paysages de brume et ce qu'elle fait ici un dimanche à six heures du matin en la seule compagnie de ses fantômes familiers. Il suffit qu'il ne soit pas à ses côtés pour qu'elle sache parler à son fils Jules, lui dire sa tendresse et sa fierté de mère, lui caresser ses cheveux absents et poser en riant sur l'absence de sa joue un de ces baisers sonores qui les faisaient tant rire, quand il était petit – alors que s'il se tient près d'elle, à présent, elle devient statue. De même il suffit que Christophe lui lâche le coude pour entrer en elle, pénétrer son cœur et sa tête, pour qu'elle sente la pression de ces doigts qui se sont écartés, alors qu'il est si loin d'elle quand ils marchent dans la rue en se tenant étroitement par le bras.

Il suffit que quelque chose cesse d'être réel, pour que Jeanne en éprouve réellement l'existence et le manque.

Elle écoute un moment à ses pieds le chant de la mer, chaque vague jouant sa ligne mélodique, que vient couvrir puis chasser, identique et décalée, la ligne suivante, en contrepoint. On dirait un canon. Pachelbel. Le nom, à peine formulé, ramène un souvenir du grand large de sa mémoire, pour le déposer à ses pieds sur cette plage. Métro Montparnasse à Paris, l'année précédente. Ce jour-là, la foule va, vient, heure propice, houle humaine. Jeanne entend un violon entamer les premières notes du célèbre morceau, puis un deuxième en reprendre le thème. Elle ne voit pas les musiciens mais elle sent la corde de leur instrument, terriblement, douloureusement présente sous son propre doigt, elle a la sensation aiguë de ces cordes en nylon qui laissent leur sillon d'absence dans la chair de ses propres doigts, et elle n'entend autour d'elle que ces deux voix comme deux lames, qui se suivent et s'effacent. Jeanne suit le son, cherche des yeux, impatiente de les approcher, et soudain, au pied d'un escalier, elles sont là, les deux violonistes, juste sous ses yeux, un étui de bois ouvert devant elles : pourtant, à l'instant même de leur apparition, elles disparaissent pour Jeanne qui n'entend plus les violons mais les gens qui parlent autour d'elle, qui ne voit plus les deux femmes mais la lumière clignotante d'un néon défectueux, tandis qu'une voix annonce le prochain train au départ.

Elle a l'absence contagieuse, Jeanne. Où elle est, les choses ne sont plus. Où elles sont, elle n'existe pas. C'est pour cela qu'elle écrit : pour combler le défaut de réel, comme on parle d'un défaut de cuirasse là où deux mailles, en s'articulant, créent le vide vulnérable ; pour creuser ce trou du réel où les choses sont sans être. Pour disparaître dans les nuages, en sautant dans une flaque d'eau.

Là est sa place. Placement libre, entre deux. Entre chèvre et chou. Entre les deux mâchoires d'un vrai réel et d'un réel rêvé. Entre ces deux extrémités également improbables de sa ligne de vie, se demandant où se poser (comme jadis peut-être la Mont-Joli sa mère, errant dans son car en marge des villes), en quel lieu s'il n'est de limbes, et comment y vivre, comment vivre pleinement chaque instant, de plain-pied dans ce monde et non là où fantômes, songes et fantasmagories se vengent en ricanant d'un défaut d'être matériel, par un surcroît de pouvoir sur elle.

Jeanne ouvre son carnet, cherche la première page vierge, qui vient après des listes de courses ou de choses à faire, des moyennes d'élèves, des titres de musiques entendues à la radio, des bouts de phrases attrapées dans le bus ou au jardin public.

À la manière de Socrate répartissant les objets du savoir et de l'expérience le long d'une ligne allant du monde sensible au monde intelligible, elle trace une ligne entre réel et irréel, à la recherche d'un point d'ancrage auquel s'arrimer.

Réel . . . . Irréel

Le monde qui m'est sensible, moi comme être vivant, que soleil, air, eau et terre nourrissent, me laver les dents, manger matin midi soir, entendre les cloches d'un mariage, ou des tirs de mitraillette dans ma rue, corriger une copie d'élève, et Jules qui ressemble à son père.

Cette douleur au ventre que je réussis à oublier, ne plus entendre les cloches de l'église, de toute façon ces mariés divorceront bientôt, ne plus savoir si ces tirs de mitraillette dans ma télé proviennent d'un film ou des informations, le bout de ce chemin invisible dans la brume, ces ronces aux ongles de sorcières, toutes ces choses du monde sensible qui ont perdu, pour moi, leur réalité ou en donne une autre.

Moi qui me sais mortelle, le cauchemar qui me pourrit ma journée, le rêve éveillé, la rémanence d'une image dans mon œil, craindre le taureau que je vois dans l'ombre d'un nuage, parler aux sept nains dans un jardin, me persuader que Jules, un jour, me reviendra, que Christophe, un jour, m'aimera, ou Yannis, toutes ces irréalités qui ont force réelle sur moi.

La pure fiction, le rêve endormi, le fabuleux à l'état pur, la licorne du conte, l'image retouchée, l'illusion comique.

Puis elle se relit, hausse les épaules, la ligne est trompeuse et tes colonnes bien illusoires, ma fille, tu n'as aucune rigueur, et de toute façon tout ordonnancement est vain, rappelle-toi ce texte de Borges qui classe les animaux à la façon d'une encyclopédie chinoise, où « il est écrit que les animaux se divisent en a) appartenant à l'Empereur, b) embaumés, c) apprivoisés, d) cochons de lait, e) sirènes… ». Rien ne sert de classifier, tout se mêle et se marie, tout bouge et l'imaginaire le plus irréel peut acquérir force de la réalité la plus vraie, sinon tu n'aurais pas peur de ton ombre ou du noir, ma pauvre. Sur son cahier, Jeanne dessine alors un cercle au lieu d'une ligne de points, trace un X en un point quelconque de la circonférence et inscrit « Réel et irréel » à côté de cette croix. Elle se fait un peu l'impression de découvrir que la Terre, loin d'être plate, est ronde, et qu'en avançant toujours tout droit, on revient à son point de départ, lequel est à la fois resté le même, et devenu son contraire.

L'aurore, entretemps, s'est levée, et la brume en se déchirant rend au paysage la simplicité de ses lignes. Jeanne regarde la mer, elle n'a plus de nouvelles de Yannis depuis son départ du lycée, quant à Christophe, depuis qu'elle a signé le contrat, il ne manifeste plus grand intérêt pour ta personne, ma fille, rends-toi à l'évidence, tu as rêvé, tu as espéré, tu as imaginé, tu t'es raconté une belle romance, mais la vraie réalité est tout autre. C'est Méphistophélès, qui t'a séduite en parlant par sa voix et en portant son parfum. Tu t'es crue Faustine, mais tu n'es plus rien.

Jeanne ouvre à nouveau son carnet, soudain fébrile. Elle a trouvé. Le personnage qu'elle va mettre en scène dans le texte pour Christophe. Il est diabolique ? Elle aussi le sera. Elle note à toute vitesse, pour ne pas l'oublier, l'idée de roman qu'elle vient d'avoir et où tout se jouerait à la frontière du réel et de l'irréel :

« C'est l'histoire de trois femmes, trois amies ; une jeune violoniste romantique, vient de se faire larguer par son ami ; Sophie, mondaine, cynique, la cinquantaine, mariée à un riche notable ; Alice, une kiné trentenaire, joueuse poker, humaniste. Un jour Sophie et Alice décident, pour divertir Jeanne d'une dépression qui menace, d'inventer un personnage commun, qu'elles baptisent d'un pseudo, Eva, et qu'elles incarnent tour à tour sur Internet, se passant le relais pour écrire les mails de cette Eva, comme les trois sœurs Grées de la mythologie grecque se partageaient un œil et une bouche uniques. Une correspondance régulière par mail s'établit, entre Eva et un homme, Ulysse, un antiquaire que Sophie a rencontré sur la toile. Masques, mensonges et vérités, vertiges identitaires entre réel et irréel… Un drame couve, jusqu'à la surprise finale. Car à la fin, on »

Jeanne s'interrompt. La mer monte et si elle s'attarde sur son île, elle va bientôt être entourée d'eau. Elle retourne à sa voiture. Un couple d'Allemands déjeune sur le parking, près du camping-car. Elle les salue, ils lui proposent un café. Ils bavardent joyeusement un moment. Elle leur parle allemand, ils répondent en français. Puis elle rentre chez elle.

Jules n'est pas là, il n'a pas laissé de mot mais l'argent a disparu. Elle mange un reste de pâtes froides en repensant à son projet de texte. Il lui faut faire naître cette Eva, réelle sans l'être. Elle emporte son assiette dans sa chambre, allume son ordinateur.

C'est pendant qu'elle cherche un titre possible que soudain

Déflagration de mémoire. Elle se souvient. Elle va chercher un livre dans sa bibliothèque. *Pseudo*. L'histoire existe. Elle a déjà été écrite. Comment Jeanne a-t-elle pu l'oublier ? Allait-elle vraiment, comme le Ménard de Borges réécrit *Don Quichotte*, réécrire ce roman d'une autre ?

Elle déchire les pages de son carnet. Le texte existe, sans elle, sans besoin d'elle. Elle a fini ses pâtes sans même s'en rendre compte. Elle voudrait tellement, pourtant, adhérer aux choses de ce monde ! sentir la boue coller à ses chaussures, le ciel peser sur ses épaules, une main presser son ventre. Ce doit être ce qui s'appelle vivre.

Vivre ! Être vivant ! y a-t-il autre chose plus importante sur Terre, finalement ? Vivre, le savoir, le sentir, le dire et l'écrire.

L'ordinateur est resté ouvert : elle tape sur cinq touches de son clavier puis sur le point d'exclamation, alignant sur plusieurs rangs le seul dernier texte auquel elle puisse trouver une légitimité :

« *Vivre ! Vivre !*

Vivre! Vivre! Vivre! Vivre! Vivre! Vivre! Vivre! Vivre! Vivre! Vivre! Vivre! Vivre! Vivre! Vivre! Vivre! Vivre! Vivre! »

Puis elle éteint son ordinateur. Et arrose ses plantes.

Allez-y, Héron, je vous écoute.

Par quoi voulez-vous que nous commencions ? Le monde ? Vous ? La famille ?

Ah non, pas la famille, pas aujourd'hui, déjà hier, pendant une heure !

J'ai envoyé un bouquet de fleurs à votre belle-fille pour son anniversaire.

Vous avez bien fait. Vous n'avez pas signé de mon nom, surtout ?

Non. J'ai fait glisser une carte anonyme, j'ai pensé que vous n'aviez pas envie qu'Adeline sache que vous n'êtes pas aussi dépourvue de sentiments que vous feignez de l'être.

Parfait. Il y a des femmes pour qui le passage des quarante ans est aussi difficile à franchir que le cap Horn, vivement que ça change, tout ça. Elle pensera qu'elle a un admirateur anonyme. Ça l'aidera.

J'ai envoyé un livre de votre part à votre cousin, pour sa fête.

Parfait. J'espère que vous avez mieux imité ma signature que la dernière fois.

Je me suis entraîné, impossible de voir la différence. D'ailleurs il a déjà répondu. Touché de l'attention.

Bon bon et dites-moi plutôt, le monde, comment va-t-il ?

Lequel ?

Celui que vous voulez, sauf le quart-monde, il y a déjà des ONG qui s'en occupent.

C'est ça, faites la méchante... À ce propos vos versements caritatifs sont à jour, apprenez que vous avez viré 225 € pour aider à creuser des puits en Inde où la sécheresse atteint des sommets et 45 € pour

C'est nul.

Quoi donc ? Vous auriez préféré aidé à la scolarisation des

Votre phrase, elle est nulle, vous parlez d'un *puits* et juste après de *sommets*, faudrait savoir.

Vous préférez que je dise que la sécheresse touche le fond ?

Je préfèrerais que vous me parliez des autres mondes.

Patronne voyons, on ne parle plus du premier ni du deuxième monde depuis la fin de la guerre froide ! D'ailleurs, pour votre gouverne, tiers-monde ne se dit pas par référence aux deux blocs, capitaliste et communiste, mais au tiers état de la Révolution française, qui avait l'impression de « n'être rien » comme disait l'abbé Sieyès. Au fait on est en quelle année, Marie-Madeleine, vous vous souvenez ?

2000 ?

Presque, un petit effort...

2010 ?

Vous brûlez... allez... deux mille...

2019, je le sais bien, Achard, m'emmerdez pas, j'ai encore toute ma tête. Racontez-moi plutôt les autres mondes, vous dis-je, le cinquième, le sixième, les ailleurs...

Ah, je vois. On parle de la Lune, un peu ? Il y a longtemps qu'on ne l'a fait, va falloir actualiser votre science séléniaque.

Marie-Madeleine, comme une petite fille, une main occupée à tenir son masque devant sa demi-face, applaudit en tapant de l'autre main sur l'accoudoir de son fauteuil, oh oui, oh oui !

La dernière fois, nous allions parler des *États et empires de la Lune,* écrits en 1650 par Cyrano de Bergerac. On s'y nourrit de fumée,

Ah !

On y paie ses dépenses en poèmes versifiés,

Oh !

On y rajeunit

Mouais, faut voir...

Le héros y retrouve ses quatorze ans

Surtout pas, treize ans, c'est juste avant quatorze ans.

Certes... Et alors ? Quel est le problème avec vos treize ans, Marie-Madeleine ? Racontez-moi. Que s'est-il passé, en 1945 ?

J'ai dit l'autre monde, Héron ! Et vous me collez le nez dans le passé ?

Bon, plus récent que Cyrano qui date un peu...

Et ainsi de suite, trois jours par semaine. Marie-Madeleine au fil des semaines coupe de moins en moins la parole à Achard, qui n'a pas besoin de consulter les fiches qu'il prépare en ordonnant le monde selon des lois taxinomiques personnelles :

ce qui va bien/ce qui va mal, subjectivement

ce qui concerne directement sa patronne/ce qui concerne le monde extérieur à elle, en cercles concentriques de plus en plus larges, Gwenaëlle, la famille, les voisins, le quartier, le reste.

la Lune/le ciel

les filles/les garçons

les potins/l'important

le savoir passé, Platon, Kant, l'étymologie, Jung/les sciences futures, biologie, biochimie, astronomie, neurologie

Il a renoncé à une catégorie Politique le jour où Marie-Madeleine a déclaré péremptoirement que tout-est-politique et en même temps, morbleu, que rien ne l'est puisque de toute façon les décisions les plus importantes nous échappent et qu'on ne décide de rien.

Il renonce à découper le social en s'aidant du nom des différents ministères, le jour – le même, un de ces jours où elle râle contre tout et tous – où elle déclare que ce découpage est nul vu qu'il n'y a pas de ministère des Affaires antisociales alors que c'est principalement à ça que le gouvernement semble se consacrer, ventrebleu.

D'où Achard déduit, de ces jurons qui se gardent d'offenser Dieu malgré leurs accents anarchistes, qu'il pourrait bien parler des religions de temps en temps, en les classant selon leurs prophètes sans oublier les prophétesses, Sarah, Myriam ou Mariam, Deborah ou Assiah car la dame est très sensible aux questions féministes. Rapidement toutefois, les ronflements réels ou feints de Marie-Madeleine dès que le sujet est abordé le décident à réserver cette conversation à l'heure de la sieste: le sujet a le chic d'endormir sa patronne. Elle ne dure jamais bien longtemps, mais elle repose aussi Achard, cette petite pause, parce qu'il faut s'y tenir, quand même, à jouer le rôle du héron, heureusement qu'elle me paie bien, enfin, c'est toujours mieux que la maintenance des ventilateurs, dont j'avais fait le tour et puis au moins ça couvre les frais de ma série.

Ainsi font le héron et sa patronne, jour après jour. Achard comble peu à peu les lacunes de la biographie de Marie-Madeleine. Il a vite repéré sous ses rodomontades un peu bourrues de personne âgée, des angoisses anciennes de petite fille, et sous des confusions chronologiques qu'elle veille à dissimuler, des zones de turbulences intenses. Achard ne sait pas où exactement, il faudrait qu'il pratique l'hypnose pour pouvoir interroger Marie-Madeleine, mais ça, je sais pas faire et puis après tout qu'est-ce que j'en ai à battre, elle a des trous de mémoire et moi des trop-pleins, on était fait pour s'entendre. Il émerge cependant parfois, de ce puits sans fond, un nombre, 45. C'est toujours ce nombre ou un de ses multiples, ou de ses variantes, 54, 454 etc… qui sort spontanément, si Marie-Madeleine doit proposer des numéros pour un loto, ou miser une somme. Ce qui se cache derrière ces chiffres de guerre est encore obscur pour Achard. Il tente bien parfois, de lui rendre la mémoire sous un prétexte ou un autre, mais elle se dérobe à toute intrusion dans cette partie-là de son histoire, volontairement, ou inconsciemment, je ne sais pas mais je n'insiste pas, l'oubli est parfois une chance et je me débarrasserais bien de cette excellente mémoire qu'on m'envie, quand je la sens trop pleine et trop lourde. Mais tout de même, si c'est une histoire d'amour qui s'est jouée en 1945, dans la vie de Marie-Madeleine, il aimerait en connaître le détail et la recette, pour un épisode possible de son *CouchCooking*, qui sait... Il n'est plus à court d'argent, mais il ne faudrait pas qu'il devienne en manque d'idées, sinon l'aventure va s'arrêter là et il ne verra plus Nadège arriver tous les matins, parfois une demi-heure avant 9 heures quand elle a envie de faire l'amour, vite, avant l'arrivée des deux autres, bon Dieu Nadège, et moi qui ne sais jamais à 8 h 30 si tu vas sonner ou pas, je veux que tu sois là tous les jours à cette heure, tous les jours tu m'entends et ne t'avi...

Alors cet autre monde de la Lune, Héron, j'attends...

J'y viens, j'y viens, donc, plus récent que Cyrano qui date un peu, disais-je, mais toujours à propos de la Lune :

– On y a découvert une nouvelle grotte de cent mètres sur cinquante kilomètres dans la région des collines Marius. Il pourrait y avoir de l'eau ou de la glace au fond. De quoi accueillir toute une ville comme Philadelphie.

– On avait découvert des molécules d'eau sous forme de glace, au fond de grands cratères en 2008 ; on est désormais certain de la présence d'eau solide au fond de microcratères, d'après une étudc dc Nature Astronomy.

– Pékin envisage de construire une base lunaire sur la face cachée de la Lune. Cette face est moins polluée par les bruits électroniques venus de Terre que la face visible. Des radioastronautes espèrent en conséquence pouvoir retirer de l'étude des fréquences radio de cette face, des informations nouvelles sur les trous noirs, la formation de la Lune il y a quatre milliards d'années, l'origine de notre système solaire. On pourra remonter jusqu'au big bang, dont ils escomptent capter un lointain écho.

– Le milliardaire japonais Yusaku Maezawa sera le premier touriste lunaire. Il partira avec quelques personnes, tirées au sort, ou des artistes. On cherche le moyen de ressusciter Jean-Michel Basquiat pour l'occasion. Le nom du sculpteur Gerald Artus circule. Celui de la chanteuse Katy Perry aussi, sauf si Orlando Bloom la met enceinte. Il y songe. Elle a déjà l'habitude de se couper les cheveux en phase ascendante de la lune, pour les rendre plus épais, comme Pierre Niney. Par contre, Franck Dubosc, lui, attend toujours que la lune soit en phase descendante pour se raser, et Depardieu pour s'épiler, comme vous, à propos, voulez-vous que je vous coupe les ongles, ils sont de même nature que les cheveux vous savez ?

C'est ça, coupez-moi les ongles, oui. Donc si je comprends bien, ce monde-ci va mal et on va exporter ce mal sur la Lune, on va la coloniser, et puis on va la polluer, comme on a fait avec la Terre.

Achard ne réagit pas, il n'est pas là pour exprimer un avis et puis ces histoires de Lune, il ne voit pas bien en quoi cela pourrait, à terme, l'aider en quoi que ce soit à changer le cours de sa propre vie ni à payer le ravalement de façade ni à garder Nadège.

Ce en quoi il a tort, mais même la vieille ne le sait pas encore.

Et puis enfin, en ce premier jour de l'été 2019, Achard trouve quelque chose.

Il est 14 heures et comme à son habitude, Marie-Madeleine s'assoupit après le repas et la séance de palpation seins bas-ventre nuque auxquels s'ajoutent depuis quelque temps, paume des mains et plante des pieds, après y avoir déposé quelques gouttes d'une huile de massage parfumée à la grenade. Achard accomplit scrupuleusement cet examen préventif des vieux seins affaissés et quelque peu dégonflés aux tétons noirs, du ventre à la peau moelleuse et flapie, des pieds déformés par des cors au-dessus et de la corne au-dessous. Le corps de Marie-Madeleine, parfumé de haut en bas, pétri par le Temps, tiraillé par les ans qui l'auront tour à tour gonflé ou vallonné, arrondi et creusé, le fascine. Il aime en suivre l'histoire et en deviner les secrets dans les plis, les douleurs, les cicatrices, les callosités, les angulosités osseuses. Doux sans chercher à l'être, Achard découvre patiemment tout ceci, il n'a pas eu de grand-mère et sa mère âgée ne laissait voir que ce qui dépassait (visage, mains, pas même une épaule) d'une grande masse de châles, gilets, plaids. Elle avait toujours froid et à sa retraite de greffière, veuve, elle s'était installée dans le Sud de la France, loin de ce fils qu'elle avait eu tard, près du soleil qui réchauffe le corps et de son autre fils qui réchauffe le cœur, heureusement que je l'ai celui-là, on le saura, maman, que j'étais un accident. Elle était morte l'année précédente sans qu'Achard la revît. Elle ne lui laissa aucun bien, son fils aîné ayant déjà, au fil des ans, tout fait dépenser à leur mère à son profit exclusif.

Ce 21 juin, les effets conjugués du massage, de l'âge et d'un délicieux bien-être ont donc raison de la vigilance de Marie-Madeleine. Elle s'endort sur son fauteuil, doucement apaisée par la voix câlinante d'Achard, il lui chanterait presque une berceuse s'il en connaissait et si sa patronne pouvait apprécier autre chant que ses fameuses opérettes. Mais de toute façon, point n'est besoin de chanson : les yeux de Marie-Madeleine se ferment, sa tête dodeline un instant, un mouvement réflexe de son cou la lui redresse brutalement une ou deux fois avant qu'elle ne cède à Morphée, même qu'Achard se demande un peu quelle forme gourmande il prend dans votre rêve, aujourd'hui, Morphée, Patronne, pour que vous ayez cette bave qui sourd de votre petit sourire en coin !

Quand il est assuré qu'elle est bien assoupie, Achard explore le contenu des poches de Marie-Madeleine, avec d'infinies précautions. Il ne sait pas très bien ce qu'il cherche mais quand il sent sous ses doigts un cercle de bronze froid gravé d'une fleur de marguerite en relief dont la tige s'épanouit en un lourd panneton, il est certain de l'avoir trouvé. La clef du secrétaire ! Le fameux sésame de cette porte toujours close et rabattue sur les secrets, à n'en pas douter, de sa patronne.

Les pieds sur les patins pour ne pas marteler le parquet, Achard glisse vers le meuble du salon. Sans bruit, à la lumière de son seul téléphone portable, il introduit la clef dans la serrure, c'est bien elle, et l'abattant s'ouvre en libérant, outre un fort parfum de lavande, une pile de papiers et de dossiers. Achard suspend un court instant son geste, pour profiter des délices de l'interdit, nous y voici, Patronne, l'heure est venue de dévoiler vos mystères, qu'est-ce que je vais trouver là-dedans, dites-moi… Les narines palpitant d'excitation, il hésite à poursuivre, Pandore, la femme de Barbe-Bleue, Lord Carnarvon, il ne leur est pas arrivé que du bon, à tous ceux-là que la curiosité a poussés en avant… Y a-t-il des scorpions ou des cadavres dans vos tiroirs, Patronne, risque-t-on la maladie ou la malemort, à les entrebâiller ? Un grognement de Marie-Madeleine dans son sommeil précipite les choses. Vite, il parcourt les chemises des différents dossiers, soigneusement identifiés, plus vite, rien à foutre des Impôts, de la Caisse d'allocations familiales. Dans le dossier Finances, que des factures. Le dossier Santé prouve que la vieille femme a la vie dure, la vache, vos résultats d'analyse sont quasiment meilleurs que les miens ! Ici ce sont des articles de magazines découpés et rassemblés dans un dossier « Affaire MAT ». Intrigué, Achard le feuillette : ce sont des articles parus dans le cahier sexologie de *Mademoiselle Âge Tendre*, dans les années 1970. Certains signés de Marie-Madeleine Fossey, infirmière, d'autres du docteur Nicole Sentilhes. L'une et l'autre abordent la question de l'amour sous l'angle anatomique, mais pas seulement. On trouve aussi, pour l'information des jeunes filles de l'époque, des renseignements sur le plaisir, les zones érogènes, la contraception. Ce qui eut l'art de déplaire aux parents, comme en témoignent les lettres anonymes que Marie-Madeleine a aussi gardées, traitant les deux femmes de « sales, maudites, ignobles ! Vous leur parlez du plaisir au lieu de les mettre en garde contre l'amour ! Mais si nos jeunes filles sont informées de la contraception, elles n'auront plus de frein, plus de peur, ce serait terrible. Alors, faites donc aussi un article sur les maladies vénériennes. »

Un nouveau soupir de Marie-Madeleine dans son fauteuil abrège la lecture d'Achard, qui referme le dossier en se promettant bien d'amener sa patronne à parler de cette période. L'idée commence à faire son chemin de faire évoluer sa série vers quelque chose de plus documenté historiquement : un épisode des années 1930, un autre au moment de la libération sexuelle des années 1970, etc.

Enfin, une chemise Testament attire son regard. Le dossier est bien épais pour un testament, vous avez donc tant de biens que ça qu'il vous faut plus de dix pages pour le distribuer autour de vous ! Achard n'a pas le temps de l'ouvrir, sa patronne, cette fois, se réveille. Vite, il prend un paquet de feuilles vierges dans une rame qu'il repère juste à côté et les substitue au contenu du dossier, qu'il glisse sous sa chemise en se promettant de le rapporter le lendemain. Dans sa hâte, il en oublie d'emporter les dernières pages imprimées, tant pis mon gars, dépêche-toi, elle va te voir ! Il referme chemise et secrétaire en deux secondes, éteint son téléphone et rejoint le fauteuil de sa patronne juste à temps, amusé de se sentir dans la peau de ces espions qu'on voit au cinéma réduire en microfilms les documents secrets de puissants états ou dérober des plans de bataille militaire – quoiqu'on les voie rarement se déplacer en patins à parquet. Il glisse la clef dans la poche de Marie-Madeleine juste avant qu'elle n'ouvre un œil circonspect, qu'est-ce que vous fabriquez là, Achard, vous me tripotez ?

Mais pas du tout, Patronne, je remonte la couverture sur votre menton !

Ah bon, parce qu'attention on ne me la fait pas, à moi, je ne suis pas une vieille au bois dormant, les baisers, je les veux bien éveillée !

Elle lui sourit, il passe une main affectueuse dans ses cheveux.

Alors Héron, les nouvelles du jour, on est mercredi, qu'est-ce qui sort en salles aujourd'hui que je ne verrai jamais mais dont je devrai pouvoir dire trois mots quand on m'interrogera, ce qui n'arrivera pas davantage ?

C'est parce qu'elle couche avec Achard que Nadège, sous les jets massants de sa douche matinale, décide qu'elle va se rendre chez Louis, aujourd'hui même, dans l'intention de lui faire l'amour.

La situation devient en effet un peu difficile, entre un homme qu'elle n'aime pas, qui lui donne des ordres, qui la regarde comme sa chose mais dont le contact de la main, même à travers trois épaisseurs de tissu, provoque la puissante décharge électrique d'un désir survolté ; et un autre homme qui est toute tendresse et affection, dont elle a envie de caresser les cheveux et la joue, mais qui la regarde au fond des yeux comme une inaccessible étoile au fond de son ciel d'écrin. Ne rien montrer à l'un de ce que l'autre lui inspire relève de la gymnastique. Oculaire, d'abord : éviter les regards qui pourraient trop en dire ou signifier le départ d'une conversation qu'elle fuit. Physique aussi : se faufiler dans le couloir exigu, se faire diriger devant la caméra, se croiser devant la thermos de café sans que les corps s'effleurent, et plus difficile encore pour Nadège, jouer avec Louis son partenaire la comédie de l'amour (dans la série) en restant à distance (dans la vraie vie), parce que l'œil d'Achard surveille tout, alors même qu'elle meurt d'envie de jouer la scène au premier degré en envoyant promener tout ce qu'elle pouvait avoir appris sur le paradoxe du comédien et sa nécessaire mise à distance de ses émotions réelles pour pouvoir incarner des émotions jouées.

Mais finalement, la solution pour sortir de cette situation calamiteuse est très simple et Nadège, à présent debout devant son placard à choisir ce qu'elle va porter aujourd'hui, va donc la mettre en pratique sans plus tarder :

1. donner à Achard, qui a déjà eu son corps, un peu de son âme ;

2. donner à Louis, qui a son cœur depuis longtemps, tout de son corps.

Il n'est pas certain que les deux hommes en sortent meilleurs amis ; mais elle-même va y retrouver son unité. Éros et Agapè cesseront de batailler en elle, par l'union de la matière et de l'esprit, de sa chair sensible délicieusement vibratile, et de son âme immatérielle tout attendrie.

Elle attrape une robe d'un bleu ciel sans nuage, et entreprend de l'enfiler, ravie de sa décision, car faute de cette complétude, l'amour est deux fois insatisfaisant – et sa robe, en plus, un peu étroite : au niveau individuel (Nadège passe avec difficulté le bras droit dans une manche), si le corps se désunit de l'âme en un des deux amants, soit le corps jouit mais la tête est ailleurs comme c'est son cas, avec Achard ; soit la tête est heureuse mais le corps ne suit pas ; dans les deux cas, l'individu, scindé, souffre de césure, d'une fracture intime qui le laisse désarticulé.

Au niveau du couple (elle passe à présent le bras gauche dans la deuxième manche), si le corps de l'un ne répond pas au désir du corps de l'autre (sera-ce le cas avec Louis, elle doit le savoir), ou si les deux têtes n'ont aucun atome crochu, rien à se dire, aucune nourriture de l'âme à partager, aucune histoire à se raconter (sera-ce le cas avec Achard, c'est ce qu'elle doit vérifier), même si les corps s'accordent un temps (les deux bras enfin dans les deux manches, Nadège tire sur le tissu pour faire descendre la robe sur ses hanches), le couple, déchiré, souffre de cette faille qui le laisse brisé.

C'est pourquoi, pour simplifier sa vie, ce samedi, Nadège qui cherche à présent ses chaussures, va se diriger vers l'appartement de Louis d'un pas allègre. Elle ne va pas *coucher* avec lui, ils ne vont pas avoir une *relation sexuelle*, toutes expressions qui manquent du minimum de poésie nécessaire à une célébration amoureuse : ils vont se connaître, complètement, bibliquement, cérémonieusement.

Et lundi matin, en arrivant plus tôt chez Achard, vers 8 heures, ce sera l'inverse et pour une fois, ils parleront ; elle ignore tout de lui, sinon qu'il a un frère, quelque part, il ne sait rien d'elle, sinon que sa mère a disparu quand Nadège était très jeune. Elle lui racontera le peu qu'elle-même connaît très mal, quand elle y songe, sur ses origines.

Il est d'ailleurs peut-être temps qu'elle s'y intéresse, à cette prime enfance. Selon ce que dit Achard, ce n'est jamais bon de ne pas savoir d'où l'on vient. Ce n'est jamais normal de ne pas avoir envie de savoir. Elle avait haussé les épaules, jugeant ses *jamais* très péremptoires.

Mais peut-être est-il temps d'essayer de recomposer son histoire. Ressaisir son unité. Réconcilier l'enfance et la vie adulte, la famille d'accueil et la famille biologique.

En attendant, aujourd'hui, c'est l'âme et le corps qu'elle va raccommoder et acoquiner. Aimer ! Pas un seul homme, mais deux, Jules et Jim, Achard et Louis, et chacun complètement. Que c'est simple, la vie, et qu'il est beau son tourbillon !

Elle arrive à la porte de Louis. Guillerette, elle grimpe les trois étages à pied et sonne à la porte.

Il ouvre.

Elle entre, d'un pas libre.

Ce n'est pas du tout ce qu'il croyait.

Achard s'attendait à un document de type administratif, je soussignée Marie-Madeleine Marin-Fossey née à Avranches le tant et domiciliée à telle adresse, déclare, etc, suivrait la désignation d'un légataire général et universel, puis une liste de biens meubles et immeubles. Certifié par un notaire.

Or, assis sur une chaise de son coin cuisine et cigarette à la bouche, ce qu'il a sous les yeux, les pages encore toutes chaudes d'avoir été au contact de son ventre, ce qu'il découvre et qui le laisse interloqué, puis déçu, puis énervé, puis amusé, enfin de plus en plus intéressé, ce n'est pas cela du tout.

C'est un roman.

Testament est le titre d'un roman.

Marie-Madeleine Fossey-Marin est en train d'écrire son premier roman, à quatre-vingt-dix balais, alors là chapeau Patronne, vous m'en bouchez un coin.

C'est une sorte de roman à suspense dont il manque la fin, ce qui frustre Achard lorsqu'arrivé au dernier feuillet, il ne sait pas encore si le personnage principal, qui a nom Christophe Lambert, va tuer l'autre personnage,

Jeanne Boucher, qui subit de plus en plus son emprise. La réponse est sans doute dans les pages qu'il a laissées dans le dossier. Il pourrait poser directement la question à sa patronne, demain, mais ce serait avouer que j'ai mis le nez où il ne fallait pas, et ça vous ne me le pardonneriez pas, hein, sacrée Marie-Madeleine, quand même, un roman !

Achard quitte sa chaise, et se dirige vers sa fenêtre. Il a reconnu dans la vitrine des Éditions Thanatographes, le cabinet de curiosités de sa patronne. Il en est presque ému, de penser à ce que la vieille dame, qui voit approcher l'heure de l'adieu définitif à toute forme de vivant, a dû glisser de ses propres questionnements dans ce personnage de Jeanne, une femme certes beaucoup plus jeune mais en situation elle aussi de rédiger un texte testamentaire – puisque c'est au fond l'argument principal auquel se résume le roman de Marie-Madeleine. Premier roman d'une vieille dame, dernier texte d'une femme encore jeune… Il reconnaît bien dans ce miroir la pudeur de sa patronne – ou comment ne jamais parler directement d'elle – tout de même, qu'est-ce que vous avez dissimulé de vous dans cette histoire, Patronne, je suis bien placé pour savoir qu'on met toujours de soi dans les histoires que l'on invente, en ce qui me concerne il ne faudrait pas chercher bien loin dans le désamour maternel et l'absence de paternel pourquoi je cherche aussi furieusement la recette de l'amour idéal – mais vous, Patronne ?

Achard aimerait vraiment savoir comment Marie-Madeleine compte sortir son personnage de Jeanne de cet impossible choix, va-t-elle ou non signer, va-t-elle aimer, être aimée, va-t-elle mourir, va-t-elle mourir d'aimer, va-t-elle aimer mourir d'amour ? Comment dérober la suite du roman ? Est-il d'ailleurs achevé ? Jusqu'où Marie-Madeleine l'a-t-elle rédigé ? Manquerait plus qu'elle meure entretemps, avant d'avoir pu terminer son histoire, âgée et fatiguée comme elle est.

Une idée sinistre lui traverse l'esprit. Et si la vieille dame signait avec ce texte un adieu ? S'il servait à dissimuler des accès de mélancolie, ce masque vénitien qu'elle se plaque devant le visage ? Qui sait si l'œil qu'elle cache derrière n'est pas plein de larmes, quand celui qu'elle montre brille de malice ?

En attendant, demain, il remet le dossier à sa place. Ni vu ni connu. Et si la vieille dame a des envies de disparition, il ferait mieux de trouver le moyen qu'elle pense à lui dans son véritable testament, parce que c'est son gagne-pain qui partirait avec elle, et donc la survie de la série, et donc ses rendez-vous quotidiens avec Nadège, alors pas de blague, Patronne, interdiction de mourir, vous ne me faites pas ce coup-là, il me faut du fric pour continuer d'embaucher Nadège – et je veux la fin de l'histoire.

« Je ne sais pas comment nous sommes, nous sommes, nous sommes,
mais mon Dieu que c'est bête un homme, un homme, un homme… »

Marie-Madeleine esquisse joyeusement un pas de deux un peu bancal, en écoutant *L'Amour masqué*, dont les paroles, ma foi, parlent de toi mon cher Achard. Est-il stupide, ce héron, ou la prend-il pour une idiote ? De ces deux hypothèses également désagréables, elle préfère la première, tant qu'à faire. Sous prétexte qu'il est écrit *Testament* sur mon dossier, il s'imagine, comme Suzanne, que j'ai rédigé un testament, franchement, comme s'il fallait croire les apparences, comme si les apparences renvoyaient à la réalité, comme si les apparences n'étaient pas changeantes, dansantes, vouées à la métamorphose perpétuelle, ce serait nouveau, que nous sachions échapper à la tromperie du paraître, j'espérais que toi au moins, tu le saurais. Mais non, on dit *argent* et voilà que cela sautille dans le bocal. *Sexe* aussi a ce pouvoir d'agitation. *Mort* cela dépend. Mort est un mot qui tétanise, un mot-Méduse qui pétrifie, un mot capable de tuer sur place quiconque en a peur. Mais le duo argent-mort, il est redoutable, et Marie-Madeleine le vérifie de nouveau avec Achard, qui s'est jeté sur son dossier Testament comme une fouine sur une musaraigne.

Car le héron est un fouineur, en réalité. Il a fallu du temps à Marie-Madeleine pour le remarquer, je vieillis ma parole, mais depuis quelque temps, aucun doute possible. Cachée derrière la porte des toilettes d'où la vue sur le secrétaire est imprenable depuis qu'elle a déplacé le grand Voltaire qui le masquait, elle a bien remarqué qu'il fouillait dans ses affaires.

C'est dommage, un si beau héron. Mais elle peut encore s'amuser avec lui, avant de le renvoyer. Il pensait qu'elle ne le remarquait pas mais elle n'en perdait pas une. Elle l'a vu, hier, ouvrir son dossier Finances, jaune d'or, et le refermer déçu de n'y trouver que des factures de gaz et d'électricité. Elle l'a vu frétiller de curiosité devant le dossier Santé, rouge sang. Elle l'a vu, évidemment je t'ai vu pauvre idiot, se saisir du dossier Testament et, quand sciemment, pour lui faire peur, elle a feint de bouger dans son semblant de sommeil, elle l'a vu qui se dépêchait d'en cacher quelques feuilles sous sa chemise.

Elle regrette un peu de ne pas pouvoir assister en direct à sa réaction quand il va comprendre que ce Testament n'en est pas un.

Pas au sens classique, normal, légal et notarial du terme.

Car d'une autre manière, bien sûr que ce document vaut pour dernières volontés, désirs ultimes, pensées finales, mais ce n'est pas ce que cherche Achard. Lui veut sans doute savoir si elle a du bien, hein, ça t'intéresserait, ça, de savoir si tu as quelque chose à gagner de plus que ton salaire à me servir comme tu me sers, fort bien au demeurant, rien à redire là-dessus, tu bosses bien, pas aussi bien que Suzanne mais tu t'en sors.

Marie-Madeleine regarde sa montre : Achard arrive dans une heure. Sera-t-il furieux, sera-t-il distant ou agressif, sera-t-il fatigué ? Elle ne déteste pas ce grand gaillard. Elle connaît ces courts métrages qu'il tourne à l'étage supérieur, chaque matin. Gwenaëlle qui lui en a parlé les juge bons, elle-même les trouve excellents sans en rien dire à personne, naturellement, par fidélité à son personnage de vieille femme qui n'est pas censée naviguer sur Internet. Elle en aime l'univers baroque, précieux, non sans désinvolture, et un peu chahuté. Elle s'est fait expliquer par sa petite-fille le titre, dont elle ne saisissait pas le jeu de mots, ignorant tout du CouchSurfing. Elle s'est renseignée sur son héron : rien ne sort au plan personnel, en revanche il a obtenu un début de reconnaissance pour son travail, sa chaîne est un peu suivie, mais certainement qu'à son âge, la cinquantaine, il désire autre chose que la queue d'un diable à tirer.

Et puis il y a cette Nadège, dans la série d'Achard. L'actrice a tout de suite plu à Marie-Madeleine, celle-ci ne saurait dire pourquoi. C'est quelque chose qui traverse tous les personnages qu'elle incarne, qui demeure en dépit de tous les travestissements, et qui la rend attachante. C'est quelque chose qui vient de loin. Marie-Madeleine sait bien qu'au cinéma, l'authentique se fabrique. Mais cette Nadège, malgré tout, elle n'a pas seulement du métier et du tempérament. Elle a un petit quelque chose en plus qui fait que la vieille dame, dans sa chambre, tous les matins, pour rien au monde ne raterait un épisode de *CouchCooking*. Et puis elle forme à l'écran un si beau couple avec l'acteur Louis que Marie-Madeleine ne serait pas surprise que ceux-là, dans la vraie vie aussi, ils crac-craquent, comme disait sa mère. Ce n'était peut-être pas le cas au début de la série, mais depuis quelques épisodes, il semblerait bien que les regards entre eux soient plus tendres et les pupilles moins dilatées d'un désir inassouvi et elle a le flair, Marie-Madeleine, pour sentir ces choses-là, elle n'a pas écrit pour rien des articles de sexologie pendant des années. Mais comme Achard paraît également bien tourmenté par cette Nadège qui lui tire les traits dès qu'il parle d'elle, Marie-Madeleine est persuadée que la jeune femme l'a aussi comme amant, ce qui lui en fait deux, comme dans *L'Amour masqué* que la vieille dame repart à chanter haut et fort :

« *Un seul amant, c'est ennuyeux,*
c'est monotone et soupçonneux,
tandis que deux,
c'est vraiment mieux… »

Un coup discret à la porte signale l'arrivée d'Achard. Marie-Madeleine n'a que le temps de jaillir dans son fauteuil roulant, de le rouler jusqu'au couloir de l'entrée et de se masquer le visage.

Vous êtes en avance, Héron, aujourd'hui, ne me dites pas que vous comptez partir plus tôt, je vous paie pour me tenir compagnie jusqu'à 17 heures et je ne vous lâcherai pas avant.

Bonjour, Patronne, il est 14 heures pile de rappelez-moi quel jour de quelle année ?

Marie-Madeleine consulte sa montre, il a raison, il est ponctuel, et c'est elle encore qui a perdu la notion de l'heure, pour ne rien dire de la date. Elle a beau le nier et donner le change autant que possible, elle doit reconnaître qu'une certaine confusion lui embrouille parfois l'esprit depuis quelque temps. Elle croyait en avoir triomphé, ou du moins garder le contrôle de ces dérapages, elle espérait en jouer et n'en laisser paraître que ce qu'il faut pour compléter son personnage de vieille folle auprès des autres. Mais ce personnage la rattrape, l'âge venu. Une attaque cérébrale qui m'a laissé paralysée, avait-elle répondu à Achard lorsqu'il s'est montré curieux de savoir ce qui la vissait sur ce fauteuil. Elle ignore s'il soupçonne que ce n'est qu'une partie de la vérité, mais il n'a plus posé de questions.

Et maintenant qu'il est là, devant elle, elle ne sait pas davantage quand il va comprendre qu'elle est informée du larcin, mais elle s'en amuse beaucoup. Va-t-elle lui cacher qu'elle l'a vu voler son Testament, ou le lui cracher à la figure ? Mais peut-elle le lui révéler, et dévoiler sa fourberie, sans avouer par là même ses propres mensonges ? Un voile entoure cet homme-là, qui rend ses intentions opaques, mais un autre enveloppe Marie-Madeleine, et le moyen de lever l'un sans toucher à l'autre, il faut que je décide, je peux aussi souffler un grand coup, et à bas tous les masques : ce serait classe, Mado, dirait Gwenne.

Achard est bien embêté. Marie-Madeleine ne le lâche pas des yeux aujourd'hui, comment va-t-il pouvoir remettre le dossier en place dans le secrétaire sans qu'elle le remarque, comment détourner son attention, comment endormir sa méfiance, voire comment l'endormir tout court, l'endormir tout entière, en voilà une idée qu'elle est bonne, j'aurais dû ramener un de mes somnifères, je l'aurais discrètement glissé dans sa tisane détoxifiante, peut-être a-t-elle ce qu'il faut dans sa pharmacie.

Mais lorsqu'il prend un air dégagé pour se diriger vers la salle de bains, la voilà qui s'interpose, eh bien Héron, on ne sert pas à sa patronne préférée son petit pâté d'informations culturelles et politiques cet après-midi ? pas de hachis familial ? pas de purée prémâchée de sciences exactes, de sciences humaines, de sciences occultes ? Qu'est-ce qui vous arrive aujourd'hui, je vous trouve bien nerveux !

Achard esquisse un geste vague en direction des toilettes, puis renonce à s'y rendre, y trouverait-il ce qu'il veut, il ne saurait comment le lui faire avaler, vigilante comme elle est.

Il tente donc une autre stratégie. Plus doucereuse. À défaut de l'endormir, il pourrait l'amadouer. Saisissant le fauteuil par ses cornes, il le ramène vers le salon, dos au secrétaire, enveloppe Marie-Madeleine dans un plaid polaire très doux et bien chaud, tout va bien Patronne, vous voulez boire quelque chose, une petite camomille ?

À trois heures de l'après-midi, vous voulez rire ?

C'est que les nouvelles du jour sont assez effrayantes, nous vivons une ère de cruauté impitoyable. J'ai des chiffres alarmants à vous communiquer, qui ne vont pas vous plaire, chaque manifestation de rue se solde dorénavant par des blessés graves, voyez, je ne vous cache rien, et certainement pas l'état du monde contemporain. Mais j'essaie de les enrober. *C'est le morceau de sucre qui aide la médecine à couler, ça vous rend la vie plus belle*, vous connaissez la chanson de Mary Poppins. Donc, pas de camomille, mais que diriez-vous d'une décoction de mauve adoucissante ou de coquelicot ?

Marie-Madeleine laisse dire, Marie-Madeleine laisse faire. Ne se départit pas d'un petit sourire en coin, mais boit à lentes gorgées gourmandes la boisson chaude tout en écoutant Achard égrener son chapelet de chiffres d'une voix excessivement monocorde et ennuyeuse.

En un an depuis la fin 2018, onze personnes en France ont perdu la vie au cours de manifestations qui ont aussi fait 2 495 blessés, dont 24 éborgnés, 5 mains arrachées, un testicule amputé, tenez Marie-Madeleine, encore une gorgée. Selon un communiqué d'A.T.D Quart Monde, que l'on trouve sur l'Observatoire national de la pauvreté et de l'exclusion sociale, l'écart entre l'espérance de vie moyenne des 5 % les plus aisés des Français, tenez, goûtez-moi ce bonbon des Vosges au miel, et des 5 % les plus pauvres est de treize ans, l'âge moyen des décès des SDF étant de quarante-neuf ans. Cela dit, en France, on a gagné quatorze ans d'espérance de vie ces soixante dernières années selon l'I. N. S. E. E, et *le taux d'extrême pauvreté dans le monde est à son niveau historique le plus bas, avec* moins de 10 % de l'humanité qui vit avec moins de 1,9 dollar par jour contre 37 % en 1990, selon le média économique Novethic – sauf en Afrique subsaharienne où il atteint 41 % mais on n'est pas obligé de s'installer là-bas, n'est-ce pas Marie-Madeleine, vous n'allez pas déménager pour le Zimbabwe et risquer d'y attraper le sida, sinon, 2019 aura connu des soulèvements populaires importants à Hong Kong, au Chili, au Liban, en France, en Algérie, au Soudan, où il aura suffi d'une étincelle, celle de la hausse de la taxe carbone en France, l'augmentation du prix du ticket de métro au Chili, ou l'instauration d'une taxe sur l'application WhatsApp au Liban pour embraser la rue. Des millions de personnes y ont défilé, non sans violences anti

Naturellement vous êtes objectif, dans cette appréciation, Héron ? Vous ne faites pas de politique, vous vous contentez d'énoncer des faits et des chiffres ?

Naturellement Patronne.

Alors ça va, et redonnez-moi vos petites choses à sucer, là, ça me fait du bien.

Achard glisse une poignée de pastilles sur le plaid de Marie-Madeleine tout en se demandant comment réussir à ouvrir ce secrétaire. La lente litanie des chiffres ne l'a pas assoupie, au contraire, semble-t-il. Il remonte la couverture, ajuste le coussin derrière la tête de la vieille dame, lui caressant au passage les cheveux, qu'elle a divinement fins, vous le savez, n'est-ce pas, Marie-Madeleine, que vos cheveux sont magnifiques, et vous ai-je dit qu'en France, les émissions de gaz à effet de sphère ont diminué entre 1990 et 2012 de 12 % et qu'entre 2000 et 2010, on est passé de 81 % à 93 % de filles atteignant la cinquième dans le monde, selon l'Unesco dans un rapport de 2015 ?

Marie-Madeleine opine de la tête, cette nouvelle lui plaît.

Mais soudain, elle attrape la main d'Achard, attardée sur son épaule, et se met à chanter, fort et faux comme d'habitude, l'air d'Offenbach :

« Ne prends plus l'air patelin/
On te connaît Jupin ! »

Achard, surpris, retire sa main.

Je sais ce que je dis, Héron, ne me prenez pas pour une brêle.

Marie-Madeleine tourne son fauteuil, allume la lumière et se dirige vers le secrétaire, qu'elle ouvre en grand. Achard sent un filet de sueur lui couler dans le dos.

Alors, il est où ? Mon roman, qu'est-ce que vous en avez fait ?

Non, sérieusement, Héron, vous pensiez que je n'allais pas rien remarquer?

Sans mot dire et sans quitter Marie-Madeleine des yeux, Achard ouvre lentement son gilet, retire les pans de sa chemise glissés dans son pantalon et les relève. Le dossier Testament est là, plaqué contre son ventre. Il le dégage et le tend encore tout chaud à Marie-Madeleine.

Je ne le pensais pas, vous sachant très futée, et très à l'affût, mais je l'espérais un peu. Cela m'aurait simplifié la tâche. Franchement, vous auriez pu faire semblant de rien et me laisser le remettre à sa place. Tandis que maintenant, il va falloir que je m'explique et

Oh ne te donne pas cette peine, va. Je me doute de ce que tu veux. T'es un héron avec une âme de vautour, fais voir un peu tes mains, je suis sure que des serres y poussent. Alors maintenant, qu'est-ce qu'on fait? Je te vire pour faute professionnelle? Tiens, déjà, je te tutoie.

Vous le pouvez, je ne nie pas la faute. Mais il y a mieux à faire.

Je t'écoute.

Votre roman est-il achevé? Je peux savoir si vous voyez comment le terminer? Parce que je peux vous donner des idées, après tout, c'est mon autre boulot, inventer des histoires, bâtir des scénarios.

Je t'écoute.

Résumons où vous en êtes, dites-moi si je me trompe. Votre personnage de Christophe, éditeur peu scrupuleux apparemment, a proposé à Jeanne, une autrice complètement paumée au plan amoureux et artistique qui l'attire, de signer un contrat de type faustien par lequel elle s'engage à lui livrer un texte qui sera son dernier opus, c'est ça ?

Je t'écoute.

Jeanne hésite. Elle ne sait pas si elle a envie d'écrire ce texte, si elle est à la hauteur de l'enjeu, mais elle a un peu le béguin pour Christophe et puis il lui promet la gloire...

Je t'écoute.

Exilée de tout, libérée de rien, elle m'a l'air tentée de renoncer. Écrire l'a déçue, ce n'est qu'une affaire de collage, une sorte de montage plus ou moins habile, simple ou complexe, de mots courants. Comme les chiens courants. *Right* ?

Comprends pas ton histoire de chien.

Les « chiens courants » en vènerie, ce sont des chiens de chasse. Ils vont en meute. Les mots aussi. Un texte n'est qu'une meute de mots, qui savent mordre, aboyer, faire du bruit, faire peur, ou jouer, comme je fais à présent, car le mot « courant » est un mot courant au sens de fréquent, mais « chien courant » est une expression plus rare. Mais faire mumuse avec la Muse, ça ne semble plus beaucoup lui plaire, à votre Jeanne.

Je t'éc

Oui je sais. Donc, sur ce, Christophe qui en a marre d'attendre, fixe un rendez-vous à Jeanne au Thabor, mais ça vire un peu à l'ultimatum. Ils sont dans le parc, il lui tient la main, tenez, donnez-moi la vôtre, comme ça, ce qui fait de l'effet à Jeanne, et là, le lecteur que je suis se demande s'il va, pardonnez-moi l'expression, la *baiser* ou non, et ce à tous les sens de ce terme. Je parierais que non. C'est lui qui va perdre. Elle va trouver une ruse, le moyen de signer un contrat qui ne la condamne pas. Savez-vous que vous me donnez là une idée, pour mon *CouchCooking*? Ajouter un ingrédient *baiser*, cette polysémie de *baiser*, tantôt trahir et tantôt charnellement posséder, qu'on retrouve dans le baiser de Judas (non que celui-ci ait eu une relation sexuelle avec Jésus, ce que j'ignore mais après tout pourquoi pas, en tout cas, il l'a bel et bien trahi après lui avoir roulé une pelle)… Marie-Madeleine ? Vous êtes toujours avec moi, vous m'écoutez ?

Plus ou moins. Tu cherches à m'emberlificoter avec tes chiens, tes bécots, tes baise-mains et tes parenthèses biblico-linguistiques mais ça ne marche pas. Rends-moi ma main, maintenant, tu n'en as plus besoin, je t'accorde un sursis.

Vous ne me licenciez pas ?

Pas tout de suite.

Achard dépose un respectueux baiser sur les doigts de Marie-Madeleine avant de les lui rendre, plus impressionné par la personnalité de la vieille dame et plus ému par les articulations tordues d'arthrite de ses doigts bagués qu'il ne veut l'admettre.

Merci.

Ça va, ça va, t'as gagné le retour au vouvoiement. Pour moi, le contrat étant signé, elle va l'écrire, ce dernier texte, si elle y parvient. Deux tentatives viennent d'échouer. Et je peux vous dire, on j'en bave à imaginer ses mots de la fin.

Et pourquoi ne l'écrirait-elle pas ? Vous ne pourriez pas la secouer un peu ?

Elle ne sait pas quoi écrire d'essentiel. Elle craint que romanciers et poètes ne soient des raconteurs d'histoires à peine plus habiles que les journalistes les politiques les publicitaires les assureurs les vendeurs de yaourts allégés ou de voitures et tous les institutionnels, et franchement, je la comprends un peu, ma Jeanne, les mots, ça reste trop souvent à la surface du monde en l'arrangeant, en le maquillant, pour le rendre simplement plus présentable. Les mots, c'est un soin cosmétique appliqué au cosmos, je ne vous apprends rien, Héron ? Par conséquent, ma Jeanne, elle se décourage un tantinet. Elle a tort mais c'est pas la question. Pour l'inventer je me suis inspirée des femmes qui nous écrivaient au journal, à mon amie et moi. Je la mentionne d'ailleurs, Nicole Sentilhes. Il faudrait qu'elle lâche prise, ma Jeanne, mais elle ne sait pas.

Faites-la picoler, s'il le faut, pour qu'elle s'abandonne – vous m'avez bien dit qu'on l'avait retirée à une mère alcoolique ? Faites-en un problème d'hérédité, débrouillez-vous, mais redonnez-lui le désir des mots, de leur nécessité. Il faut qu'écrire lui soit vital, si vous voulez que ne plus écrire lui soit mortel.

Pas forcément. Elle peut juste ne plus en éprouver l'envie. La vie est longue, l'être humain peut changer, tout désir est volatile.

Reste la solution Shéhérazade. Elle signe le contrat, elle écrit un texte, mais ne le termine jamais. Il s'achèvera à sa mort, dans une cinquantaine d'années. Ainsi elle respecte le contrat, tout en restant libre.

Marie-Madeleine et Achard envisagent un instant cette possibilité en silence. Puis, Achard conclut :

Dans tous les cas, Christophe ne va pas être content.

Oui, ça sent le roussi pour Jeanne.

Mais si elle arrête d'écrire, après son dernier texte, qu'est-ce qui l'attend ?

La vie ! La solution anti-Shéhérazade. Arrêter d'écrire pour vivre enfin. La vie et puis l'amour, bien sûr, un nouveau, un immense, un inconditionnel amour ! Enfin Héron, elle en pince pour Christophe, ça se voit, non ?

Cela ne suffira pas : lui ne l'aimera pas, il ne sait pas, il ne peut pas.

Ma pauvre Jeanne, la voilà bien coincée. Et moi avec elle !

Ça, c'est votre boulot, Patronne, c'est vous qui écrivez, moi, je réalise. Et à ce sujet, j'ai une proposition pour vous. Terminez d'écrire l'histoire de Jeanne, et moi, je l'adapte. J'en fais un film. Ça vous dirait ? Je pense à Nadège pour le rôle de Jeanne. C'est d'accord ? Je prépare le contrat ?

PARENTHÈSE

Évidemment, Christophe n'a pas été d'accord, vingt pages de « Vivre ! », y a pas de doute, tu me prends vraiment pour un imbécile, Jeanne, si tu t'imagines que je vais publier ça ?

Jeanne a bien tenté d'argumenter, je vais à l'essentiel, droit au but, son éditeur n'a rien voulu entendre, n'écoutant que son sens aigu du commerce.

Alors écris, Jeanne, ma fille remets-toi à l'ouvrage, trouve ce texte de la fin. Ta plume sèche, desquamée ? Les mots en tombent comme peaux mortes ? Écris ta disparition.

La dernière fois, tu étais bien partie, avec l'histoire de ces trois femmes, tu la sentais, cette histoire de masque, d'apparence et d'absence. Dommage, elle était déjà écrite, mais tant pis ma fille, va plus loin encore, efface-toi, sois le client dans la toile de Manet. Où ce dernier texte va être, ne sois déjà plus, les mots sont ailleurs, les mots sont dehors. Toi-même, tu es dehors, tu n'es que dehors, tu es l'extériorité. Sois présente dans le creux, le manque, l'absence même. Sois l'exil. Écris ces voix qui nous traversent, des autres et du monde, elles sont généreuses, elles sont vivantes, ta place est entre les lignes, dans le blanc des mots, dans les virgules, dans les silences, tu es partout où ces mots ne sont pas mais où sans toi, ils ne seraient pas davantage. Ce n'est pas triste, au contraire. La lune n'est rien sans le soleil. La lumière ne brille que dans le noir.

Jeanne ouvre son ordinateur, pose les doigts sur les touches. Heureuse. Apaisée. Cette fois, elle sait qu'elle a trouvé. Elle sort le carnet sur lequel elle collecte depuis si longtemps des bouts de phrase entendus ici ou là. Elle débouche une bouteille de bourgogne aligoté. Et elle pioche, elle cueille, elle colle et récolte…

« … m'attendez surtout pas c'est pas grave j'existe pas aucun problème/je travaille un jour par-ci un jour par-là/je suis un peu anxieux/j'en prends aussi pour ma voisine et pour mon père, faut s'aider/on nous demande des qualifications que j'ai pas/le bâtiment on oublie parce qu'à mon âge c'est plus possible/on lâche rien on lâche rien/ça renvoie l'autre dans un bourbier mental/on est obligé de solliciter les copains et c'est une souffrance/viens je t'invite au restau/je sais où aller pour acheter des fringues à deux balles/pourquoi je suis en forme, c'est parce que j'ai une colère j'ai une rage et c'est ce qui me rend fort/un ticket restaurant une pièce de monnaie messieurs dames, je n'ai rien à manger/par contre, on est d'accord le flic aurait dû tirer dans la jambe du gosse/j'ai longtemps attendu ce moment, l'âge adulte, je voulais enfin comprendre cette phrase d'Aznavour : "Je vous parle d'un temps, que les moins de vingt ans ne peuvent pas connaître"/à ta place je tiendrais pas la barre avec ma main/toute l'histoire, depuis le Moyen Âge, même depuis l'an 0, c'est très important/ma fille est tellement timide qu'elle a peur de jouer de la flûte dans l'appartement, tu te rends compte !/ça concerne tout le monde, si on participe pas là, alors c'est qu'on se fiche de la France, quoi/on tient le coup, y a des hauts des bas/des hommes, il y en a, ils se moquent de moi, ils me demandent comment on peut vivre dehors, ben on peut/si vous avez quelque chose pour m'aider messieurs dames, je le demande poliment/ma plus grande peur c'est d'être cliché/excusez-moi de vous déranger, je vous souhaite une bonne journée/« je suis désolé » ça veut dire quoi ? »

Assise sur son lit, l'ordinateur posé sur ses genoux, Jeanne se laisse traverser par la rumeur torrentueuse du réel, qui a creusé en elle son lit caillouteux. Elle a fait le vide, Jeanne, elle est ce vide, elle est la voie. Les mots qu'elle tape sur son clavier dans une certaine exaltation s'y engouffrent, charriant le monde après eux dans leur silencieux fracas,

« Attention avec ton vélo, attention avec ton vélo !/c'est qu'on a dit des choses/l'amour c'est trop bien/tiens vous ici/on va pas se faire chier avec l'argent/et si tu lui expliques et qu'elle le fait pas qu'est-ce tu fais ?/elle écoute pas, hein ?/ça va se régler au fur et à mesure, on l'aura à l'usure/et eux, ils s'étaient installé une chambre sans fenêtre dans la salle de bains/il y a tout plein de choses qui augmentent tout le temps tout le temps tout le temps/le grand frère était plus sympa mais les trois, ils étaient tous spéciaux/je vais y aller me mesurer à la performance d'un atelier comme celui-là, c'est un challenge/j'ai pas envie d'aller où j'ai pas envie d'aller tu comprends/ce que je veux savoir je le saurai, après ça dépend l'investissement qu'il y a derrière/je vais pas le crier sur tous les toits/toi tu m'as rien acheté juste une carte c'est rien du tout/j'ai dû dormir, je sais pas, quoi, deux heures depuis samedi/j'ai été dans le sous-sol avec Monsieur/on nous prend vraiment pour des cons/il y a un monsieur qui a un sac on va se mettre à côté du sac/on va bientôt passer devant le ventre bleu/c'est typique des restaurations des années 1970 avec le truc qui pèle/j'chui dans un non j'chui dans un non j'chui dans le train et toi t'es au boulot alors on peut se parler/j'ai pris un grog j'ai fait de l'hélicoptère toute la nuit dans mon lit/immolation, un mot qu'à cette époque, je ne comprenais guère, ce que je savais cependant, c'est qu'il désignait quelque chose de très grave, d'anormal, de terrible/je te dis que tu n'es jamais contente/je porte ce que je veux, où je veux, comme je veux : je décide, parfois je ne veux être ni une femme, ni un homme, simplement moi, en tant qu'individu, qui pense, qui existe/c'est normal d'avoir du mal à marcher/j'ai eu froid dans ma vie, j'ai eu faim, je comprends, un petit café ça réchauffe/on est entré dans la chambre elle avait du coton genre démaquillant sur les yeux/on regardait le chien on regardait le chien/tu lui demanderas pas pardon parce qu'elle est âgée/j'aimerais bien ne pas avoir à m'occuper de toi/est-ce qu'il est gentil au moins ?/c'est ce qu'on cherche tous plus ou moins et c'est ce qui fait notre condition d'être humain/tu voudrais pas que je chasse, tu me ferais un caca nerveux à chaque fois qu'on mangerait puis non, je n'y arriverais pas, je n'arriverais pas à tirer sur les bêtes/en plus il a complètement déformé ce que j'avais dit, il a tout amplifié/aimer le clafoutis, son chien, son chat, aimer le soleil, aimer un individu, un frère, un mec ou n'importe qui, tout pareil/faut arrêter de viser la tête c'est pas possible/c'est pas mon but mais c'est pas mon but je te dis je te dis c'est pas mon but/vous avez des enfants mais vous avez bien quand même des enfants/oh putain il est beau, son camion, à lui, il doit avoir un beau klaxon/14 heures alors ça marche pour moi/si un jour il y a un problème dans l'un on prendra l'autre et si le problème est dans les deux ? bah ce sera pas de la tarte alors ce sera pas de la tarte/petit à petit ça va revenir/ça c'est une petite maman/elle va rester combien de temps sur une relation fixe ?/avec la banque tu peux pas y a pas moyen tu peux pas/bon donc vous en avez un, enfant, vous en avez bien un/ça fait vingt ans que j'habite rue du Faubourg j'ai jamais vu ça, jamais jamais/soupe de lentilles maison tous les jours, ça rassure/je suis veuf on m'enlève ma demi-part/on était meilleurs que les poules bleues/Victor, le malheureux garçon, a subi plusieurs agressions/hop hop hop, Gabriel/il a envie de faire pipi

On va aller dans un parc Tu te retiens/faut pas rêver non plus... »

Sans s'arrêter elle tape, Jeanne, elle tape sur les touches, tambour battant d'un cœur multiple, et les mots défilent à travers elle, en petits dieux psychopompes.

« vieux, c'est le moment où les jeunes te disent Madame, Monsieur/faut pas rester ici c'est dangereux/quand tu seras grande, tu en auras un à toi pour faire les courses/faut lui dire, si vous êtes deux à penser la même chose/eh Max, tu vas tomber/vous prenez par là, par là, ou par là... écoutez, prenez là-bas et vous descendez tout droit/sur ce coup-là je lui ai dit arrête, mais vous le connaissez/tu sais qu'elle va déménager à Londres/on a de la crème hydratante ?/un référendum citoyen, déjà ce serait quelque chose, on participerait à la vie politique/faire cramer la carte bleue devant la caissière, je suis content/je comprends pas, il a vraiment un problème avec le système/quand tu es amoureux ton cerveau crée une place spéciale VIP pour elle, tu vois, le simple fait de penser à ses mains, son rire, son prénom te procure une joie inouïe, chaque message que tu reçois de sa part est comme un petit choc/Ah oui, et dans toute cette histoire le cœur bat très fort/il a gagné les jeux deux fois, un gros lot, même/là, le mec, il lui fait c'est pas grave/Marie, il y a une collègue qui le lui a dit/font chier les garçons/même quand tu vas voir un film un peu nul, il suffit que tu sois avec les bonnes personnes et tout de suite le film devient incroyable/et là ils bloquaient les entrées, carrément/réchauffer la crème c'est pas top top, tu sais quoi, tu la mets dans ton bol, direct/on rentre allez, j'en ai marre/c'était une expo gratuite, t'en avais pour ton argent/comme ça je ne subirai pas de poisson d'avril/il y a un jeune homme qui vient de se prendre un tir de LBD au visage du coup il a un trou là et il y a la lèvre qui pend/la vraie liberté c'est Jésus/dans la première partie, c'est un mec qui monte une société de sécurité/oh ce chat rose, il est trop chou/qu'est-ce qu'elle a eu peur! Juste après les cours, on va boire la bouteille de vin/t'en prends des grosses rondes ou des moyennes? Et tu les pèles ou pas?/tu m'as dit je sais pas, Non, je t'ai dit si tu veux/ceci est un message de sécurité, le propriétaire de la valise grise accompagnée d'un sac d'enfant vert pomme est prié de le récupérer immédiatement sur le parvis de la gare/sur la litière, elle hésite, mais partout ailleurs, elle hésite pas/à mon avis, faut pas la faire chier/ il y avait un collègue qui s'est suicidé, la maintenance est arrivée, il y avait des morceaux de crâne partout/ tant pis je pisse pas je pisse pas/il y avait des caméras avec des petits radars de détection/qu'est-ce qu'il a fait il a rien fait, hein?/faut arrêter les dépenses nuisibles, t'es d'accord?/je vous rends le pouvoir, moi/elles sont comme nous au fond les vaches, y'a des jours où tout va bien et des jours où elles se sentent pas très bien/c'est le truc du siècle pour les nanas/elle dit oui je veux mais lui il veut pas alors qu'est-ce que tu veux/moi le gruyère ça passe pas j'ai remarqué, franchement je préfère la crème, mais tu les prends comment, grosses ou moyennes?/tu peux lui demander si la place est libre/mes deux juristes ils préparent leur mariage/il a retrouvé une copine de quatre-vingts ans/je voudrais que mon frère soit là/v'là ti pas que là d'sus il me rappelle, ben je vais venir avec ma copine/je savais pas à qui je m'adressais, et en fait il était super haut placé !/elle m'a fait rire, j'ai ri/quand tu vas au Pérou tu vas au Machu Picchu/c'est une merde finie, c'est une catastrophe/la nana elle m'a répondu mais personne va au Guatemala !/je ris beaucoup sur le fait que je mourrai jeune mais c'est parce que je ne veux pas vieillir, pour un homo, au-delà de quarante ans, tu es périmé, tu vis jeune et tu te bonifies dans la trentaine mais au-delà tu deviens une pomme pourrie/tu fais pas ça à un gamin, un gamin tu le suis un peu/eh, pas de geste obscène ici il y a des jeunes derrière, où tu vois des jeunes ici toi ?/tiens ton ticket je te le donne parce que sinon tu vas pas payer/va voir s'il y a des sandwichs s'te plaît et tu m'en prends trois de chaque/il m'a vendu des graines je les ai plantées devant un garage, je les ai arrosées tranquille, et là, le père de la copine de ma fille, c'est un militaire, ça demain je n'en veux plus il m'a dit/faut surtout pas ouvrir la porte parce que l'eau arrive/un âne et un cheval c'est bien mais ils ne pourront pas se reproduire/si on ramène à l'heure ça fait un demi S. M. I. C., donc faut surtout pas ramener à l'heure parce que tu te barres en courant/Max, tu vas tomber je te dis/je suis pas libre, on fait pas ce que je veux/en fait mon boulot je pense vraiment que je vais le lâcher/ouais elle elle a un super truc mais les autres à part ça, c'est pas ouf/c'est vrai que c'est mignon les singes pour lui qui n'aime que les tortues/c'était du cannabis, t'imagines, comme ça, devant le garage… Je te fais tous les bisous et puis si tu as mon message…/boire comme ça tu vas en chier/ je trouve que le programme du cheminement est trop long/j'ai envie de vomir/les associations humanitaires moi j'ai trouvé ça mercantile/mets pas ta langue j'te dis/ bon les enfants il y a un cheval dans le ciel/40 000 € la salle ça fait cher par personne on va réfléchir/les patates tu les prends moyennes, pas trop grosses/tu vois le poteau là-bas, où il y a rien ? c'est là »

Alors nous y sommes ?

Je le crois, oui.

Vous êtes sûre de le vouloir ? Vous avez bien réfléchi ?

Oui.

Alors donnez-moi la main.

Quand les doigts d'Achard refermés sur la main de Marie-Madeleine commencent à lui masser les siens, le pouls de la femme se met à battre furieusement sous cette pression de l'homme.

Achard sent la pulsation affolée sous le masque impassiblement souriant de la femme. Il lui sourit, lui glisse un stylo entre les doigts. Il ne lui a pas fallu un mois pour rédiger le contrat prévoyant l'adaptation de ce qui ne s'appelle plus *Testament*, mais *Le chant du cygne*. À présent il faut signer, ici et là.

Il la presse car il ne s'agirait pas qu'elle change d'opinion, maintenant, hein Patronne, pas d'embrouille, vous signez, et moi j'arrête le *CouhCooking* et j'adapte votre roman, avec Nadège dans le rôle de Jeanne. Après… après vous ferez ce que vous voudrez, vous en écrivez un autre, vous partez en voyage, vous vous convertissez au bouddhisme, vous demandez pardon à tous les animaux que vous avez mangés dans votre vie, vous vous remariez : ce que vous voulez ! Libre ! Et je vous souhaite d'être heureuse, car vous le méritez, cette proposition de financer le film, franchement, c'est la grande classe. Mais en attendant, vous signez.

Ici, et là.

Quand la relation entre Louis et Nadège a évolué vers plus d'intimité, Achard l'a immédiatement deviné.

À peine Nadège a-t-elle franchi le seuil du studio le jour suivant, que tout à coup, Achard sentit fondre sur lui cette prescience d'une situation nouvelle, sans pouvoir dire d'où elle lui venait. Il est familier de ce genre d'intuition. Nous doutions nous ne doutons plus. Nous ne pensions à rien, naïfs ignorants et tout à coup, nous savons. À quoi tient-elle, cette clairvoyance fulgurante ? Croiser quelqu'un et savoir que cette personne, que nous ne connaissons pas, que nous n'avons même jamais vue, qui ne nous regarde pas, a quelque chose à voir avec nous ; sentir que nos pas veulent nous guider en un endroit dont nous ignorons tout et découvrir ensuite qu'un grand-père y a vécu ou qu'un drame s'y est noué qui nous concerne ; tout nous échappe de cet instant, à commencer par sa nature même et son nom, est-ce une révélation, le dévoilement de quelque chose qui restait tapi dans un tas de réalités insues, faut-il l'appeler coïncidence, hasard objectif, destin ? Qu'est-ce qui s'active en nous qui ne provient ni de la raison ni des sens mais soudain nous accélère le pouls et nous vrille le cerveau ?

Qu'est-ce qui nous relie et par quelles voies, à cet autre élément de l'univers, personne ou lieu, qui nous impose ici maintenant de tourner la tête, partir ou prendre à gauche, ne plus bouger ou nous mettre à courir? Dès l'instant où le pied, la jambe, le corps tout entier de Nadège est entré dans son appartement, Achard tremblant, interdit, tétanisé par une déflagration synaptique, a su : elle était devenue l'amante de Louis.

Et depuis quinze jours, il ne cesse d'en avoir confirmation, à maints petits signes qui le rendent malade, creusent ses joues encore davantage, brouillent son teint, le privent d'appétit et de sommeil, lui dérèglent les intestins, le font sursauter pour un rien en roulant des yeux fous – et lui imposent d'en tirer deux conclusions douloureuses :

– d'une part qu'il a souvent soupçonné chez Nadège une duplicité – dont il est certain qu'elle était à ce moment-là dépourvue,

– d'autre part que cette innocence n'est plus d'actualité et cache une double vie à présent indubitable.

Ce qui se passe entre ces deux-là, Louis et Nadège, devant la caméra, se passe donc aussi derrière. Les stratégies des deux amants face à cette situation diffèrent, Louis, pauvre coq, sinistre fat, tu crèves d'envie de le hurler à la face du monde, que tu es parvenu à tes fins, alors tu me le fais comprendre par un regard appuyé sur Nadège, un demi-sourire, l'esquisse d'un petit geste de mâle propriétaire et dominant, et toi Nadège, Nadège, ah, Nadège! qui veux me dissimuler ce que Louis sait, et peut-être cacher à Louis ce que je n'ignore pas, à savoir que tu nous attires tour à tour dans ton lit, petite libertine, tu affectes une indifférence envers lui beaucoup trop appuyée pour être crédible.

Ce qu'il a toujours pensé/redouté/imaginé/suspecté était faux, mais a maintenant basculé dans le vrai. Sans un seul mot échangé à ce sujet. Sans un seul fait visible, constatable. Et c'est peu dire qu'il en est torturé et souffre un martyre sans équivalent.

Jaloux jusqu'à l'obsession, il l'est depuis le début, depuis que Nadège, une actrice venue à lui par petite annonce un an auparavant, est entrée dans ce studio. Depuis, sa présence imbibe, engorge tout l'espace comme une éponge fait de l'eau. Et quand elle n'est plus là, tout ce qui s'est rempli d'elle la restitue et l'inonde, lui, Achard, qui la croise partout où elle est passée dans le studio, qui voit sa main sur chaque objet qu'elle a touché, qui sursaute à chaque voix qu'il entend, surpris que ce ne soit pas la sienne. Même hors de chez lui, Achard, sans la chercher, superpose sa silhouette, des épaules aux chevilles, à chaque femme qu'il croise, c'est toi là-haut, à chaque fenêtre et toi encore sous chaque porche. Il parle à son absence. Il lui écrit des mails qu'il n'envoie pas. Il s'interroge, que penserait-elle de cette décision, que dirait-elle de ce pull, si elle était là. À ce niveau d'addiction, peut-on encore parler d'amour ? Il pensait que cet état d'extrême tension cesserait avec la satisfaction de son désir et que d'avoir tenu dans ses bras et pétri de ses mains le corps réel de Nadège lui permettrait de moins souffrir de l'imaginer sienne. Il espérait que ce surcroît de réalité gagné dans les moments partagés ôterait de leur pouvoir aux images fantasmées, par un jeu de vases communicants, mais hélas, même pas et Marie-Madeleine a raison quand elle écrit que la réalité rêvée est aussi têtue que la réalité avérée, je ressens le manque de toi entre mes bras et mes cuisses encore plus fort de t'y avoir réellement serrée, Nadège, je l'éprouve dans ma chair à chaque instant, la présence de ton absence, Nadège, ma plaie ouverte. Et il faut en plus à présent que je t'imagine dans ses bras ! à lui, l'autre, ce bellâtre que j'ai commis l'erreur d'engager en même temps que toi !

Achard a beau se cogner le front contre sa porte, se boucher les oreilles et les yeux, suer sang et eau dans des courses épuisantes à la fin du jour dans l'espoir de tomber de fatigue sur son lit à peine rentré chez lui : rien n'y fait, elle est toujours là, souriante, épanouie, exaspérante de liberté, de plus en plus belle, ça te réussit l'amour Nadège ma folie, dis-moi, ce sont mes caresses ou les siennes qui te font la peau si douce, Nadège ma douleur ? il voit bien comment il pourrait filmer la scène, en envahissant l'écran d'images de Nadège filmée en caméra subjective, ici puis là puis encore là et ailleurs et plus loin et tout près, et le spectateur se demanderait mais où est l'image et où la vraie Nadège, où le songe et où la vie, comme dans ces spectacles de danse où les jeux de lumière déréalisent les corps réels sur scène et matérialisent dans un espace hologrammatique des corps immatériels sans que le spectateur puisse faire la différence, mais il n'est pas au cinéma, pas dans le monde maîtrisable et ordonné d'images qu'il connaît, il est dans la vraie vie, aux prises avec un désir exaspéré que la folie fait haine, et une imagination chaotique qui lui montre Nadège partout pour lui seul, comme si chaque personne croisée n'était que l'ombre blanche de cette femme, chaque voix entendue l'écho de ton timbre clair, chaque grain de sable un grain de ta peau et chaque souffle ton haleine.

C'est pourquoi il tournera l'adaptation du roman de Marie-Madeleine. Jeanne souffrant d'affres amoureuses, Nadège à son tour les connaîtra en les interprétant, oh oui ma belle tu subiras ce que j'endure en incarnant ce rôle et comme les choses vont mal finir pour Jeanne dans le roman et que c'est toi qui joueras ce personnage, l'issue te sera fatale à toi aussi, ma colombe, mais on ne sera pas qu'au cinéma, pas que dans un monde d'images maîtrisables que l'on peut stopper en criant Coupez ! Non non, on sera dans la vraie vie et toi Nadège, mon amour, tu entreras dans la vraie mort.

On parlera de regrettable accident.

Achard ne sera pas inquiété. Louis, peut-être, car tu mourras de sa main, et tant mieux.

Il faut que cela cesse. Cette foule de Nadège dans sa tête à lui. Et ce manège entre Nadège et Louis. Ce sont eux les coupables, eux qu'il faut punir. D'une manière ou d'une autre, à tout prix, elle doit n'être qu'à lui, c'est sans appel.

Nadège claque joyeusement la porte de son appartement. Que la vie peut être agréable, tout de même, elle en est tout émue, de tant de liberté. Sa mère avait disparu trop tôt pour la porter haut sur ses épaules et l'aider à grandir hors d'un monde bas de plafond. Et sa mère adoptive avait tenté, pour son bien disait-elle en le pensant, de lui transmettre qu'une femme devait regarder le sol plus que le lointain, réprimer ses désirs, se contenter d'un mari et d'un travail honnête. Nadège avait longtemps vécu les yeux baissés. Elle s'était imposé de respecter apparemment ces hommes qui, pour son bien disaient-ils en y croyant, décidaient de tout ce qui la concernait. Mais c'est fini. Nadège a relevé la tête et que la cime des arbres est belle, vivante et frissonnante dans le vent ! Et au loin, cette ligne de l'horizon comme les cordes à sauter de l'enfance, Nadège, solaire, n'a qu'une envie : écarter les bras, la saisir à pleines mains, la faire tourner autour d'elle-même comme une petite Terre accomplissant, à sa modeste échelle, sa Révolution.

Certes, avec ses deux amants, tout ne s'est pas passé comme elle pensait, mais qu'importe. Louis se montre si gentil avec elle, par ses yeux elle se voit belle, elle sent la bonté radiante de son regard la traverser les jours de pluie, la réchauffer, la faire rayonner de l'intérieur. Ensemble ils n'en finissent pas de rêver le monde en de longues conversations chez lui, chez elle, au creux d'un canapé, au café un verre de vin à la main, en promenade main dans la main. Ils ne se racontent pas d'histoires, ils ne se font pas de promesses, mais ils se caressent des mots, des yeux, des mains, des corps, et le monde autour de nous, mon Louis, en est adouci.

Avec Achard en revanche, la situation n'a pas vraiment évolué vers une relation plus complète comme elle le désirait, mais cet homme n'ayant pas son pareil pour savoir exactement que faire de sa langue, de ses doigts nerveux et de son sexe fin, avec lui elle n'est plus que corps, j'en oublie le langage, et qu'importe si nous ne connaissons guère davantage nos passés. Nadège arrive plus tôt le matin, pour des étreintes brèves et muettes dans lesquelles elle laisse à Achard l'initiative et le pouvoir qu'elle sent qu'il exige, qu'il sent qu'elle lui donne.

Elle accueille avec le même élan, la même écoute reconnaissante, les exigences de son désir, qu'il soit éruptif à la seule vue d'Achard, ou marée montante dans les bras de Louis. Le plus délicat n'est pas d'aimer deux hommes, mais de ne pouvoir le dire, eh, les gens, faites-vous plaisir, aimez qui vous voulez, quand vous voulez, aimez la vie !

Car si Louis a d'emblée été mis dans la confidence, en revanche, Nadège ne se voit pas en parler avec Achard, beaucoup trop colérique et entier. Des amants des maîtresses, des infidélités inavouées, des partages consentis : il en a versé plus que de raison dans le chaudron de sa série. Mais sous forme de mots, comme élément de réflexion, condiment théorique, recette pour autrui. Cela ne le concernait pas dans cette chair que la seule pensée de Nadège hérisse. Si elle lui laissait entrevoir ses amours avec Louis, il n'en souffrirait pas dans son amour – si ainsi se nomme cette envie dévorante qu'il a de la posséder, de la réduire à sa merci. Mais son amour-propre en pâtirait atrocement et elle ignore ce qu'il pourrait alors lui dire, ou lui faire.

Quand cet appétit sera un peu calmé, ils parleront. Plus tard.

En attendant, Nadège est heureuse. L'été se termine, la série *CouchCooking* s'arrête bientôt mais Achard vient de lui proposer le rôle principal dans un téléfilm adapté d'un roman écrit par une voisine. Elle a accepté, mais ne voulant pas dépendre de son amant au plan professionnel et financier, elle a aussi cherché et trouvé d'autres rôles, au théâtre ou au cinéma. Son renouvellement de statut d'intermittente pour l'année à venir est assuré. Le bel automne qui s'annonce !

Nadège a lu le scénario, intitulé *Le chant du cygne*, et sera donc cette Jeanne qui signe avec un diable d'éditeur un contrat fatal. La fin n'est pas encore écrite, apparemment. Nadège aimerait quelque chose de romantique, un beau rôle de tragédienne qui ferait mourir cette version féminine de Faust, d'avoir vendu son âme à Méphistophélès.

Jeanne va donc mourir. C'est un bon choix, Marie-Madeleine, bravo. Tous les Faust meurent, d'une façon ou d'une autre, sinon ce n'est pas drôle. Tous ces mots qui se prononcent solennellement au moment de quitter la vie, si on ne meurt pas, n'ont plus rien à nous dire d'essentiel. Les mêmes mots devant la mort, un champ, un chemin, ne sont pas les mêmes. C'était tragique, cela devient grandiloquent, pathétique ou grotesque. C'est le contexte qui fait le texte. C'est la mort qui rend vivant. Jeanne va écrire. Et puis mourir. C'est bien, vous avez raison.

Je sais je sais, Héron. J'ai même déjà rédigé ce qu'elle allait écrire et j'ai eu du mal, je vous prie de croire, à chaque fois mon personnage supprimait ce qu'elle écrivait !

Ah ça, Marie-Madeleine, c'est votre problème – à tout le moins, votre boulot. À l'écran on s'en fiche un peu, on verra qu'elle écrit, mais on ne saura pas quoi, peu importe. C'est juste la situation qui m'intéresse, le dispositif, le duo éditeur autrice, le duel homme femme, l'affrontement d'Éros et Thanatos, au fait, vous ai-je dit que Nadège a accepté le rôle de Jeanne ? Elle a lu le scénario, elle vous fait dire qu'elle l'adore. De plus, elle sera enchantée de mourir, cela correspond à ses désirs de grand rôle tragique.

Achard sourit à Marie-Madeleine. Il sait comme un enfant gâté qu'il fait d'elle à présent à peu près tout ce qu'il veut et la voit confite de reconnaissance à tout propos. Il continue à l'entourer de soins flatteurs, comme un gentil garçon, pour endormir toute méfiance et qu'elle ne devine rien de ses plans concernant la fausse-vraie mort de Nadège. Mais il poursuit son travail de *veille réalistique* avec beaucoup moins de rigueur qu'auparavant, arrive en retard, improvise de fausses informations en les mêlant au flux des vraies quand il n'a pas eu le temps de bien préparer ses fiches, quelle différence cela fait-il, au fond.

Il s'est rendu trop indispensable pour qu'elle lui fasse des observations, hein, Patronne, que vous me mangez dans la main, maintenant, car vous m'aimez, j'en suis sûr, avec la ferveur d'un dernier amour, lequel est aussi puissant que peut l'être un premier. Entre les deux, les autres amours ne comptent guère, ou se comptent comme les marches d'un escalier, machinalement, pour passer d'un palier à un autre. Mais rien n'égale en désespoir et en radicalité les amours extrêmes : le premier, frémissant d'un désirable effroi devant l'inconnu, aussi vierge de mémoire qu'une plaine enneigée au petit matin, attend le premier rayon de soleil pour fondre en eau tiède ; le dernier, guettant le rayon vert, dos tourné à la plage piétinée, face au jusant qui tout efface et rend le sable à sa prime pureté, entre le corps chaud dans la mer et nage, nage, jusqu'aux fonds froids et épuisés du grand large. Le premier est ravissement, le dernier, saisissement, Marie-Madeleine, Patronne mon amie, vous me rendez lyrique ma parole. D'un accord tacite, Marie-Madeleine et lui ont cessé les auscultations matinales. Finies, les palpitations de l'une sous les palpations de l'autre. Les doigts d'Achard connaissent les douleurs, les émois de Marie-Madeleine, qui connaît le parfum, les mouvements félins d'Achard et n'ose même plus plaisanter de ses deux fois quarante-cinq ans.

Alors, Nadège, comment on la tue ?

Nadège ? vous voulez dire Jeanne ? Nadège est votre actrice, en chair et en os !

Achard frissonne, diable, il faut qu'il se surveille mieux, je ne dois rien montrer de cette passion qui me dévore de l'intérieur et dont je dois me débarrasser coûte que coûte... Jeanne, bien sûr, excusez-moi, parfois je m'emmêle les pinceaux entre le vrai et le faux... Donc, cette Jeanne, comment va-t-il s'y prendre, votre Christophe, pour la supprimer ?

Oh, cela ne sera pas très difficile, déprimée comme elle est, il n'aura qu'à la pousser très légèrement, ou même pas, il n'aura qu'à lui dire de sauter, et l'amour nous rendant faibles, elle obéira et basculera dans le gouffre. Pauvre Jeanne, je l'aime bien, cette petite, je m'y suis attachée, à mon personnage, figurez-vous. Mais elle n'a pas de chance. Elle n'a pas rencontré les bonnes personnes. Christophe et elle auraient pu se sauver l'un l'autre, mais cet homme pusillanime s'interdit les sentiments sincères, quel dommage pour lui, et quel dommage pour elle dont plus dure va être la chute. Au sens propre, du haut du cap où elle aime à se promener. Quand elle va comprendre son erreur, que le voile de ses illusions va s'envoler, qu'elle se saura abandonnée, cela se fera tout seul. Par une nuit sans lune et glacée, la voix de Christophe se mêlera au chant des sirènes et des vagues, quelque citation de Goethe à l'appui… et adieu Jeanne.

Ça me va. Sauf que moi, je me contenterai d'ouvrir la fenêtre du studio. En chute libre sur des rochers ou le bitume, le résultat sera le même.

Vous ferez bien attention, n'est-ce pas, je ne veux pas qu'il lui arrive du mal, à cette petite – et là je parle de Nadège. Vous ferez appel à une cascadeuse ?

Ce ne sera pas nécessaire. Ce ne sera pas Hans Grüber tombant du haut d'une tour, non plus, ah ah...

Marie-Madeleine se demande un peu ce qui motive une telle hilarité, sans soupçonner ce qui traverse l'esprit de son héron préféré : dans *Piège de cristal*, l'acteur s'était relevé indemne de sa chute ; dans son film, Nadège s'écrasera sur le trottoir.

Seule dans son appartement, Marie-Madeleine pleure.

Pour une fois, elle a ouvert les volets de son salon. Elle n'a allumé que les petites appliques d'angles. Le rabattant de son secrétaire est descendu, son ordinateur portable est posé dessus, ouvert sur la dernière page de son roman.

Son fauteuil roulant est dans la chambre, là où elle le laisse quand elle n'a pas besoin de faire semblant, quand les masques peuvent tomber, quand elle redevient elle-même, une veuve octogénaire hémiplégique bourrée de braises incandescentes sous la cendre. Elle écoute de la musique, qui sort de son ordinateur – le lecteur de CD que lui a offert sa petite-fille prendrait la poussière dans un coin si elle n'y passait le chiffon avant l'arrivée de Gwenaëlle pour ne pas la vexer.

Une boîte de mouchoirs jetables est à sa portée.

Elle les sort un par un, méthodiquement, s'essuie les yeux, se mouche, les jette dans une corbeille en osier.

Les titres s'enchaînent et les mouchoirs tombent à mesure dans la corbeille.

Elle n'écoute pas d'opérette, trop guillerette.

Elle écoute, dans l'ordre de sa liste, face à la fenêtre et à la nuit argentée :

Casta Diva par la Callas, ode à la Lune, cette Chaste Déesse cachée parmi les feuillages sacrés.

Caruso : les yeux noyés de lumière lunaire, elle se souvient de cet été italien où chaque nuit, dans le golfe de Sorrente, elle allait rejoindre un amant qui l'aimait « tant et tant », c'est du moins, souffle dans le cou et main dans ses cheveux, ce qu'il lui disait, et ce qu'elle croyait.

Norma, Caruso, premiers mouchoirs. Poubelle. Après avoir bien reniflé sur ces quelques préludes à la mélancolie, qu'elle appelle ses attriste-gueules apéritifs, Marie-Madeleine écoute une série de chansons sur le thème universel de la *maman*, qu'elle soit *mother* d'outre-Manche, *Omi* ou *Mama* d'outre-Méditerranée, *Mamma* italienne, *Mama* manouche ou *Yiddishe Mama.* Dès les premières notes, ces chants d'enfants de tous pays défripent instantanément son cœur usé, elle aurait tant aimé, elle aussi, chanter le *Mamy Blue*, se réchauffer au souvenir de caresses maternelles, ouvrir les volets grinçants d'une maison d'enfance, en respirer le parfum de lavande sèche et de poussière.

Violons, Nicoletta, Régine et les autres, mouchoirs. Poubelle.

Qu'elle repose en paix au fond de son caveau, sa propre mère, Marie-Madeleine ne lui veut pas de mal, mais cette femme ne lui aura pas fait que du bien, tout de même, la forcer à garder dans son ventre l'enfant qu'elle ne voulait pas, à sentir pousser dans son corps un corps introduit par force et cela au nom de quoi, de l'opinion qui condamne sans comprendre, et en plus lui faire la morale, l'accuser, Marie-Madeleine, quatorze ans à l'époque, de l'avoir bien cherché ce qui lui est arrivé, avec cette manie qu'elle avait de rire fort, de rire à pleines dents, de s'offrir au premier vent venu, à la pluie et au soleil, sans la réserve que le bon Dieu il veut que les filles comme il faut elles aient, même un soir de liesse et de Libération, parce que les filles, jamais, jamais elles ne doivent libérer ce qu'elles ont en elles, est-ce qu'elle s'est jamais libérée de quoi que ce soit, elle, sa mère ? Mais c'est loin tout cela et Marie-Madeleine a pardonné. Les mères qui n'aiment pas leurs filles ne s'aiment pas elles-mêmes, allez savoir pourquoi, mais j'aurais bien aimé quand même partager les chants et boire frais le bon vin sous la treille d'une *Mamma*.

Aznavour, mouchoir, poubelle.

Elle est morte depuis longtemps, sa Mamma et ce sera bientôt son propre tour, inutile de se voiler la face sinon aurait-elle intitulé ce roman *Testament* ? Peut-être est-ce la raison pour laquelle elle ne se résout pas à le terminer. Son héroïne Jeanne, a beau avoir la moitié de son âge, quand on se tient au seuil de la mort, face au dernier tunnel, le pas hésitant, trébuchant, l'œil ébloui, au bord des lèvres le jus sucré de la vie déjà sec, et le sang battant moins chaud, cela change-t-il grand-chose, d'avoir tel ou tel âge ?

Allons, c'est l'heure, Marie-Madeleine, d'attaquer le gros morceau, et de passer les chansons-à-sangloter-à-gros-bouillons, celles qui mettent l'âme et la mort face à face, les yeux de l'une plongeant dans les orbites de l'autre, quand l'humain se sait mourir et qu'il veut encore vivre. Elle commence par *Ma dernière volonté*. Le vieux chanteur, de la rage dans sa voix cassée, y crie sa trouille impuissante et vaine de l'après, et comme elle comprend, Marie-Madeleine, quand la mort vous tire par les pieds, qu'on s'accroche à ces lambeaux de vie qui nous restent, moches et rapiécés peut-être mais qui pourraient encore nous habiller, « même sans soleil, même sans été, même sans maison, même sans soulier ».

Reggiani, un mouchoir pour chaque couplet.

Elle connaît cela si bien, l'envie furieuse de vivre – vivre et aimer c'est pareil. Combien de fois a-t-elle ouvert sa fenêtre et respiré la nuit à pleins poumons, combien de fois le sable sec ou la terre mouillée sous ses pieds, les parfums d'iode dans le nez, le vent dans les oreilles, combien de pluies sur son visage comme des baisers gourmands, combien de lèvres déposant sur sa peau leur brûlante fraîcheur comme une vague de soleil ? combien de rires, combien de pleurs, combien de récits partagés entre amis véritables ? combien de ces petites fleurs si fragiles et plus fortes cependant que la pierre ou le ciment, qui font un chemin de vie d'une faille de trottoir, d'une anfractuosité de mur, comme son adorable Gwenne ? combien de ces voix humaines, si humaines, unies dans la puissance chavirante d'un chœur ? même à moitié diminuée comme elle, elle aime tant la vie !

Elle se penche à sa fenêtre : un bout de Lune danse au ciel, selon les caprices d'un nuage, ah, l'envie, soudaine, d'attraper les étoiles au filet, comme des papillons de nuit! Mais son corps faiblit, elle le sait à ses jambes ramollies, ses mains déformées qui ne parviennent plus à tenir, fermement, leur prise, et aux palpitations d'aile affolées d'un reste de vie dans le cœur! Mourir, soit! s'il le faut! mais après! plus tard! pas là, pas maintenant, pas au moment de tant aimer la vie! renoncer à la vie, à l'amour, Marie-Madeleine n'y est pas prête, elle ouvre grand ses bras dans la nuit muette et tend ses lèvres entrouvertes à l'air attiédi. Le cœur ne vieillit pas, le sien qui cogne et bat le gong dans sa poitrine fripée et sous son sein flapi, est un jeune cœur plein d'étincelles, qui ne demandent qu'un léger souffle pour se faire ardente flamme, aimer! aimer encore une fois un visage à caresser du bout du doigt, un nom à bercer et se répéter en silence, un corps chaud où poser sa joue! aimer, aimer une dernière fois!

La boîte de mouchoirs est presque vide, quand démarre la chanson suivante sur sa liste, le cri désespéré, mélodramatique, de Mario dans *Tosca*. « *E non ho amato mai tanto la vita!* » Diable de Puccini, il n'a pas son pareil pour aspirer tout ce que le corps peut compter de larmes. Marie-Madeleine doit économiser les kleenex, elle a deux derniers titres à écouter, pour bien faire. *Faut vivre*, interprété par une jeune voix ivre de rage en gorge, la fait trembler des pieds à la tête, et la dernière chanson, le dernier défi à celle qui n'est jamais nommée : la mort, l'achève : *J'arrive, bien sûr j'arrive, N'ai-je jamais rien fait d'autre qu'arriver?*

Melissmell, Gréco, le reste du paquet de mouchoirs y passe.

C'est fini. La poubelle est pleine de larmes.

Ah ! le bien que lui fait ce mal !

Marie-Madeleine referme la fenêtre, doucement, reconnaissante envers la nuit infinie de l'univers.

Elle a bien pleuré, elle va pouvoir faire mourir son personnage et terminer son roman, afin qu'Achard puisse l'adapter. C'est pour cela qu'elle a signé ce contrat : pour un retour de flamme et de jeunesse, un dernier, puissant, explosif amour de quelque chose d'encore vivant, à éprouver, à offrir. Les scientifiques disent que la mort est un influx nerveux, un flash d'énergie et de lumière qui se produit dans le cerveau au moment fatal et se propage de neurone en neurone. Marie-Madeleine, elle, veut mourir d'une ultime déflagration du cœur.

Mourir d'aimer, Aznavour. Une autre fois, elle n'a plus de mouchoir.

Elle ouvre son fichier de roman, à la dernière page.

Elle se sent bien, le cœur moins gros, le sac à larmes vidé du suc dégoulinant, épais, sirupeux, de la sentimentalité. Ne reste que quelques gouttes d'une passion essentielle : l'amour de la vie.

Il est temps de tuer Jeanne.

Fin deuxième partie

LE SILENCE DU PHÉNIX

« Qu'est-ce que la vie ? Un délire.
Qu'est donc la vie ? Une illusion, une ombre, une fiction. »

Calderón, *La vie est un songe*

Jeanne s'approche du bord de la falaise. L'heure est crépusculaire. Elle devine plus qu'elle ne voit les guillemots nichés sous elle dans les creux du cap. S'ils aperçoivent un crustacé ou un encornet à leur goût, ils plongent droit sur ce mets de choix – combien de fois Jeanne est-elle venue ici les contempler ?

La nuit tombe, les oiseaux se laissent tomber, et elle, Jeanne, et elle ?

Elle s'assied, les pieds ballant dans le vide. Elle entend la mer se cogner aux rochers, en contrebas, houle, vagues, déferlantes roulant galets… Le monde n'a pas besoin d'elle pour exister. Qu'on le nomme ainsi ou autrement ne le change en rien. Les oiseaux pêchent pour vivre, l'eau claque sur les roches poussée par les vents et la marée, cela se passe d'être nommé. Tandis qu'elle, au milieu, bourrée de mots. Encombrée. Se délester. Vite. Prendre la gomme et s'effacer.

La veille, elle a remis à Christophe le dernier texte qu'elle a écrit et qu'elle écrira, comme promis. Il l'a ouvert non sans méfiance, échaudé par les tentatives précédentes, ma pauvre Jeanne, un texte sans texte, tu en es là ? Tu as enregistré des conversations et tu en fais un montage ? C'est de la « littérature abstraite » ? Jeanne n'a pas cédé, *abstraite* n'est pas bête, il s'agit de s'abstraire en effet, de laisser le monde parler seul et la traverser, rite de passage, de vie à trépas, de texte à silence – mais de toute façon, c'est à prendre ou à laisser, trois refus, cela vaut rupture de contrat. Christophe a soupiré mais obtempéré. Quand il a attrapé le manuscrit, ses doigts ont frôlé ceux de Jeanne, sciemment, et ses yeux lui ont dit ce que jamais ses mots n'avaient prononcés, par orgueil, faiblesse ou peur, Jeanne ne le saura pas.

Dans l'appel de la mer à ses pieds, Jeanne entend comme les derniers échos de sa voix, c'était l'année précédente, que préfèrerais-tu, lui demandait-il, être morte et célèbre, ou vivante et méprisée ? Qui se plaint tout le temps de sa vie est déjà mort. Qui fait quelque chose de sa mort sera toujours vivant.

Jeanne respire à fond, ferme les yeux, récite une dernière fois les vers de Faust :

« *Bin ich ein Traum entflatternd*, Je suis un rêve qui prend son vol… ».

La voix de Christophe s'éteint.

Elle sent dans son dos la nuit comme une main la pousser vers le vide.

Et puis, finis, les mots.

1. EXT – ROUTE – DANS LE NOIR – NUIT

Crissement de pneus, fracas de tôles froissées.

VOIX OFF

La plus belle chose qui soit arrivée à Christophe Lambert, c'est la mort de son meilleur ami, Pierre Camus.

2. INT – BUREAU D'UN CPE DE COLLEGE ANNÉES 1970 – JOUR

Album photos grand ouvert sur une table. Photos noir et blanc. Une main d'homme feuillette l'album.

Sur les photos, on voit deux enfants en baskets et en short dans une cour de collège, cartable sur le dos ; la porte du bureau du Conseiller principal d'éducation ; affichette « Règlement intérieur ».

LE PRINCIPAL :

Vous deux, là, dans mon bureau ! Vos noms ?

CAMUS :

Pierre Camus.

LE PRINCIPAL :

Pierre Camus, Monsieur le principal.

CAMUS :
Pierre Camus, Monsieur le principal.
LE PRINCIPAL :
Et toi ?
LAMBERT :
Christophe Lambert.
LE PRINCIPAL :
Je vois. Christophe Lambert, Monsieur le principal.
LAMBERT :
Christophe Lambert, Monsieur le principal.
LE PRINCIPAL :
Classe ?
LAMBERT et CAMUS ensemble :
Sixième C, Monsieur le principal.
LE PRINCIPAL :
(Long, lourd, silence)
Où vous croyez-vous, jeunes gens ? Dans cet établissement, la tenue de sport est interdite en dehors des heures de sport. C'est écrit dans le règlement.
CAMUS :
Mais…
LE PRINCIPAL :
Camus, vous voulez dire quelque chose ?
CAMUS :
Euh…
LE PRINCIPAL :
On dit, Non Monsieur le principal. Ici on se tient bien, on s'habille bien, on parle bien. Et maintenant dehors !
(Bruits de pas précipités dans un couloir.)

3. EXT – ROUTE, AMBULANCE, GENDARMERIE – NUIT

Voiture accidentée, la caméra s'approche, gros plan sur un airbag déchiré, des bris de verre, du sang, sur le siège arrière, un manuscrit intitulé : *Tant que dure le voyage*, Pierre Camus, dédicacé « à l'ami de toujours ».

4. EXT – RUE SAINT-MICHEL – JOUR PUIS SOIR

Camus et Lambert marchent dans la rue, et changent au fil de la marche : grandissent, deviennent des adolescents, des adultes…

- Matin, tôt, deux enfants de douze ans, ils vont à l'école, ils se montrent, au creux de leurs mains, billes et calots de verre.
- Fin de matinée, ils ont quinze ans, ils allument leur première cigarette, Christophe tousse, Pierre rigole.
- Midi, ils passent devant la terrasse d'un café où sont attablées des filles.
- Après-midi, en tenues de mariés, nœuds papillon de satin blanc, alliances au doigt.
- Après-midi, Pierre joue au ballon avec un enfant, Christophe est plus loin, regarde ailleurs, rectifie la position du carré de soie dans la pochette.
- Fin d'après-midi, ils entrent dans un club privé, accompagnés de plusieurs femmes.

Musique : *La Valse à mille temps*, de Brel.

Nadège a tellement insisté, pour rencontrer l'autrice du scénario du *Chant du cygne* ! Gwenaëlle avait tellement envie de rencontrer les acteurs du *CouchCooking* !

Que les voilà tous assemblés autour d'une table chargée de victuailles, dans le salon de Marie-Madeleine, en ce début janvier. Marie-Madeleine a préparé des feuilletés de noix de saint-jacques en entrée, suivies d'un bar de ligne aux petits légumes, quelques fromages – dont un neufchâtel bien fait, concession à ses origines normandes – sur leur lit de croquante laitue délicatement assaisonnée au vinaigre de framboise, son préféré, et en dessert, des poires pochées dans un sirop parfumé à la cardamone et à la badiane, parsemées d'amandes effilées et servies accompagnées d'un chocolat fondu chaud.

Mais comme il eût été surprenant qu'une invalide de son état pût préparer tous ces plats, elle a demandé à Gwenaëlle de l'aider. Sa petite-fille en a été ravie comme d'habitude, car ces deux-là ont tout un passé commun en cuisine. Elles décident ensemble des repas qu'elles partagent, dont elles vérifient les recettes, Marie-Madeleine ostensiblement sur un livre, Gwenaëlle sur Internet et un des nombreux blogs qui en proposent de succulentes. Elles commandent leurs courses en ligne et se font livrer les sacs. Puis elles préparent le repas : Mado, de son fauteuil, tient la baguette de cheffe d'orchestre, désignant tour à tour les aliments à éplucher, couper, émincer, fouetter énergiquement ou incorporer délicatement, toutes actions dont elle fait sa part en enseignant les gestes à sa petite-fille. Ensuite, Gwenne est seule aux fourneaux à surveiller les cuissons mais elle montre régulièrement le contenu des casseroles à sa grand-mère, qui vérifie que le roux ne tire pas trop sur le brun, et que la béchamel ne fait pas trop de grumeaux…

Les voici donc toutes deux postées devant la table, à en vérifier les derniers détails de décoration et de présentation, en attendant leurs invités, Nadège, Achard, Louis et Manolo mon ami, avait négligemment lâché Gwenne, la veille.

Marie-Madeleine avait plissé les yeux avec curiosité, celui qui veut devenir réalisateur ou travailler à la télé ?

Lui-même, mais je te préviens, Mado, je te le présente à condition que tu respectes les règles :

– interdiction de lui faire passer un interrogatoire sur sa famille et ses origines,

– interdiction de lui demander ce qu'il veut faire « quand il sera grand » : il est vieux, il a 22 ans,

– interdiction de l'appeler mon « petit ami » ou pire, mon « petit fiancé » ou toute autre connerie de ce genre,

– interdiction de l'obliger à reprendre des plats,

– interdiction de sonder ses opinions politiques,

– interdiction de lui demander ce qu'il a lu ou ce qu'il a vu dernièrement au cinéma, sinon, je vends la mèche et je dis que c'est Achard qui te prépare tes fiches de culture générale,

– interdiction de

Bon stop ma chérie ! dix commandements, c'est au moins neuf de trop pour moi ! Dis-moi directement de quoi tu veux que l'on parle.

Mais de… du reste !

Et c'est pourquoi elles sont à présent, l'une debout, l'autre dans son fauteuil, leurs tabliers reposés en cuisine, postées devant la porte d'entrée à guetter la sonnette d'entrée, je parie que c'est Nadège et Louis qui arrivent en premier, et moi je parie sur Achard, il est toujours très ponctuel, on parie quoi ? Celle qui perd doit caser dans la conversation le mot anthropocène, c'est quoi anthropocène, c'est l'ère dans laquelle on vit depuis que l'homme agit sur son environnement.

Sonnette, porte : Achard et Louis se présentent côte à côte, suivis de Nadège, en retrait, qui attend quelqu'un qu'on entend galoper dans l'escalier, Manolo, l'ami de Gwenne.

Pendant qu'ils enlèvent vestes et imperméables, Marie-Madeleine se tourne vers sa petite fille : ex aequo, on a toutes les deux perdu, on doit caser le

Non, on a toutes les deux gagné et ton mot, anthropotruc, tu te le gardes !

Rapidement, tout le monde est à l'aise et passées les formalités et les généralités d'usage, les conversations bifurquent et se séparent en petits chemins bruissants. Seule silencieuse, en bout de table, Marie-Madeleine observe et écoute. Il ne manque à sa tablée que Jeanne et Christophe. Ou plutôt, ils sont là, en face d'elle, mais elle seule les voit, leur sourit, leur parle. Sur la ligne de Socrate, entre réel et irréel, qu'elle a fait tracer à Jeanne dans son roman, ils seraient dans la colonne de droite, n'est-ce pas, Jeanne, tu reprendras bien un peu de salade ? Elle leur adresse en souriant un clin d'œil complice – de son seul œil ouvert et visible, puisque même à table, elle garde le masque devant elle. Jeanne a repris de la salade, et Christophe du vin, qu'il apprécie en connaisseur. Ça va Mado s'inquiète Gwenaëlle, t'as quelque chose dans l'œil ? Marie-Madeleine la rassure et se concentre sur ses autres invités, ceux du « vrai monde » et de la colonne de gauche.

À ses côtés, Manolo a entrepris d'interroger Achard sur les aspects techniques de son métier, Achard lui répond mais agacé, le regard fuyant incessamment vers Nadège, assise en face de lui, et qui bavarde joyeusement avec Gwenaëlle, leurs deux têtes penchées l'une vers l'autre, Marie-Madeleine ne voit que la nuque de sa petite-fille, assise à sa droite, qui lui masque à moitié la face de Nadège tournée vers la jeune fille, voire qui la lui cache totalement si Gwenaëlle se penche un peu, comme une éclipse, une éclipse de Nadège avalée par l'ombre de Gwenaëlle, et ce doit être pareillement inverse pour Louis, assis en face de Marie-Madeleine à l'autre extrémité de la table, entre Achard à sa droite et Nadège à sa gauche, dont lui ne doit voir que la nuque, laquelle doit éclipser Gwenaëlle – mais après tout, voit-on jamais autre chose qu'une seule facette à la fois des gens que l'on côtoie ?

Pour Marie-Madeleine qui le connaît, la rage rentrée d'Achard à l'encontre de Nadège est de plus en plus perceptible. Jeune, elle aurait été jalouse de cette jalousie ; jeune, elle aurait envié la jeunesse de l'actrice. Maintenant, c'est un autre sentiment qui la torture quand elle voit les regards de l'homme aimantés par la femme qui l'ignore, en face de lui. Elle ne souffre pas pour elle-même, elle souffre avec lui et pour lui, elle devine ce qu'il ressent, elle éprouve avec lui l'entrechoc des images dans sa tête, il répond à Manolo mais c'est à Nadège qu'il parle, il regarde Manolo mais c'est Nadège qu'il voit, les lèvres de Nadège qui bougent et qui s'écartent légèrement pour rire et pour manger, la main de Nadège qui roule une mie de pain entre ses doigts, il écoute Manolo mais c'est Nadège dont il entend des éclats de voix murmurées car elle chuchote la garce et ce petit con de Manolo, est-ce qu'il ne va pas bientôt me lâcher la grappe, tout cela Marie-Madeleine le perçoit d'autant mieux qu'elle est dans le même état, elle porte à sa bouche un peu de légumes mais elle voit les lèvres d'Achard, dans l'angle gauche de son champ de vision, superposées à toutes les lèvres qu'elle a embrassées à pleine bouche ou mordillées durant sa vie d'amoureuse, elle avale un peu de vin mais en pensant au goût de tabac que doit avoir la salive d'Achard, comme avait celle de son amant italien ou de cet autre amant dans les années 2000, avant qu'il ne passe aux pastilles mentholées dont le goût sucré l'écœurait un peu, elle regarde s'il ne manque rien sur la nappe, si les verres sont encore pleins, si les assiettes sont déjà vides, mais ses yeux suivent les mains d'Achard crispées sur la fourchette au point d'en avoir les articulations des phalanges pâlies, le pauvre comme il souffre.

Elle sourit à Louis, en face d'elle, qui lui fait comprendre, d'un pouce levé, qu'il apprécie ce qu'il mange.

Et puis soudain, un mot dans la conversation efface tous les autres, éclipse les visages, un seul mot qui reste où les autres passent, un mot qui à lui seul obscurcit la lumière.

Nadège a dit viol.

Le mot interdit.

Le seul commandement auquel Marie-Madeleine ait jamais obéi durant toute sa vie, jamais tu m'entends, jamais tu ne prononceras ce mot, promets ! oui maman, je promets.

Viol.

Nadège et Gwenaëlle évoquent une affaire de pédophilie dont les médias font leur une depuis quelque temps. Marie-Madeleine n'a pas suivi les détails de cette plainte, adressée par une femme à l'encontre de son violeur, quarante ans après les faits. Mais ce qu'elle en a entendu a suffi à réveiller les cauchemars tapis dans un coin de sa propre mémoire, les bruits de pétard comme des tirs de feu, ses cris de détresse parmi des cris de liesse, jamais, tu m'entends, jamais, on ne doit savoir.

Oui maman.

Personne n'a su. Jamais le mot n'a franchi ses lèvres. Même son cher mari Jean-Yves, qui posait peu de questions, absorbé par ses recherches, l'a ignoré. Même elle, Marie-Madeleine, avait presque fini par l'oublier, ce qui s'était passé en 45 à Avranches. Ce diable d'Achard soupçonne bien quelque chose, qui rôde autour de cette date, flairant quelque information, mais elle tient bon son rôle d'amnésique. Signer une pétition disant qu'elle avait avorté – sans l'avoir fait, juste par solidarité féminine – est une chose. Mêler sa voix à toutes celles qui s'élèvent contre les violeurs ordinaires en ayant subi un semblable outrage – en est une autre, et elle ne s'y résout pas. Grande gueule, Marie-Madeleine, mais lèvres scellées sur l'intime blessure.

Personne n'a su, par conséquent, que Marie-Madeleine n'a pas donné le jour à une fille, mais à deux. L'une, Mireille, née en 1964, est la mère de Gwenaëlle. Mais avant, il y en avait eu une autre, née en 1946, abandonnée à sa naissance. Marie-Madeleine, quatorze ans la veille, ne l'a jamais vue. Pas touchée. Elle sait seulement que c'était une fille, Marie. A-t-elle survécu ? Est-elle devenue pupille de l'Assistance publique, a-t-elle été adoptée ? A-t-elle fait des études, choisi un beau métier ? Si elle vit encore, elle a soixante-quinze ans aujourd'hui, si elle a eu des enfants, ils ont l'âge de Nadège à peu près, si ces derniers ont à leur tour enfanté, Marie est grand-mère, et Marie-Madeleine arrière-grand-mère. Troublée, elle imagine un instant l'alignement décroissant, comme poupées russes, de ces quatre générations…

Pour cacher son émotion, Marie-Madeleine, qui a failli se lever de son fauteuil mais s'est souvenue juste à temps qu'elle n'était pas censée marcher, roule vers la cuisine en annonçant qu'elle va préparer le café.

Elle n'est pas sûre, en sentant dans son dos, pour la première fois du repas, le regard d'Achard, qu'il n'ait pas perçu le mouvement qui lui a presque fait oublier son rôle d'infirme. Quand elle retourne à table, elle est de nouveau maîtresse d'elle-même.

Le repas s'achève, Gwenaëlle réclame l'attention, elle a une déclaration à faire. Tout le monde se tait. Tout le monde se met debout. Sauf Marie-Madeleine, intriguée. On entend les premières notes d'un air de *La Périchole* et tous les convives entonnent à l'unisson en levant leur verre en direction de leur hôtesse :

« Ah quel dîner, je viens de faire,
Et quel vin extraodinai-aire,
J'en ai tant bu et tant tant tant,
Que je crois bien… que maintenant
Je suis un peu grise… »

– Alors nous y sommes ?
– Je le crois, oui.
– Tu es sûre de le vouloir ? Ça y est ? Tu en as vraiment envie ? Tu as bien réfléchi ?
– Oui, oui, oui, oui.
– Alors, viens, donne-moi la main.

Quand les doigts de Louis se referment sur la main de Nadège et commencent à lui serrer les siens, conformément au scénario, il sent que le pouls de son amie bat furieusement. Leurs personnages signent le contrat par lequel Jeanne, jouée par Nadège, s'engage à fournir un dernier texte à son méphistophélique éditeur, qu'interprète Louis. Certes, ils doivent transmettre toute la tension dramatique de la situation, mais de là à se mettre réellement dans cet état ! Il voit bien que Nadège doit se retenir de ne pas crier – et peu s'en faut que dans sa main, le stylo ne casse.

Coupez !

C'est bon, on l'a. Louis tu peux partir, Nadège, tu restes, j'ai un mot à te dire pour la scène de demain.

Bon, d'accord, je descends en fumer une et je reviens.

Fumer est le prétexte que Nadège a trouvé pour descendre dans la rue en même temps que Louis, quand celui-ci quitte le studio et qu'elle doit y rester, pour une raison ou une autre imposée par Achard.

C'est impossible, Nadège, de continuer comme ça, tu vas y laisser ta santé, tu prends tout cela trop à cœur.

Louis prend son amante par les épaules. Il lui caresse les cheveux doucement, et crois-moi, ce n'est pas la jalousie qui parle ni la rancœur, mais ce type t'use, appelle-moi en fin d'après-midi, ce soir, je joue.

Louis s'éloigne sur le trottoir. Il n'ajoute pas qu'après le spectacle, il a prévu de finir la soirée et de passer la nuit avec Sabrina, une régisseuse du théâtre mais Nadège le sait. Libre elle est, libres elle laisse les autres, c'est la règle du jeu et avec Louis, cela se passe bien.

Mais ce soir, tout de même, justement ce soir, elle aurait bien aimé qu'il restât près d'elle.

Elle ne le dit pas. Louis s'éloigne, levant les bras et agitant ses doigts sans se retourner comme fait Liza Minelli dans *Cabaret*, certain que Nadège le regarde partir. Il faut toujours qu'il cite des films, Louis, c'est sa forme de pudeur.

Nadège sait qu'elle devrait remonter au studio. Achard l'attend. Elle ne lève pas les yeux, elle est sûre qu'il la guette derrière le store. Sa cigarette est consumée depuis longtemps, mais elle porte encore le mégot à sa bouche, elle feint d'aspirer la fumée et de faire tomber des cendres inexistantes, pour retarder le moment de rejoindre l'homme qui ne la lâche pas des yeux, là-haut.

Elle n'a rien, pourtant, à lui reprocher de concret, de précis, de prouvable, rien sur quoi mettre des mots clairs comme le seraient les mots harcèlement, manipulation ou sadisme, des mots validés par des jurisprudences établies, des mots ayant un sens sans ambivalence, non, elle n'a rien de tel à raconter, même à Louis – sinon un état de malaise aussi incoercible qu'indéfinissable et une obsession irrationnelle qui lui fait perdre le sommeil. Achard ne la poursuit pas, ni physiquement même s'il n'est jamais loin d'elle, ni moralement même si, pour le travail, il lui envoie très souvent des messages ; quand ils font l'amour, il ne la contraint pas, ne la blesse pas, ne lui fait pas mal, mais jamais il ne la caresse non plus, ni ne l'embrasse, ni ne lui glisse des mots tendres, et sous sa poigne impérieuse, elle s'en veut d'abdiquer toute volonté, toute initiative. Elle ne se reconnaît pas dans cette espèce de soumission qu'elle n'a pas vue venir. Il ne la dévalorise pas en permanence, mais il se montre d'une très grande exigence et lui fait repasser plus de scènes que nécessaire ; il ne lui dit jamais qu'il l'aime, à la différence de Louis qui distribue généreusement aux femmes ses mots d'amour, et pourtant Achard est fou d'elle, beaucoup plus amoureux elle en jurerait que Louis, elle le voit à l'extrême nervosité de ses traits quand il l'aperçoit, à ce fil de sang qui lui traverse le blanc de l'œil quand elle part, à cette veine fragilement saillante dans son cou lorsque se libère son plaisir en elle.

C'est cela. Leur histoire rend Achard fou. Voilà ce qui l'inquiète, Nadège. Achard n'est pas violent mais elle sent la pression d'une grande violence en lui. Il la contrôle, pour l'instant. Il la contient. Mais plus tard ? Achard a l'âme d'un prédateur, dont Nadège est la proie gardée, la chose, la propriété privée, une sorte d'extension du bâtiment principal. Ce qui a pour effet qu'elle-même en vient à être habitée en permanence par la pensée d'Achard, sans se résoudre à lui faire confiance, à s'abandonner à lui, à baisser avec lui sa garde naturelle.

Elle lui est redevable de l'employer. Mais elle peur.

Elle lui est reconnaissante des moments où son corps s'embrase. Mais elle a peur.

Elle admire ses vidéos, la rigueur de son travail, la vivacité de ses dialogues, son imagination cultivée. Mais elle a peur.

Elle a hâte d'en avoir fini avec le tournage du *Chant du cygne*. Elle a lu la fin du scénario, que la voisine et Achard ont écrit ensemble. Le personnage de Jeanne lui est très proche, d'avoir été adoptée comme elle-même a été recueillie. Mais pour cette raison même, Nadège ne lui pardonne pas sa mélancolie profonde et sa passivité face aux hommes. À chaque scène, elle brûle de la secouer, allons, prends ce que la vie t'offre, après il sera trop tard, profite, et cette énergie nourrit son jeu et le nuance, sans qu'elle en ait conscience. En revanche elle se réjouit sans réserve de l'apothéose finale que le film lui prépare, cette chute parfaite pour démarrer sa future carrière de tragédienne, elle s'exerce déjà devant le miroir à composer l'expression qu'elle aura en tombant sur le pavé (où l'attendra un épais matelas de sécurité).

Mais après ce film, fini, elle ne tourne plus avec Achard. Ce *Chant du cygne*, sera leur dernier film, pense-t-elle.

Elle écrase sa cigarette sur le trottoir, néglige d'en ramasser le mégot comme elle fait d'habitude. Rentre dans l'immeuble. Achard est là-haut. Achard sera sur le palier, en haut des marches, à l'attendre. Ils se tairont. Il leur suffira d'un regard pour que l'envie les saisisse de s'unir dans le ravissement des sens. Dans l'ascenseur, elle sent déjà la langue de son amant sur son corps. Elle a hâte et frissonne. Mais elle a peur.

Le tournage approche de sa fin. Un soir, Nadège s'approche du bord de la fenêtre pour fumer. La nuit approchant, elle devine plus qu'elle ne voit le SDF couché un peu plus loin sur le trottoir, devant la vitrine fermée d'une boulangerie. Combien de fois Nadège a-t-elle dû traverser pour éviter d'avoir à l'enjamber ou renverser le gobelet qu'il a posé devant lui.

Accoudée à la balustrade, elle entend les voitures, en contrebas, et les conversations aux terrasses des cafés. La grippe qui tue en Asie des centaines de personnes en est le principal sujet. L'épidémie pourrait se répandre. Le virus pourrait atteindre l'Europe. Des bateaux de croisière restent en quarantaine au large des côtes pendant quatorze jours, ce qui impose le mot quatorzaine dans les conversations. Nadège se penche pour entendre mieux, la rampe de sécurité est beaucoup trop basse, un vertige la saisit. Furtivement la traverse le souvenir de deux femmes, deux artistes, deux amantes, Unica Zürn, la poupée ficelée en 1958 de Hans Bellmer, et Jeanne Hébuterne, maîtresse de Modigliano dont elle portait l'enfant, deux morts par défenestration comme fera bientôt le personnage de Jeanne qu'elle interprète. Le jour tombe, le SDF se laisse tomber dans la nuit de l'alcool et de la rue, les gens tombent comme des mouches dans les hôpitaux et elle, Nadège, et elle ? Quelle sera sa chute ? Il est temps que cela se termine, son assurance faiblit, je ne sais pas trop pourquoi, ce n'est pas seulement que j'en ai assez d'Achard, imperturbablement froid, et de Louis, plus doucereux que doux, il y a autre chose, mais je ne sais pas ce que c'est.

L'air est doux mais Nadège a froid et tremble.

Derrière elle, Achard et Louis ont fini de se disputer. La porte d'entrée claque. Quand elle se penche un peu pour voir lequel des deux est parti, Nadège perçoit une présence derrière elle.

Quand elle veut se redresser, elle sent la pression d'une main dans son dos.

Alors Mado, ça y est, il est fini ton roman ? Je peux lire la

Patins !

Gwenne retourne dans l'entrée, pose les pieds sur les patins de feutre, revient en glissant sur le parquet.

Tu sais que papa me dit que ça me donne de mauvaises habitudes, tes patins, il dit que du coup, je traîne tout le temps la patte.

Laisse-le dire, ici tu es chez moi et chez moi, on marche sur des patins. Chez lui, on marche sur des œufs, c'est pas mieux !

Gwenaëlle éclate de rire. C'est vrai que son père ne rigole pas. Chez lui, tout le monde a intérêt à marcher droit.

Alors, je peux lire la fin ? Qu'est-ce qu'elle devient, Jeanne ?

Marie-Madeleine désigne les feuilles étalées sur la table. Gwenne s'empare des dernières. Les parcourt rapidement.

C'est tout ? Elle saute de la falaise, elle meurt, point final ?

Il n'y a rien après la mort, chérie, que veux-tu que j'ajoute ?

Je sais pas, mais par exemple, ce Christophe, il ne lui arrive rien ? Incitation au suicide, c'est pas un crime, ça ?

Il ne l'a pas poussée à mourir, techniquement parlant. Je parle de la main de la nuit, que Jeanne sent dans son dos, on n'est pas obligé d'y voir la main de Christophe. Cet homme, c'est une occasion, c'est tout. S'il l'avait aimée, peut-être… ou plutôt, s'il s'était accepté l'aimant, sans doute… Un dernier amour peut sauver une vie entière. De toute façon, il n'est pas dit qu'elle meurt malheureuse. Tu connais Pessoa ? Il a écrit sous plein de noms différents, mais notamment ceci, qu'il a signé Alberto Caeiro : « Si je savais que demain je dois mourir/et que le printemps est pour après-demain,/je serais content de ce qu'il soit pour après-demain. »

N'empêche, ton éditeur s'en sort trop bien, je trouve. Tu pourrais au moins dire si le livre de Jeanne a du succès. Et son fils ? Il réagit comment ?

Bon… Assieds-toi là.

Marie-Madeleine, assise sur son lit, fait signe à sa petite-fille de venir à ses côtés et de poser sa tête sur les genoux de la vieille dame. Elle lui caresse doucement les cheveux, comme quand elle était toute petite et que sa grand-mère lui racontait, rien que pour elle, un conte merveilleux, une histoire de piraterie ou de Shéhérazade. Gwenaëlle sourit et ferme les yeux.

Tu as lu la fin que j'ai écrite. Écoute à présent celle que je ne vais pas écrire et que tu seras seule à connaître : Jeanne à peine disparue, Christophe, son éditeur, sort son livre sous une belle couverture et des bandeaux publicitaires rouge sang : « Attention, livre testamentaire ! Quand le point final d'un texte termine aussi la vie de son autrice ! Un adieu bouleversant à l'écriture et à la vie ! » Entre la curiosité nauséabonde de certains charognards et le réel intérêt d'autres critiques pour un texte-sans-texte, certes, mais en soi assez significatif d'une époque, le livre connaît un succès qui, boule de neige oblige, ne cesse de grandir l'année suivant la mort de Jeanne. L'argent rentre sur le compte de son ayant-droit, j'ai nommé son fils Jules, ce qui lui permet, son bac en poche, d'entamer des études en informatique. Il reste installé dans la maison de sa mère, dont il loue la chambre à un colocataire. Est-il triste de la disparition de Jeanne ? Non. Se reproche-t-il de ne pas l'avoir mieux connue ? Non.

Mado ! Non ! C'est trop dur, un fils qui n'aime pas sa mère !

Attends, ma petite chérie… Il n'est pas triste et il ne se reproche rien, parce qu'en réalité, sa mère n'est pas morte. Elle a juste disparu. Changé de pays, de nom, de couleur de cheveux. Morte sous une apparence, elle revit sous une autre. Elle a mué. Elle a repris son nom de jeune fille, puisque Boucher était un pseudonyme et s'est choisi Renée comme prénom. Elle voyage. Elle découvre d'autres mondes. D'autres arts, d'autres langues, d'autres savoirs. D'autres amours.

Gwenaëlle bat des mains : elle va vivre longtemps ?

Oui.

Heureuse ?

Oui.

Elle va se marier ?

Euh…

Et avoir beaucoup d'enfants ?

Ah non, certainement pas, faut pas exagérer non plus. Allez, maintenant, zou, il est tard, rentre chez toi, ton père va encore me chercher noise, sinon.

Tu dis ça pour me faire plaisir comme quand j'étais gamine mais pour de vrai, je sais bien qu'elle est morte, Jeanne.

Allons allons, qu'est-ce que cela signifie, « pour de vrai », hein ? Le réel et le songe, les faits vrais ou *fake*…

Mado, et ce virus dont on parle, pour de vrai, il va venir chez nous, tu crois ? Il y en a qui disent qu'on va devoir vivre enfermés.

Ne t'inquiète pas ma chérie, j'ai déjà vécu enfermée plusieurs mois, il y a très longtemps, j'avais presque ton âge. Ça se traverse.

Tu me raconteras ?

Une autre fois, peut-être.

La jeune fille entoure la vieille femme de ses bras, qui fait durer un peu l'instant et respire, yeux fermés, le parfum de ses cheveux, à la verveine dirait-on.

Au revoir, Mado, je t'aim…

Patins ! Et lave-toi bien les mains en rentrant chez toi.

Penchée à la fenêtre du studio, une main dans son dos, Nadège s'immobilise, sur le point de chuter, instantanément glacée.

Eh, fais attention à ne pas tomber, quand tu te penches ! La balustrade est anormalement basse !

La jeune femme sent qu'on la tire en arrière. Elle se retourne et se dégage. Louis est là, qui l'a retenue par le pull et lui sourit. Elle se blottit dans ses bras.

Qu'est-ce qui se passe, avec Achard ? Pourquoi vous vous disputez ?

Louis se dégage de l'étreinte de son amie, et répond d'un ton plus bas, en signalant la présence du réalisateur dans la pièce voisine, oh, toujours ces histoires de rattrapage d'heures supplémentaires. Il ne veut rien entendre. C'est la dernière fois que je travaille avec lui. Marre.

Une vibration discrète de son téléphone avertit Nadège de l'arrivée d'un message, qu'elle ne consulte pas.

Moi aussi. Mais c'est bientôt fini, courage. Demain, on tourne la dernière scène, la mort de Jeanne, et basta. D'ailleurs, je vais rentrer chez moi, il faut que je la bûche un peu.

Sur le chemin du retour, elle regarde qui a cherché à la joindre. C'est Gwenaëlle, Nadège est soulagée, elle craignait que ce fût Achard. Il devient omniprésent, réclame tout le temps de la voir, l'oppresse de plus en plus par le biais de messages incessants et il aurait été parfaitement capable de lui envoyer un SMS de la pièce à côté.

Mais c'est Gwenaëlle, et tout va bien. Depuis qu'elles ont fait connaissance au cours du repas chez Marie-Madeleine, elles sont restées en contact et elles échangent volontiers des nouvelles en dehors des cours de l'une et du travail de l'autre.

Je te dérange ?

Non, mais je suis dehors. Je te rappelle dans dix minutes.

Chez elle, Nadège prend encore le temps de se préparer un thé. Elle s'installe dans son canapé. Le scénario de *Chant du cygne* est ouvert à la dernière page.

Voilà, excuse-moi. Alors Gwenne, tu vas bien ?

Tu sais, je repensais à notre conversation d'hier : finalement, on est un peu pareilles.

Nadège sourit à l'appareil, et tant pis si la jeune fille ne le voit pas, elle l'entend sûrement. Tout en l'écoutant, elle lit dans le scénario la scène du lendemain. *Intérieur. Chambre de Jeanne, au soir. Fenêtre grande ouverte dans la nuit noire.*

Ben déjà, on n'a pas beaucoup connu nos mères…

C'est la chambre d'Achard, redécorée, qui sert de chambre de Jeanne dans le film. Achard dort dans son salon depuis le début du tournage.

… un peu comme toi non ?

Pardon, de quoi ?

Tu m'écoutes pas ?

Si si, vas-y.

Et c'est vrai, Nadège entend Gwenaëlle mais quelque chose en même temps la distrait. L'attire vers la page ouverte du scénario. L'y ramène, pendant que la jeune fille parle. *Intérieur. Chambre de Jeanne. Au soir. Fenêtre grande ouverte dans la nuit noire. Jeanne se penche sur la balustrade.*

… pas un accident mais ça revient un peu au même, non ?

Elle la connaît par cœur, la scène, mais elle y retourne, cette nuit noire comme un trou noir de l'univers, l'attire et l'aspire, irrépressiblement.

Un accident, pardon, tu as eu un accident ?

Nadège ! C'est ce que je dis, tu m'écoutes pas : tu n'as pas perdu ta mère dans un accident comme moi, mais comme moi t'as quand même un peu grandi sans mère.

Ah oui oui…

Tu finis de me raconter ? Hier, tu m'as juste dit que tu ne l'avais pas connue.

Fenêtre grande ouverte, Jeanne se penche, Nadège qui écoute Gwenaëlle, en même temps s'imagine jouer la scène du lendemain, la nuit l'appelle, la balustrade est trop basse ne te penche pas c'est dangereux, mais Nadège s'incline quand même encore et encore, elle visualise très bien la scène, elle y est déjà, elle se penche elle écarquille les yeux… et soudain, dans ce trou grouillant de choses sans nom de la nuit, qui demain va l'attirer, la voix de Gwenaëlle ici maintenant au téléphone ouvre un autre abîme, ses mots font s'agiter les ombres qui pâlissent dans la nuit qui deviennent gris de plus en plus clair qui se font fantômes qui secouent des bras blancs près d'une camionnette blanche elle aussi mais dont la porte arrière grande ouverte ouvre sur une gueule noire et les fantômes entraînent au fond de cette béance obscure une femme, une femme qui pousse d'incompréhensibles cris, tandis que les bras blancs la ceinturent, Allons calmez-vous Marie, pas devant votre fille, elle avait quel âge, Nadège, elle ne sait plus trop, on m'empêchait de la rejoindre, cette Marie qui baragouinait des choses bizarres, ce genre de mots dont la folie remplit les bouches perdues, et moi je revois juste, là, dans la nuit, une femme qui ne voulait pas perdre la face devant sa toute petite fille mais les sons qui sortaient d'elle faisaient peur alors des hommes en blanc ont emmené la femme d'un côté, tandis que des femmes emportaient l'enfant d'un autre côté, moi, Nadège, qui ne disais rien, qui ne pleurais même pas, qui te regardais partir, maman, qui te regardais pour la dernière fois.

Sur son canapé, Nadège se redresse brutalement, elle s'appelait Marie.

Qui ça, ta mère ?

Oui. Je ne me rappelle pas la dernière fois que j'ai prononcé son prénom à voix haute. Ça vient de me revenir. Je parle d'elle au passé mais si ça se trouve, elle vit encore, quelque part. Si ça se trouve, elle se souvient qu'elle a eu une fille, jadis.

La mienne s'appelait Mireille. C'est marrant, ça commence pareil. Ma grand-mère n'a plus jamais voulu rencontrer mon père, après l'accident. Comme si c'était de sa faute, un camion qui a grillé un stop. Je crois que Mado lui en a voulu de ne pas être mort à la place de sa fille. Et je te dis pas, quand il s'est remarié avec Adeline, ma belle-mère ! C'est comme si ma mère mourait une deuxième fois, Mado n'a pas ouvert la bouche pendant un mois.

La toute petite Nadège non plus n'ouvrait pas la bouche. Elle est restée sans parler pendant plusieurs mois, des femmes lui tiraient sur les mâchoires pour la forcer à manger, c'était douloureux, mais elles n'étaient pas méchantes. Elle dormait dans un dortoir, toutes les autres filles parlaient, plutôt deux fois qu'une, et ça piaillait et ça criait. Mais Nadège, non. Le dimanche, on les emmenait au jardin, et puis un jour, un couple est venu la chercher. Il n'avait pas d'enfant mais s'occupait de ceux que la vie avait séparés de leurs parents. L'homme et la femme étaient gentils. Ils l'ont nourrie, logée, entretenue, éduquée, ils l'ont aimée. Elle a reparlé, elle a mangé, elle a grandi normalement. Ils ne l'ont pas adoptée, parce que sa mère biologique n'avait pas renoncé à ses droits, mais c'était tout comme et Nadège à sa majorité avait fait de leur nom son nom d'usage.

Je te laisse, Gwenne, faut que je travaille ma scène de demain. C'est la dernière. Celle où, tu sais, Jeanne saute par la fenêtre. Au revoir, ma belle, je t'embrasse.

Au revoir, Nadège. Tu me raconteras, dis ? Ta mère ? Et fais attention à toi, demain. T'en vas pas tomber pour de vrai !

Le destin. On peut toujours l'appeler autrement, coïncidences ou fatalité, relire la succession des événements comme un enchaînement fortuit de causes et d'effets, on peut épiloguer sur le hasard ou la nécessité de tel ou tel épisode advenu, on peut aussi croire en un autre ordre que celui que nous imposent le langage ou la raison, invoquer quelque dieu ou démon, ou encore s'émerveiller du cheminement de la nécessité dans l'inconscient humain, on peut. Mais ce ne sont que les autres noms du destin. De la fatalité.

Elle se croyait libre, Marie-Madeleine Marin-Fossey, elle ne l'était pas. Personne ne l'est. Elle croyait devoir au hasard de s'être installée dans cet appartement et d'y habiter. Elle croyait avoir un nom en propre, une vie intérieure, et qu'en dehors d'elle, existait un monde extérieur. Elle aimait les carrefours, les vents contraires, l'errance, toutes circonstances dans lesquelles on croit suivre une étoile ou sa bonne fortune.

Mais elle n'habite pas: elle est habitée. Elle n'erre pas, elle file sur son erre. Elle ne choisit rien, elle suit une trace. Elle ne s'est jamais perdue, elle a ramassé sans le savoir des cailloux du Petit Poucet, qui la ramènent chez elle, Avranches, 1945, direction le point de départ, avant le grand point final, le point de non-retour, et ce n'est pas que j'aie hâte, mais ça me reposera, le non-retour, parce qu'il faut bien reconnaître que c'est fatigant, tous ces détours pour me retrouver au point originel, on croit qu'on avance mais on recroise toujours ses propres empreintes et ça revient au même – on revient au même lieu, aux mêmes noms de lieux, aux mêmes mots qui nous ont un jour définis, enfermés : l'espace n'existe pas, on ne peut pas fuir ailleurs qu'en soi-même, on ne s'exile jamais de soi, on pourrait appeler ça des coïncidences, mais je n'y crois pas, c'est le destin.

Il aura fallu la perspective, en ce mois de février 2020, de *devoir* vivre enfermée dans l'espace confiné de son appartement – ce qu'elle fait par choix depuis longtemps – pour que tous les territoires que Marie-Madeleine a traversés, les villes, les rues où elle a vécu, se rassemblent soudain en un espace mental unique, fermé par quelques frontières intimes : il n'est d'autre pays que celui que l'on porte en soi.

Ce destin est-il bon ou mauvais, en revanche, Marie-Madeleine l'ignore, on verra, peut-être ce virus trouvera-t-il son chemin jusqu'à moi, il paraît qu'il tue les vieux – et je suis vieille.

C'est quand Gwenaëlle est venue lui raconter sa conversation avec Nadège, que la foudre a commencé à frapper, les pièces du puzzle à bouger, à se reconstituer. Coups de tonnerre ou de théâtre, depuis, cela ne cesse de taper. Il y avait eu le mot viol, prononcé à voix haute ici même, chez elle, entre ces murs qui devaient la protéger. Il y avait eu, souvent, en regardant Achard, cette certitude qu'il jouerait un rôle important dans sa vie, sans savoir lequel. À présent il y a ce prénom, Marie, que Gwenaëlle a prononcé, celui que portait la mère de Nadège. Il a brillé comme un projecteur soudain allumé, et braqué sur de vieux souvenirs enfouis dans le noir.

Quand elle s'était retrouvée enceinte, en 45, ses parents l'avaient envoyée à Rennes, chez sa tante, Anne, passer les trois derniers mois de sa grossesse, les plus visibles. En ville, ce n'est pas que les gens jasent moins, mais là-bas, Marie-Madeleine n'était pas connue. À Avranches, tout le monde aurait su. La jeune fille sortait peu de la maison de sa tante. Trop jeune, et sans mari, elle devait cacher sa honte et son ventre. Aux questions de voisins susceptibles de l'apercevoir dans le jardin, on avait préparé des réponses vagues, une histoire de prétendant parti au front, qui aurait fêté Pâques avant les Rameaux, puis serait mort au front. À peine relevée de couches, survenues avant terme, Marie-Madeleine était retournée à Avranches. Sans l'enfant. Elle était revenue errer dans le jardin qui domine la baie du Mont-Saint-Michel – et là, ce nom, c'est le premier coup du destin à sa porte : sans avoir jamais fait le rapport avec l'île de son enfance, Marie-Madeleine habite une place Saint-Michel depuis plus de cinquante ans, il n'y a pas de hasard.

Deuxième surprise : en 45, elle avait retrouvé son ancien collège Littré détruit par les bombes, une aile du bâtiment en moins; chez elle, depuis toujours, elle garde sur une étagère les quatre volumes d'une édition de 1878 du Dictionnaire de la langue française de Littré, reliée de cuir fleurant bon le fauve, et pages jaunies, un achat qu'elle avait fait sur un coup de tête irréfléchi pour fêter son tout premier salaire.

Troisième signe : pour acheter le journal de son père, elle devait emprunter l'étroite rue du Docteur-Gilbert ; Gilbert est le prénom de son médecin, qu'elle utilise beaucoup plus que son nom, ces dernières années, depuis le temps qu'ils se connaissent.

Dira-t-on assez ce que peut un mot ! Gwenaëlle a dit *Marie*. Des Marie, il en existe des millions, mais sorti de la bouche de sa petite-fille, et entré dans le cœur de sa grand-mère comme les larmes de Gerda dans celui de Kay, il a fait fondre dans l'instant même toutes les couches de glace de sa mémoire, et de même qu'un corps gelé se conserve intact, de même à présent, les souvenirs de Marie-Madeleine, ces prisonniers de guerre, reviennent à la vie, remontent inchangés à la surface, dans le corps les mêmes ruines, dans le cœur le même cri, celui qu'elle n'a pas poussé il y a soixante-quatorze ans, écrasée sous l'ennemi, et qui soudain dégèle dans sa gorge et ne demande qu'à jaillir, cris fondus en un fleuve de larmes, cri de douleur et de terreur d'enfant dans un corps de vieille femme, cri joues rebondies sous la peau de joues devenues flasques, cri sexe rose et quasi imberbe d'adolescente sous les plis brunis d'un sexe octogénaire, Gwenaëlle a dit *Marie*, et tout s'ajuste, le collège et le dictionnaire, le docteur et la rue, la place et le Mont, Mireille la fille morte en voiture, remonte en surface elle aussi, tandis que Marie-Madeleine s'enfonce vers l'enfant restée morte en elle et sous un porche obscur d'une rue d'Avranches, 1945, tout s'enchaîne, maillons scellés d'un même destin.

Même son amour de la Lune, même cela, tout à coup lui rappelle la Sée, qui serpente dans la baie jusqu'au Mont-Saint-Michel où elle rejoint la Sélune, et qu'elle regardait de son jardin.

Même Suzanne a joué son rôle à point nommé : c'est parce qu'elle a fouillé partout que Marie-Madeleine l'a chassée, ce qui a permis à Achard d'entrer dans son histoire, avec son long cou maigre : quand elle était petite, rien ne faisait rêver la jeune Marie-Madeleine comme les profils élégants des aigrettes – qu'on appelait des hérons – près de Tombelaine, ce humble rocher méconnu des touristes qui se pressent au Mont.

Mais un jour elle ne fut plus petite. Les hérons avaient définitivement pris leur envol.

Marie-Madeleine ne devait plus en revoir jusqu'à ce coup de sonnette, un jour, qui la mit face à la silhouette d'Achard sur son seuil : tiens, un héron ! se dit-elle.

Ce n'est qu'un début. Marie-Madeleine sent qu'elle n'en a pas fini, de refaire l'histoire. Elle parcourt le trajet inverse. Elle revient dans la ville d'Avranches en ruines, le corps bombardé, lézardé, ses défenses tombées. Elle a quatorze ans. Il faut reconstruire. Les murs, les maisons, le ventre, la tête. L'ennemi est parti. Des enfants naissent au fur et à mesure que les hommes reviennent, on baptise les filles France-Aimée, Victoire-Désirée. Sa mère l'accueille sans mot dire. La saisissant au poignet de sa main froide, elle la fait tourner sur elle-même, vérifie que sous le tablier, un reste de rondeurs ne se voit pas. Mais non. Marie-Madeleine avait très peu grossi, en neuf mois. À peine cinq-six kilos, perdus dans la largeur du ventre.

Deux ans plus tard, Marie-Madeleine et ses parents rejoignaient la tante Anne, quand son mari mourut sous un camion.

Et de Marie, il n'avait plus jamais été question.

Elle vieillit, Marie-Madeleine. Devient sentimentale. Le temps a dispersé puis tué trop d'amis. Elle pourrait parler à Achard, mais la fin de son tournage le rend imperméable à tout autre centre d'intérêt. Son gendre et sa belle-fille lui sont étrangers. C'est donc auprès de Gwenaëlle, qui n'a de cesse d'interroger tout le monde, qu'elle entrouvre sa boîte à souvenirs, à images, à illusions peut-être : la lanterne magique de la mémoire nous est trompeuse.

Elle a donc parlé. Elle a raconté à sa petite-fille, sans donner de détail, ce qui lui était revenu de ce jour de juillet 45 et ses suites, la naissance en avril 46 d'une petite fille, on avait griffonné Marie sur un papier glissé dans ses langes avant de la déposer devant le seuil de l'Assistance publique ; elle a raconté l'enfouissement de la chose, ensuite, dans un silence oublieux, amnésique.

Gwenaëlle qui a tout écouté sans rien dire et sans lâcher la main de sa grand-mère, renifle et murmure, Mais comment c'est possible, d'oublier qu'on a une fille, comment on peut ?

On ne peut pas, mais ça se fait en nous. C'est la honte, qui se charge de jeter des pelletées de terre sur le bébé qu'on a abandonné vivant.

Marie-Madeleine raconte aussi ce qui a changé, depuis cette époque, dans la société, surtout après le procès d'Aix en 1978 qui condamna deux violeurs près de Nice ; elle raconte, soudain lyrique, le long chemin de vie que l'on doit parfois parcourir à genoux sur les cailloux, tirant après soi un sac lourd de mots tus, avant de pouvoir se redresser, ouvrir le cordon, laisser les mots s'envoler loin, et repartir plus léger, réconcilié avec soi-même et avec le monde. Il aura fallu ce projet fou, à mon âge tu te rends compte, d'écrire un roman pour que ces mots prennent corps et la quittent, pauvre Jeanne, pauvre personnage abandonné par sa mère, il t'aura fallu traverser bien des épreuves pour que moi, Marie-Madeleine, qui ai abandonné ma fille, je sorte enfin de la honte – d'ailleurs, si c'était à refaire, tiens, je choisirais une autre fin, Jeanne ne sauterait pas de sa falaise, la pauvrette, elle pousserait Christophe dans le vide.

Gwenaëlle ne répond rien. Elle est dans ses pensées. Puis tout à coup, Il s'agit de ma tante, après tout, alors t'inquiète, Mado, je vais t'aider à la retrouver, cette petite Marie !

La petite Marie comme tu dis, elle a soixante-quinze ans, si elle vit encore ! Et puis Marie est un prénom tellement porté ! Comment veux-tu…

Marie-Madeleine manque de peu de se trahir et d'avouer qu'elle a déjà commencé à enquêter sur Internet. Et puis à quoi bon nier plus longtemps. L'heure est au jeté de masques. À sa grande surprise, Gwenaëlle ne paraît pas étonnée. Elle sourit à sa grand-mère.

Ah ça y est, tu te décides enfin, à me le dire, que tu as un ordinateur ! Il y a longtemps que je le sais, et aussi que tu vas sur Internet ! Tu te souviens de la tablette que je t'avais passée ? j'ai bien vu que tu t'en étais servie… Avoue que j'ai bien joué le jeu, hein…

Marie-Madeleine hoche la tête, elle est maligne, cette gamine, c'est bien sa petite-fille.

Et ça, tu le savais aussi ?

La vieille femme se lève de son fauteuil en s'aidant de l'accoudoir et abaisse son masque à manche. Elle assure son équilibre et fait quelques pas dans la chambre, en longeant le mur droit.

Gwenaëlle la regarde sans mot dire, gorge serrée, puis se précipite vers elle et la prend dans ses bras en fondant en larmes, Mado, Mado tu remarches !

En voyant le bonheur de sa petite-fille, Marie-Madeleine n'est pas très fière d'elle-même. Elle aurait dû lui parler avant. Elle n'avait pas imaginé que sa petite-fille, toujours si gaie, pouvait souffrir de voir sa grand-mère diminuée. Elle répond de manière évasive, oh c'est tout récent et je marche encore de guingois, puis se dépêche de retourner à son fauteuil et de revenir à la conversation précédente. Gwenaëlle embrasse sa grand-mère plusieurs fois et fait de même, persuadée de devoir épargner à la vieille femme de trop fortes émotions.

N'empêche… Quelle nouvelle. J'ai une tante. Et si ça se trouve des cousins et des cousines… Et tout ça parce que je t'ai parlé de Marie, la mère de Nadège ? C'est le destin !

Bah bah, ma petite chérie, qu'est-ce que tu sais du destin, toi ?

Plein de choses ! C'est le destin qui fait que deux personnes ont ensemble un coup de foudre.

Tiens tiens, tu ne penserais pas à Manolo, par hasard ?

Si ! Mais pas seulement. C'est le destin qui fait que tu te trouves au bon endroit au bon moment. Aux mauvais aussi, hélas. C'est le destin qui donne sens aux signes autour de nous, sinon, les signes, ils font signe dans le vide, ils s'agitent ils s'agitent mais on ne comprend rien, on ne les voit même pas, heureusement, tada ! le destin arrive et il jette une lumière spéciale sur les signes qu'il faut qu'on repère dans la masse d'informations qui clignotent en permanence autour de nous, et alors, du coup, on les remarque et on crie oh, putain

Heps !

et on s'écrie poliment oh, purée mais c'est bien sûr, c'était cette personne que j'attendais, comme c'était pour ça que je recherchais sa compagnie, que j'avais envie de lui raconter mon histoire, et qu'elle me raconte la sienne, même si c'est une vieille meuf de quarante-cinq piges comme Nadège. Le destin, c'est comme la lumière spéciale que les flics allument dans le noir pour voir s'il y a des traces de sang sur un mur, dans les polars. S'il y en a, elles apparaissent. Je t'ai parlé de Marie, la mère de Nadège, et ça a fait apparaître Marie, ta fille…

Si tu veux. Je ne suis pas sure que la comparaison avec une scène de crime me fasse très plaisir, mais bon…

Oh Mado, pardon, pardon, ce n'est pas ce que j'ai voulu dire, bien sûr !

La vieille femme sourit, embrasse Gwenaëlle, je le sais bien, va.

Le dernier jour est arrivé. C'est aujourd'hui que Nadège tourne sa dernière scène avec Achard. Elle a déjà d'autres contacts pour la suite, le tournage d'un clip dès cet après-midi puis le retour aux planches avec une pièce contemporaine, deux heures à évoluer sur un échafaudage à minimum deux mètres du sol avec neuf autres comédiens et comédiennes. Appelé sur d'autres projets, Louis n'en sera pas. C'est donc aujourd'hui qu'il joue sa dernière scène avec Nadège. Il sait que, beaucoup plus que la fin d'un film, c'est leur histoire qui se termine. Sans regret. Son amie Sabrina, la régisseuse, l'a mis en demeure de la choisir, je vais obtempérer, pas lui obéir, mais choisir de lui donner ce qu'elle me demande, l'exclusivité, la fidélité, enfin tu vois, ce genre de choses, elle est comme ça, Sabrina.

Achard a refusé de changer la fin du film. Il a un peu hésité, tuer Louis par accident, au lieu d'éliminer Nadège, ce serait peut-être une bonne idée, Louis, on s'en passe, alors que Nadège, Nadège, tu me hantes tellement que je ne suis pas sûr de te survivre – mais il a tout prévu. Quand et comment éloigner Louis de la fenêtre, sous quel prétexte lui faire quitter la pièce. Comment obtenir de Nadège qu'elle se penche davantage, et encore davantage. Où placer la caméra pour que le spectateur ne voie, au moment de son basculement dans le vide, que l'expression dans les yeux du personnage – c'est-à-dire l'effroi réel dans les yeux de Nadège comprenant que je l'ai poussée et qu'elle tombe vraiment.

Tout le monde est prêt. Les comédiens maquillés. Leur texte appris par cœur. On voit aux traits tendus de Nadège qu'elle se concentre pour donner le meilleur d'elle-même à Jeanne, à ce destin tragique de femme mâchée, abandonnée, qui ne demandait qu'à aimer l'univers, à croire en l'humanité – et qui s'apprête à quitter volontairement et sans regret un monde vidé de tout son sens, fatale hémorragie.

Achard vérifie le cadrage, la lumière… la maquilleuse tient à bout portant devant l'objectif le clap…

Quand soudain, dans l'encadrement de la fenêtre, apparaît le haut d'un casque jaune. Achard se précipite au-dessus de la rue : d'un camion de déménageurs, stationné juste en bas, monte une échelle électrique qui prend appui contre la façade de l'immeuble et s'immobilise à un mètre d'Achard. Sous son casque, un déménageur le salue, jovial.

Qu'est-ce que c'est que ce bordel ? Vous en avez pour combien de temps ?

Minimum la matinée. On devrait être partis vers 14 heures. Vous n'avez pas vu les affiches, en bas, près de l'entrée ?

Nadège pousse un cri, alors là pas possible, moi, je ne peux pas rester après 13 heures, je suis engagée sur un autre tournage. Achard chancelle, avoir tout préparé minutieusement depuis si longtemps pour voir au dernier moment échouer son plan ? Et puis il est si fatigué, il n'est pas certain de ne pas avoir attrapé cette maladie dont tout le monde parle de plus en plus. Quand il se tourne vers Nadège, ses yeux envoient de telles flèches qu'elle en pâlit, effrayée.

Ce n'est pas si grave, Achard.

Bien sûr que si, c'est grave. L'Espagne, l'Italie ont enfermé leurs populations chez elles, demain, c'est nous qui n'aurons plus le droit de sortir. Je dois terminer aujourd'hui.

On peut toujours tourner quelques minutes dans la loge de l'immeuble. La fenêtre est identique, tu avais prévu de cadrer serré, sans perspective sur la rue, ni sur la pièce, personne ne verra la différence.

Achard amorce un pas vers Nadège mais croise le regard de Louis, s'arrête net, se retourne, fou d'une colère qu'il ne peut plus rentrer et qui doit se trouver un exutoire, un objet de sacrifice : le déménageur ! Achard l'empoigne par le bras, vous ne pouvez pas rester là, moi aussi je bosse, foutez-moi le camp ! L'homme, costaud, dégage facilement son bras, non mais ça va pas, eh, tu vas me faire tomber, espèce de fumier, vire tes pattes ! L'injure ne calme pas Achard, au contraire, il se penche et attrape l'homme par la veste, qu'il tire à lui. L'homme se secoue violemment. Achard s'accroche, il est en sueur, il est fiévreux, il ne pense plus à rien, il est fureur, il est pure violence, il est toute frustration, il se penche encore.

Le destin.

La balustrade est beaucoup trop basse. Achard tombe. Achard meurt sur le coup, cervicales brisées.

Le chant du cygne sera son dernier film.

Louis et la maquilleuse ont pris les choses en main. Ils lui doivent bien cela, à Achard : ils ont tourné dès les jours suivants les quelques dernières minutes manquantes de son film.

À un petit détail près : Jeanne ne tombe pas par la fenêtre, elle feint de le faire et disparaît de la vie de Christophe, mais elle ne meurt pas. Elle change de pays, de nom, de couleur de cheveux. Elle renaît, ailleurs, autre, sous le prénom de Renée. Elle voyage. Elle va découvrir le monde. D'autres arts, d'autres langues, d'autres savoirs. D'autres amours. Toutes choses que découvre le spectateur dans une ultime séquence : un plan fixe sur le contenu de sa valise, d'où dépassent un billet d'avion, de la teinture, des papiers d'identité, une carte du monde, un carnet de voyage sur lequel prendre des notes, un paquet de Bic. Et une photo de son fils, signée Maman je t'aime.

C'est Marie-Madeleine qui l'a exigé ; elle voulait sauver Jeanne, pour faire plaisir à Gwenaëlle. Son roman la tue ? Le film va la ressusciter, un mort, ça suffit bien, pauvre Achard, il lui manque déjà tellement ! On le lui a accordé d'autant plus facilement que c'est elle qui finance le film.

Mais le contrat, s'inquiète Nadège, un peu frustrée qu'on la prive d'une scène tragique. Jeanne rompt son contrat et compte écrire de nouveau ?

Sous un nouveau nom, on ne peut pas vraiment parler de trahison. Une petite mascarade, tout au plus, comme a fait Gary avec Ajar.

Et puis rien n'interdit de penser que Christophe est complice de cette petite supercherie, glisse Gwenaëlle. Si ça se trouve, il a compris qu'il est en train de passer à côté du grand amour de sa vie, et en douce, ni vu ni connu, il la rejoint dans les hôtels où elle descend, et ils s'aiment, ils s'aiment !

Marie-Madeleine sourit à sa petite-fille, qui a tant besoin d'espoir et se garde bien de la détromper, la vie se chargera bien assez tôt de piétiner tes illusions, ma petite chérie et puis qui sait, peut-être as-tu raison, peut-être nos destins ne sont-ils pas scellés, peut-être existe-t-il quelque part, et pour chacun, un îlot de liberté.

Le pays est entré en confinement peu de temps après, le 17 mars 2020.

Nadège n'a pas aidé à préparer les funérailles d'Achard. Elle ressent sous la perte, intimement mêlé, un puissant soulagement. Elle reste enfermée chez elle, oppressée par une angoisse qui n'a pas ce virus pour seul nom, mais qui est crainte confuse de tout, l'avenir et ses projets professionnels compromis, le passé comme si elle avait frôlé quelque danger qu'elle ignore et le présent, car elle sent, aux regards de Gwenaëlle, que rôde quelque chose autour d'elle, qui n'a pas encore de nom.

Personne n'est allé à l'enterrement d'Achard Lebrument.

Sauf Marie-Madeleine. Elle porte chapeau, lunettes noires et masque : il est en tissu et non plus vénitien, mais quelle différence au fond cela fait-il, on avance toujours masqué. Elle arbore aussi des gants de dentelle noire. La cérémonie est réduite, elle est seule dans la salle avec un employé des pompes funèbres qui se tient derrière elle. Ni frère ni couronne. Quelques fans ont envoyé des fleurs isolées. Gwenaëlle et Manolo ont monté des extraits de ses films et des portraits d'Achard. Personne n'a jugé prudent d'accompagner la vieille dame, au risque de la contaminer. Marie-Madeleine a préparé un discours et, en clin d'oeil à son personnage de Christophe enterrant Pierre Camus, un carré de soie. Au micro, à côté du cercueil, elle prononce l'éloge sincère du défunt. Ce qu'elle souffre de te savoir allongé là, mon ami, mon héron, qui m'a donné le monde entier en pâture, nul n'en voit rien derrière son masque, jusqu'au moment où l'émotion étant la plus forte, elle se mouche en se détournant du cercueil et en couvrant le micro de sa main gauche. Elle a choisi pour accompagner les images, quelques extraits d'*Orphée aux Enfers* d'Offenbach, et c'est sur l'air endiablé du french cancan que le cercueil d'Achard Lebrument, réalisateur, glisse vers les flammes du crématorium.

Une caméra sur son pied tourne silencieusement, le cadrage est resserré sur le cercueil et son chemin de fleurs, Marie-Madeleine et l'écran sur lequel est projeté le diaporama. Les chaises vides restent hors champ.

De retour chez elle, Marie-Madeleine met en ligne la cérémonie sur la chaîne du héron.

Mars, avril 2020 : tout le monde, dans le pays, reste chez soi. La belle-mère de Gwenaëlle, malade, est hospitalisée, mais elle guérit assez vite : Marie-Madeleine lui fait livrer des fleurs. Chacun, chacune de son côté, on s'organise comme on peut, et travaille à distance. Nadège et Louis enregistrent des lectures de textes qu'ils mettent en ligne à disposition des gens, pour les divertir le temps du confinement. Gwenaëlle passe ses journées à son ordinateur, elle y suit ses cours d'université, elle discute avec ses amis, sans oublier sa grand-mère.

Marie-Madeleine a confié à une agence de production les images du film *Le chant du cygne*. Elle la paie de ses deniers. Manolo y trouve un emploi de télé-assistant, ce qui lui vaut d'avoir son nom au générique, quand le film sort en même temps que la fin du confinement.

Achard Lebrument comme vous ne l'avez jamais vu !

Achard Lebrument comme, hélas, vous ne le verrez jamais plus !

La promotion communique sur la disparition du réalisateur, la mort attire, elle séduit, elle interroge, on ne va pas voir les dernières séquences d'un réalisateur d'un regard neutre, il y a là, forcément, quelque chose d'essentiel à capter, à saisir, à comprendre, qu'on n'aura plus jamais l'occasion de rencontrer ailleurs : les critiques reprennent mot pour mot les arguments développés par le personnage de Christophe, pourquoi se fatiguer.

Quant à la cause exacte du décès d'Achard Lebrument, elle reste obscure. Beaucoup l'attribuent au nouveau virus, ce qui renforce la compassion. Après enquête rapide, le déménageur n'est pas inquiété.

« C'était à Samarù, un nom à prononcer à voix basse, un nom qui vous glissait un frisson glacé entre les omoplates. On y vivait les yeux clos – et pas seulement les yeux. Les huis, les volets, les soupiraux aussi étaient barricadés. De larges bandes de toile enduite colmataient les brèches des murs, les fenêtres, les fissures et jusqu'au moindre trou de serrure. Les chatières ne battaient plus au passage familier et frôleur des matous de maisons. Des bouchons d'étoupe et de charbon obstruaient les cheminées. On ne les ôtait que le temps d'y brûler brandons et tisons, parsemés de brindilles de pins. Les parfums de camphre et les encens capitonnés rendaient l'air des maisons plus épais. On ne voyait plus rien. Mêmes les bouches étaient bouchées, lèvres scellées. Hors des maisons, un silence spectral enveloppait tout d'une ombre mutique. Les hommes restaient enfermés dans leurs peurs.

C'était à Samarù, dont le nom seul faisait peur. Dans les placards, les provisions de sucre, d'eau, de thé, de pâtes s'entassaient. On n'osait sortir de chez soi que le temps d'une course, crécelle au vent et sur le nez, un masque à long bec noir imprégné de pastilles antiseptiques. La nuit tombée, on condamnait soi-même d'une croix sa porte, afin de tenir éloignés les voisins. On couvrait la tête des enfants d'une toile de lin, espérant ainsi les préserver. On marmonnait en langue maternelle de vaines imprécations. Le soir on auscultait le ciel. Les hommes observaient les étoiles chevillées au firmament pour y déchiffrer leur destin. Les femmes interrogeaient la Lune périlleuse. Ce qu'elles voyaient alors sur sa face argentive, nulle ne l'avouait, mais dans leurs pupilles effarées chacun pouvait lire que l'avenir était sombre.

C'était à Samarù, du temps de la Grande Peur. Saturne forgeait ses chimères au brasier fou des pauvres hères. Misérables insensés, passions mélancoliques. Le soleil qui se couche et celui qui se lève faisaient craindre et le jour et la nuit. L'épidémie de Peur avait fondu sur les populations comme une pluie de flèches assassines et tout saisissait l'homme d'effroi. Ce qu'il entendait, ce qu'il n'entendait pas. Ce qu'il voyait, ce qu'il croyait voir, ce qu'il ne voyait pas. Ce qu'il disait, ce qu'il entendait dire, ce qu'il ne disait pas. Le murmure rampant des rumeurs vipérines.

Samarù comme un bruit de chaînes dans la poussière. On chassait le mort. On chassait le pauvre. On chassait la bête. Tout pareil. Chaque jour passaient dans les rues les charrettes de charognes chaudes encore. Derrière les rideaux, en les entendant approcher, on récitait patenôtres fébriles, oraisons et versets. Contre les rats et les chats errants, les virus et les puces, les chauves-souris les loups les mites, les miteux les indigents les inconnus les étrangers les horsains. Contre l'autre, son ombre, et son nom même. On avait peur aussi des mots, qui font le réel deux fois réel, une fois dans les faits, une autre dans la féérie – comme le mot amour fait l'amour deux fois plus beau, et le mot peur, la maladie deux fois plus grave. On craignait les morts. On craignait plus encore les vivants. Croisait-on un voisin, on évitait de respirer, d'avaler sa salive, les doigts croisés dans le dos et une mauvaise sueur dégouttant et puant aux aisselles. On avait oublié jusqu'au sens du baiser.

C'était à Samarù, du temps de la Grande Peur.

Jeanne Fabre-Gallant y vivait avec sa mère et »

Un signal sonore interrompt le travail de Marie-Madeleine, l'avertissant que Gwenaëlle cherche à lui parler. La vieille dame ferme à regret son fichier. Elle reprendra plus tard l'écriture de son nouveau roman. Le premier lui a permis de relire son passé : celui-ci, parlant de l'avenir, que lui en apprendra-t-il ? Elle a hâte de le découvrir – mais sa petite-fille s'impatiente, elle doit avoir elle aussi, des révélations à lui faire.

Comme promis, Gwenaëlle n'a cessé de mener l'enquête autour de la première fille de Marie-Madeleine, abandonnée à sa naissance aux soins de l'Assistance publique.

Mais elle a aussi, sans en rien dire à personne, également enquêté sur l'autre Marie, la mère disparue de Nadège.

Elle a d'abord demandé à son amie de lui raconter ce dont elle se souvient, même mal, de son enfance, cela peut suffire à démarrer l'enquête, tu as bien des papiers, une photo, elle ne t'a rien laissé, quand on l'a emmenée en ambulance, que sont devenues ses affaires, et ton père, qui c'est ? Au début, Nadège renâclait à parler, pourquoi remuer tout ce passé, elle n'a vraiment aucune envie de retrouver la trace de celle qui l'a mise au monde et s'est si peu souciée d'elle, quant à l'homme qui l'avait mise enceinte et n'était pas un mari, on n'a jamais su de qui il s'agissait. Ses parents, ce sont la femme et l'homme qui l'ont recueillie, aimée, et laissée faire ce qu'elle voulait de sa vie, c'est-à-dire du théâtre, alors même que sa mère d'accueil aurait préféré la voir *casée*.

Mais elle est peut-être encore vivante, tu n'as pas envie de le savoir, insiste Gwenaëlle, qui réfrène à grand-peine son envie d'ajouter, parce que si ça se trouve on est cousines.

Ben non… je m'en fiche un peu… et puis va savoir ce que je découvrirais.

Sauf que Nadège ne s'en moque pas, de son histoire, en réalité. De sa mère, l'abandon fait mal et la folie fait peur : bonnes ou mauvaises, ces deux raisons ont longtemps suffi à étouffer tout désir de retrouvailles. Mais Gwenaëlle a remué l'eau du bocal, avec ses questions. L'eau s'est troublée, révélant sous les algues, dans la vase, toute une vie grouillante et va savoir de quoi, on ne se méfie jamais assez de l'eau qui dort dans les aquariums, on croit voir de jolis poissons rouges inoffensifs et ils s'avèrent des bêtes en réalité assez féroces – tu savais ça, que les parents poissons dévorent leurs œufs à peine pondus ?

Aussi un jour, malgré tout, cède-t-elle aux instances de Gwenaëlle. Elle va bientôt dépasser le seuil fatidique des quarante-cinq ans, âge auquel sa mère a disparu. Elle aura redouté toute l'année que le destin la frappe d'un coup fatal et qu'elle ne disparaisse au même âge. Mais rien n'est venu. L'année se termine. À quarante-six ans et sauve, elle peut enfin regarder en face le passé.

Ce jour-là, elle se résout donc à raconter à sa jeune amie le peu dont elle se souvient ou qu'on lui a raconté, et à l'aider dans ses recherches. Sa mère était malade, atteinte de troubles psychiatriques qui la rendaient incapable de s'occuper de son enfant. On l'a internée dans un hôpital pendant quelques années. On attendait que Nadège eût un peu grandi pour la conduire auprès d'elle, sa nouvelle mère craignant qu'elle ne fût impressionnée par la vision d'une femme au comportement imprévisible et aux propos incohérents. L'enfant avait mis si longtemps à retrouver un équilibre ! Seulement voilà, un jour, Marie s'est enfuie. Disparue. Elle avait profité d'une inattention d'un infirmier, ou de sa complicité. Et depuis, sa trace s'est perdue.

Gwenaëlle écoute en silence. Elle sent une émotion poindre dans la gorge de Nadège. Elle ne jurerait pas que la jeune actrice, pourtant habituée à maîtriser ses réactions, ne refoule pas quelque sanglot. Et c'est bon pour Gwenaëlle, ça, vas-y, Nadège, pleure, pleure un bon coup, cela te fera du bien et comme ça, en plus, tu n'en auras que davantage envie de la retrouver, ta mère, mais de ceci elle ne dit rien, elle déclare aller chercher une tasse de thé, s'éloigne avec discrétion. Quand elle revient, Nadège a retrouvé ses esprits, mais elle a les yeux rouges et son amie repère plusieurs mouchoirs froissés dans un coin du bureau – qui n'y étaient pas cinq minutes auparavant.

Elles discutent encore un peu, de choses et d'autres, avant de se quitter. Nadège raconte à Gwenaëlle le souvenir qu'elle garde du départ de sa mère en ambulance, entraînée par des infirmiers qui l'avaient ceinturée et séparée d'elle, Nadège, s'agrippant à la robe de sa mère dont une manche s'était même déchirée dans la lutte, révélant une tache brune à son bras droit, et c'est la dernière image qu'elle garde d'elle, une silhouette hurlante qui s'enfouit dans la nuit, cheveux défaits, avec sur la peau une tache de naissance.

Achard était le héron de Mado, mais moi je suis ta cigogne ! Regarde, Nadège, le beau bébé que je viens déposer chez toi, un bébé tout ridé de soixante-quinze ans ! Et tu sais quoi, elle s'appelle Marie.

Gwenaëlle n'est pas peu fière. Elle a multiplié les démarches, et ne s'est laissé décourager par aucun contretemps. L'hôpital psychiatrique qui avait accueilli Marie en 1979 avait fermé ses portes depuis longtemps, après condamnation des méthodes qui y étaient pratiquées, à base d'électrochocs. La famille qui avait alors accueilli l'enfant Nadège et que Gwenaëlle a contactée ne se souvient plus du nom ni de l'adresse de l'organisme qui la lui avait confiée, or ma pauvre petite, elle ne vous a pas dit, Nadège ? notre maison a brûlé il y a cinq ans, on a tout perdu ou presque dans l'incendie, en tout cas, tous les papiers ont flambé.

Munies du nom de baptême de Nadège, qui lui venait de sa mère en l'absence de père, et de la date de naissance de sa mère, le 16 avril 1946, les deux amies ont interrogé tous les registres possibles. À l'état civil, on ne signale aucun décès ; dans les registres paroissiaux non plus ; dans les différents hôpitaux, la date est trop ancienne pour qu'on ait conservé les archives ou qu'on ait le temps d'effectuer une recherche, surtout en ce moment où tout le monde est mobilisé par l'épidémie.

Pour finir, elles se sont réparti les EHPAD du département, puis des départements limitrophes, qu'elles appellent chacune de son côté, et c'est Gwenaëlle qui, aujourd'hui, finit par décrocher le pompon, hourra, je l'ai, Achard était le héron de Mado, mais moi je suis ta cigogne ! regarde, Nadège, Marie Pignon, née après-guerre, est pensionnaire depuis plusieurs années à l'EHPAD Les Agapanthes de Laval.

Très émue, Nadège décide de s'y rendre la semaine suivante, avec Gwenaëlle.

Mais durant toute cette période, Gwenaëlle poursuit également ses investigations concernant la Marie de Marie-Madeleine, déposée anonymement à la naissance au guichet de l'Assistance publique, mais dont la recherche s'avère encore plus difficile. L'Assistance publique n'existe plus, les informations de ce genre sont classées confidentielles, les enfants nés sous X n'ont pas droit à leur histoire, Marie-Madeleine ne souvient plus du jour exact de sa naissance et Marie n'a pas de nom. Personne ne connaît celui que l'institution lui aura attribué. Ce peut être un pseudonyme arbitraire comme il s'en donnait beaucoup au milieu du siècle dernier à ces enfants qu'on disait naturels, Prima, Daman, Loran, Lichon, ou un prénom tout aussi aléatoire et indépendant du sexe, Guillaume, Auguste, Catherine.

Toute autre que Gwenaëlle aurait cessé des recherches aussi infructueuses. Mais pas elle, pas la petite-fille de Marie-Madeleine Marin-Fossey !

Un jour qu'elle menait de front ses deux enquêtes, et voulant dénicher le nom de famille de la Marie de Marie-Madeleine, ses idées se brouillèrent et elle confondit les deux Marie. Elle attribua à cette Marie née sous X, la date de naissance de la mère de Nadège, 16 avril 1946, peut-être parce qu'elle avait vu que le 16 avril, on fête la Saint-Paterne, nom de l'évêque d'Avranches, peut-être simplement parce qu'elle était fatiguée. Toujours est-il que réalisant son erreur, sa première réaction fut de se maudire, quelle andouille, tu fais n'importe quoi, mais sa deuxième fut d'écouter ce qui était peut-être un signe du destin, un appel à envisager une autre version de l'histoire, car enfin, deux Marie, deux enfants nées à la même période, dans la même région, si ça se trouve ce n'était pas par hasard qu'elle les avait confondues.

Ceci expliquerait bien des choses, si les deux Marie n'en faisaient qu'une, notamment la sympathie immédiate que l'actrice lui a inspirée, d'emblée, et cette familiarité que Marie-Madeleine a, d'emblée également, adoptée avec elle, lui trouvant comme un air de famille. Car dans ce cas, Nadège est sa cousine, tu te rends compte, ce serait génial, s'enthousiasme-t-elle auprès de Manolo, qui l'invite à la prudence, en vain : l'idée, une fois entrée dans la tête de Gwenaëlle, n'en sortit plus, et elle décida de suivre son intuition, répétant à l'envi que les signes font signe et qu'il suffit de les lire.

Elle a donc interrogé sa grand-mère, de nouveau, mais sa date de naissance, au moins, tu dois bien t'en souvenir, eh non, ma petite, je ne sais plus, c'était il y a si longtemps, soixante-quinze ans, et puis je ne tenais sans doute pas à me rappeler cette date, je n'allais quand même pas fêter cet anniversaire les années suivantes, tout ce que je peux te dire, c'est qu'il faisait beau, ce jour-là, et que les lilas étaient en fleurs, ça oui, je me souviens du parfum du printemps, il y avait une branche qui battait à la fenêtre et c'est tout ce que je regardais, la branche, le ciel, les fleurs, sûrement pour oublier ce qui se passait dans mon ventre et entre mes jambes pendant ce temps-là, ça faisait diversion, puis ça au moins c'était de la beauté, le lilas, pas comme le reste, elle y était pour rien, la petiote évidemment, mais quand je l'ai entendue crier j'ai pas pu m'empêcher de tourner la tête et je l'ai vue, elle était violette, toute ridée, très laide, et en plus, elle avait une tache sur le bras qu'elle agitait sous mon nez, c'est la première et dernière chose que j'ai vue, cette tache de naissance, on l'a embarquée tout de suite, et le soir même, elle dormait à l'Assistance, ça n'a pas traîné.

Gwenaëlle se retient de crier. Une tache sur le bras ! Encore mieux que la marque noire dans les romans de piraterie, le voilà, le signe du destin qu'elle attendait ! Cette fois, impossible de douter, elle en était sûre, les deux Marie, nées au même moment, dans la même région, avec le même tache sur le bras, ne pouvaient être que la même personne, t'es d'accord, Manolo, c'est pas juste une coïncidence ?

Et pour éviter qu'il ne la contredise, elle ne lui laisse pas le temps de répondre.

Et donc, en ce jour où Gwenaëlle téléphone à Nadège pour lui annoncer qu'elle a retrouvé la trace de sa mère dans un EHPAD de Laval, sans lui parler de la Marie de Marie-Madeleine, elle ajoute avec une fausse désinvolture, ah au fait, cela ne te dérange pas si je demande à ma grand-mère de nous accompagner, ça lui fera du bien de sortir.

Elle aurait préféré que l'EHPAD se nommât Les Lilas, et non pas Les Agapanthes, mais il ne faut pas trop en demander au destin, de peur qu'il ne se contrarie et fasse machine arrière.

Et la semaine suivante, sans les en prévenir pour ménager l'effet de surprise et le coup de théâtre, elle organise la grande rencontre finale et les retrouvailles forcément émues de Marie, la pensionnaire de la chambre 58, avec Nadège sa fille et Marie-Madeleine sa mère.

Les voilà donc toutes les trois, Gwenaëlle, Nadège et Marie-Madeleine qui ne prend plus la peine de rouler en fauteuil, un beau matin de l'été 2020, devant la porte de la chambre 58 de la pension médicalisée des Agapanthes, à Laval.

Avant de frapper à ladite porte et d'entrer, la main déjà sur la clenche, la jeune fille se tourne vers ses compagnes, il faut que je vous dise…

Un silence. Elle prend un air grave.

… la femme qu'on va voir ici…

Les deux autres s'interrogent du regard.

… il faut que je vous dise…

Marie-Madeleine fronce les sourcils, impatiente.

… elle a une tache, une tache brune, une tache brune sur la peau…

Gwenaëlle sourit d'un air malicieux.

… vous pigez le truc ?…

Nadège secoue la tête, d'accord, elle a une tache de naissance, je le sais bien, c'est moi qui te l'ai dit, et alors ? mais Marie-Madeleine, elle, a compris, amorce une exclamation qui ne sort pas, Allez, ouvre cette porte, finit-elle par dire avec difficulté.

Gwenaëlle en deux mots informe Nadège de la tache présente sur la Marie de Marie-Madeleine – et des conclusions qu'elle en a tirées. Que vont-elles découvrir, de l'autre côté, quel visage, quelle histoire, quelles larmes sans doute ? En les voyant, Marie va-t-elle renaître bébé, comme le phénix renaît oisillon de ses cendres ? L'excitation de Gwenaëlle est à son comble. Sans plus attendre, elle frappe trois coups à la porte de la chambre.

Pas de réponse.

Un peu désarçonnée, Gwenaëlle frappe à nouveau, plus fort, Marie est peut-être un peu dure d'oreille…

Pas de réponse.

… après tout elle est âgée.

Gwenaëlle entrouvre la porte, jette un œil, puis dégage l'entrée de la chambre.

Un fort parfum de cannelle les accueille.

Une vieille femme est assise dans un fauteuil, devant la fenêtre. Elle leur tourne le dos. Elle ne bouge pas. Elle est voûtée, un châle de laine sur les épaules. Des mains maigres, osseuses, déformées, sortent de ses manches, posées sur les accoudoirs.

Marie-Madeleine laisse Nadège s'approcher en premier. La jeune femme avance la main, n'ose pas toucher les cheveux gris, noués en chignon, fait le tour du fauteuil. Elle ne sait pas comment commencer. Appeler *maman* une femme qu'elle n'a pas vue depuis quarante ans, dont elle ne se souvient pas, qui ne la regarde pas, pour laquelle elle ne ressent que colère, dire *maman* à une parfaite étrangère, elle n'y parvient pas, Madame, dit-elle, tout en s'en voulant d'être si froide, bonjour.

La femme pose des yeux hagards sur Nadège sans répondre, puis se retourne lentement et regarde les deux autres personnes qui sont dans sa chambre. Son menton aigu, fuyant vers l'avant faute de dents et de dentier, se met à trembler. Aux commissures des lèvres, un peu de bave suinte.

Marie-Madeleine avance à son tour. Se peut-il que cette femme qui fait beaucoup plus âgée qu'elle-même soit sa fille, ce bébé vagissant dans les linges qui l'emportèrent loin d'elle il y a si longtemps ? Est-ce qu'elle ne devrait pas ressentir quelque chose dans le ventre si son ventre l'a portée neuf mois ? Une contraction, une douleur, une émotion des entrailles ? Ou un battement de cœur, au moins ? Ne devrait-elle pas avoir envie de la toucher, la prendre dans ses bras, elle n'y était pour rien, cette petite fille, si un homme, un jour, a violé sa mère. Mais Marie-Madeleine ne ressent rien de tel pour cette femme dont les yeux voilés se perdent dans l'inconnu, une étrangère, une pauvre vieille, rien qu'une profonde, immense, et incommensurable pitié, Bonjour, Marie, dit-elle, tout en se forçant à sourire.

Gwenaëlle à son tour s'approche. Elle sent les tensions, elle perçoit les hésitations, c'est bien normal, après tout elle-même ne crie pas *tata* en tombant, dans les bras de la vieille dame ou dans les pommes, sous le coup de l'émotion. Elle murmure juste, Bonjour, Marie Pignon.

La femme reste immobile, le regard tourné vers la porte. Seules ses lèvres remuent, scellées. On dirait qu'elles mâchent quelque chose, mais quoi ? quels mots ? Aucun son ne sort d'elles. Pourtant la femme a paru reconnaître son nom. On voit qu'elle leur prête plus d'attention.

Une infirmière que personne n'a entendu venir assiste à la scène, de la porte, sans rien dire. Elle s'approche, ouvre la fenêtre de la chambre à la crémone, remonte le châle de laine, ça va Marie, vous n'avez besoin de rien, tout va bien ?

À sa voix, à sa vue, Marie hoche la tête de haut en bas, se balance sur son fauteuil d'avant en arrière, sort quelques sons inarticulés.

Elle ne vous dira rien, la pauvre, elle a perdu la tête, les informe l'infirmière. Murée dans le silence. Des fois, elle grommelle un mot, on ne sait pas d'où il vient ni ce qu'il veut dire, c'est juste un grognement, un borborygme. Elle est là depuis des années, mais elle ne peut plus participer aux activités collectives. Elle ne touche plus aux dominos ni aux cartes. On la met devant la télé avec les autres tous les soirs, elle n'est pas méchante vous savez, mais on ne sait pas ce qu'elle comprend. On lui donne à manger à la cuiller. Elle ne se souvient de rien. Quand elle est arrivée, elle pouvait encore jouer à la coinchée ou nous parler, nous appeler, oh, pas par notre nom qu'elle ne retenait pas, mais elle nous appelait machin, machine, elle demandait qu'on lui passe un *truc*, qu'on lui donne une *chose*, elle ne mettait plus de noms sur les objets mais il y avait encore des objets, tandis que maintenant, hein, allez savoir comment il est le monde, vu de sa tête ? peut-être bien comme il était avant le langage, maintenant qu'elle, elle est après les mots ? Vous êtes de sa famille ? Je ne savais pas qu'elle avait des parentes.

Nadège a raconté, dans les très grandes lignes.

Oh, je ne savais pas ! Ça alors ! Vous êtes sa mère, et vous sa fille ? Oh ben ça alors ! Ben ça ! Vous entendez ça, Marie, hurle-t-elle à l'oreille de la vieille femme tassée sur son fauteuil.

Marie ne bouge pas, elle grommelle juste quelque chose.

Oui oui, c'est bientôt l'heure du goûter, je sais, je vous apporterai ça tout à l'heure vous tracassez pas, là je vous laisse en famille.

Restées seules avec Marie, les trois femmes demeurent silencieuses et pensives un moment, puis chacune se présente en souriant, prénom, âge, c'est tout, sans provoquer de réaction chez Marie. Sur le visage de Gwenaëlle, la déception commence à dessiner une petite moue. Elle n'échappe pas à Marie-Madeleine, qui se secoue, eh bien, Marie, je ne sais pas ce que l'infirmière va t'apporter à manger mais nous, on a prévu une jolie petite collation pour fêter l'événement, pas vrai, Gwenne ? Allez, sors-nous les bulles !

Ayant retrouvé le sourire, Gwenaëlle s'empresse de poser sur la table les cadeaux qu'elles ont préparés pour Marie, des chocolats, des fruits, un cake, du jus de fruits, de jolies boîtes de thé, et une bouteille de champagne. Pendant qu'elle dispose assiettes et verres en carton sur la petite table, Nadège et Marie-Madeleine s'approchent de Marie. Elles n'ont pas besoin de parler, elles ont l'une et l'autre envie de voir cette tache de naissance. Se consultant d'un seul regard et d'un hochement de tête, elles tournent le fauteuil vers la fenêtre qu'elles ouvrent en grand et vers la lumière, alors Marie, que dirais-tu de profiter un peu du soleil pour bronzer, hein ? et spontanément, Marie-Madeleine saisit et lève le bras gauche de Marie, tandis que Nadège s'empare de son bras... droit. Surprises, elles suspendent leur geste, ce qui laisse Marie les bras en croix face au ciel, puis Marie-Madeleine remonte la manche du bras où elle craint de trouver la tache de naissance et Nadège retrousse la manche sur le bras où elle espère voir le signe de reconnaissance. Mais rien n'apparaît, aucune tache brune, ni sur un bras, ni sur l'autre. Les deux femmes se regardent en silence. Gwenaëlle, occupée à plier les serviettes en papier rouge en forme de fleurs, n'a rien remarqué. Marie-Madeleine et Nadège remontent le tissu jusqu'aux épaules, rien non plus, sourcils froncés les deux femmes tournent le bras de Marie dans un sens, dans l'autre sens, rien dessus ni dessous, Marie-marionnette glousse un peu, pourtant j'aurais juré qu'elle était là, pense Nadège, qui revoit la scène de sa mère dans sa robe déchirée face à elle, l'enfant en larmes, la tache était à sa gauche donc elle se trouvait bien sur le bras droit de sa mère, un peu au-dessus du poignet, mais ici, maintenant, rien on ne voit rien, rien à l'extérieur, rien à l'intérieur, Marie-pantin articulé pousse un petit cri, pourtant je suis sûre, enfin presque sûre, que le bébé avait sa tache sur le bras gauche, un peu sous l'épaule, pense Marie-Madeleine, qui ouvre largement le décolleté de Marie, rien à la naissance du bras non plus, la vieille peau de Marie est sèche et piquetée de points sombres ici et là, mais rien qui ressemble à une tache de naissance, est-il possible de se tromper, c'était il y a quarante ans, la mère de Nadège criait et se débattait, l'enfant a pu mal voir, on sait ce que vaut un témoignage visuel, c'était il y a soixante-quinze ans, l'indésiré bébé criait et gigotait, Marie-Madeleine, quatorze ans à l'époque, n'a jeté qu'un coup d'œil rapide, instinctif, elle ne voulait pas voir, de toute façon, le bébé qu'on lui retirait, elle se sera trompée, coup d'œil de Nadège dans le dos, par le haut de la robe, rien, coup d'œil de Marie-Madeleine par devant, sous le décolleté, rien, la poitrine de Marie tressaute et sa bouche s'est ouverte sur des petits cris de joie, le jeu l'amuse, Marie-poupée, ou la chatouille, en tout cas fait tomber la couverture qui était posée sur ses jambes maigres, alors soudain Nadège et Marie-Madeleine ensemble crient, là ! là ! la voilà, elle est là ! à la vue d'une belle tache bien brune, enfin, d'un truc foncé, quelque chose d'un peu sombre, qui s'étale sur le mollet droit de Marie.

Gwenaëlle, qui était en train d'ouvrir précautionneusement la bouteille de champagne, c'était la première fois qu'elle s'y risquait, sursaute et cesse de retenir le bouchon qui, sous la pression, fuse, décrit un bel arc de cercle, passe la fenêtre et va terminer sa danse quelque part dans le jardin, entre deux agapanthes.

C'est ça, une tache de naissance ? Elle n'est pas sur le bras ? s'étonne la jeune fille. Mais devant les dénégations farouches des deux autres, elle n'insiste pas et verse le champagne dans les verres.

On boit, on porte aux lèvres de Marie quelques gorgées de champagne et des petits morceaux de cake, on parle de la chambre qui est bien jolie, du jardin qui est bien fleuri, de l'infirmière qui a l'air bien aimable, n'est-ce pas qu'elle est bien installée, ici, Marie ?

Le sourire de Gwenaëlle éclaire la pièce. Marie-Madeleine regarde sa petite-fille avec tendresse, elle a tellement envie de nous réunir, après tout, ce désir-là est bien réel, que le reste soit vrai ou faux, est-ce plus important que d'y croire, cette Marie est peut-être mon bébé, auquel cas je peux me dire j'ai une fille ! et ce champagne est décidément très bon. Elle aide Marie à avaler un peu de vin, sous l'œil amusé de Nadège, qui se dit cette femme, ma mère, cela m'étonnerait, mais après tout pourquoi pas, auquel cas moi qui n'ai ni frère ni sœur ni enfant, j'ai une cousine ! j'ai une grand-mère !

Elle lève son verre en direction de la jeune fille et le spectacle que s'offrent ces trois générations de femmes réunies autour d'une petite table leur arracherait des larmes si elles ne riaient pas tant.

Allons, portons un toast ! s'exclame Marie-Madeleine. À toi, Marie Pignon ! Buvons à nos rêves ! Et qu'ils se réalisent !

À Calderón, approuve Nadège en récitant :

« Fortune, allons régner.
Ne m'éveille pas si je dors ;
si tout est vrai, ne m'endors pas. »

Quant à Gwenaëlle, face au jardin, le soleil auréolant ses cheveux, elle présente son lumineux visage au petit vent qui se lève, Calderón, je connais pas, alors moi je trinque à Manolo, et à l'amour !

Novembre 2018 – août 2021

REMERCIEMENTS

À la Villa Yourcenar, pour la bourse qu'elle m'a accordée et son accueil en résidence au mont Noir

À Bruno Galibert, Chloé Galibert-Laîné, Françoise Grard, pour leurs conseils

À Christine Villeneuve, pour sa confiance

À Laure Salathé, vigilante correctrice et Caroline Jouanchicot, graphiste

À ma mère, pour quelques chansons et opérettes

À mon plus fidèle lecteur, qui se reconnaîtra

À la Lune, qui n'en saura jamais rien

AVANT-DIRE 7

LE CHANT DU CYGNE 11
PARENTHÈSE 37
PARENTHÈSE 73
PARENTHÈSE 115

LE COUPLET DU CANARD 159
PARENTHÈSE 191
PARENTHÈSE 235
PARENTHÈSE 283

LE SILENCE DU PHÉNIX 315

BIBLIOGRAPHIE

des femmes-Antoinette Fouque

Placement libre, 2016

Prenez soin d'elle, 2018

Poissons rouges et autres bêtes aussi féroces, 2020

Cours toujours

Petit bouton de nacre, 2018

Écritures Théâtrales du Grand Sud Ouest

L'Échafaudage, 2017

Belin

George Sand à Nohant : drames et mimodrames, 2012

Myriapode

Pseudo, 2012

Encrage

Sylvain, 2010

BIBLIOGRAPHIE

Hors Commerce

Canaille blues, 2007

Zulma

Mary pirate, Zulma poche 2004 (2001)

Rafael de Surtis

Dernier Cri, 2002

Éditions du Chardon Bleu

Sir Thomson, 1997

LITTÉRATURE JEUNESSE

Flammarion

La Lettre déchirée, Castor poche, 2012 (1997)

Gulf Stream

Le Pain de la liberté, 2010

Rageot

Quand on a 17 ans, 2007

Site de l'autrice : www.ellabalaert.com

Achevé d'imprimer en janvier 2022 par Corlet Imprimeur - 14110 Condé-en-Normandie
Dépôt légal : janvier 2022 - N° d'imprimeur : 21120765 - Imprimé en France